Ingrid Widiarto

Uigurische Geschichten

Übersicht der Bände:

#Uigurische Geschichten
#Im Land der Uiguren
#Aliya und der kleine Hund

Ingrid Widiarto

Uigurische Geschichten

wahre Begebenheiten

Impressum

Verlag Akademie-der-Abenteuer
Boris Pfeiffer, Pfalzburger Straße 10, 10719 Berlin
E-Mail: info@verlag-akademie-der-abenteuer.de

Alle Rechte vorbehalten.
Nachdruck, auch auszugsweise, nicht gestattet.
© Verlag Akademie-der-Abenteuer, Berlin 2021
1. Auflage
Umschlaggestaltung und Illustration: Kris Kersting
Satz: Kris Kersting
Herstellung: Verlag Akademie-der-Abenteuer
Druck und Bindung: BoD GmbH, Norderstedt
www.verlagakademie.de.de

ISBN (print): 978-3-98530-062-4
ISBN (ebook): 978-3-98530-063-1
Printed in Germany

Inhalt

Vorwort	7
Murat	10
Ghalip	20
Hamut	31
Kurbanjan	46
Nurgül	56
Rozihan	69
Abdurahman	90
Gülmirä	105
Ein Lied	119
Yanar	121
Das Schaf	126
Filorä	136
Burhanidin	147
Amangül	166
Halmurat	187
Hurshida	204
Glossar	216
Nachwort	218

Vorwort

Die Seidenstraße – das ist wohl jedem ein Begriff, doch von den Uiguren und einem Land namens Xinjiang oder Ostturkestan haben viele von uns in Europa noch immer keine rechte Vorstellung. Und dennoch ist dieses Land ein Brennpunkt, den man nicht aus den Augen lassen sollte.

Die Geschichten in diesem Buch führen den Leser mitten hinein in das Leben der Uiguren, so wie es vor einigen Jahren war. Früher einmal zogen Kamelkarawanen durch die Wüsten und Oasen des Nordwestens Chinas, brachten wertvolle Handelsgüter und Wissen mit und ließen hier eine eigene Kultur entstehen. Heute hat die Kommunistische Partei das Sagen. Die Wirtschaft boomt, Industrieanlagen und Bohrtürme wachsen wie Pilze aus dem Boden, Eisenbahnen und Laster brausen über die „Neue Seidenstraße" nach Europa und zurück, aber für die Uiguren, die hier seit Jahrhunderten zu Hause sind, ist das Leben dadurch nicht leichter geworden. Sie blieben am Wegrand zurück und wurden mehr und mehr an den Rand der Gesellschaft gedrängt.

Die Bezeichnung „Uiguren" bedeutet „vereint" und geht zurück auf die Zeit, als sich verschiedene indoeuropäische, turkstämmige und mongolische Volksgruppen zusammengeschlossen, um 744 ein eigenes Königreich zu gründen: das Uigurische Khaganat. Es erstreckte sich bis weit in die heutige Mongolei hinein, doch ein Jahrhundert später wurden die Uiguren von den Kirgisen zurückgedrängt und zogen sich wieder nach Westen zurück. Heute leben sie vorwiegend im Tarimbecken, in der Dsungarei und den angrenzenden Gebieten. Nach einer wechselvollen Geschichte mit Königreichen und Invasionen von außen wurde das Land Mitte des 18. Jahrhunderts von der Qing-Dynastie unterworfen und 1877 endgültig in das chinesische Kaiserreich eingegliedert. In der unruhigen Zeit nach dem Fall der Qian riefen die Uiguren zweimal eine selbstständige Republik Ostturkestan aus, doch 1949 besetzte die chinesische Volksbefreiungsarmee das Land. Die Bevölkerung wehrte sich nicht. Sie hieß die Kommunisten willkommen, die nach den wirren Jahrzehnten unter der Guomindang und verfeindeten Warlords endlich Frieden und Gerechtigkeit im Land versprachen. 1955 erhielt Xinjiang den Status eines Autonomen Gebiets der Volksrepublik China, was bedeutet, dass den Uiguren ein Recht auf Mitbestimmung zugesichert wird. In der Realität sieht es heute jedoch ganz anders aus.

Bereits seit den 1950er Jahren wurden Han-Chinesen aus dem Osten nach Xinjiang umgesiedelt, um diese abgelegene Grenzregion zu sichern, das Land zu sinisieren, wirtschaftlich voranzutreiben und um die reichen Bodenschätze abzubauen. Mittlerweile machen die Uiguren nur noch knapp die Hälfte der Gesamtbevölkerung Xinjiangs aus und vom wirtschaftlichen Fortschritt bleiben sie weitgehend ausgeschlossen. Die Autonomiegesetze bleiben unbeachtet, während die Chinesen Macht und Reichtum an sich ziehen. Die Uiguren fühlen sich diskriminiert und in ihrer persönlichen Freiheit eingeengt. Daher kommt es gelegentlich zu Konflikten zwischen den ethnischen Gruppen. Schnell werden dann die Uiguren für Gewalttaten verantwortlich gemacht, werden als unberechenbar und gewalttätig dargestellt und als Terroristen verurteilt. Dieses Vorurteil wird von der Regierung und den chinesischen Medien massiv unterstützt, vielleicht in der Absicht, ein Feindbild zu schaffen, das von anderen Problemen ablenkt, und so hat sich die Lage in den letzten Jahren drastisch zugespitzt. Hass und Aggressionen gären auf beiden Seiten und das immer schärfere Vorgehen der chinesischen Politik und neue Anti-Terror- und Anti-Islam-Gesetze lassen die Situation nur immer bedrohlicher werden.

In den Jahren nachdem die Geschichten dieses Buchs geschrieben wurden (vor 2015), hat sich die Lage in Xinjiang noch deutlich weiter verschärft. Über die sogenannten „Umerziehungslager", die Verhaftung von Hunderttausenden von Uiguren und Angehörigen anderer muslimischer Minderheiten, von Zwangsarbeit, Zwangsabtreibung und -sterilisation wurde spätestens seit der Veröffentlichung der „China Cables" Ende 2019 laufend in internationalen Medien berichtetet, doch über die Zeit davor ist weiterhin sehr wenig bekannt.

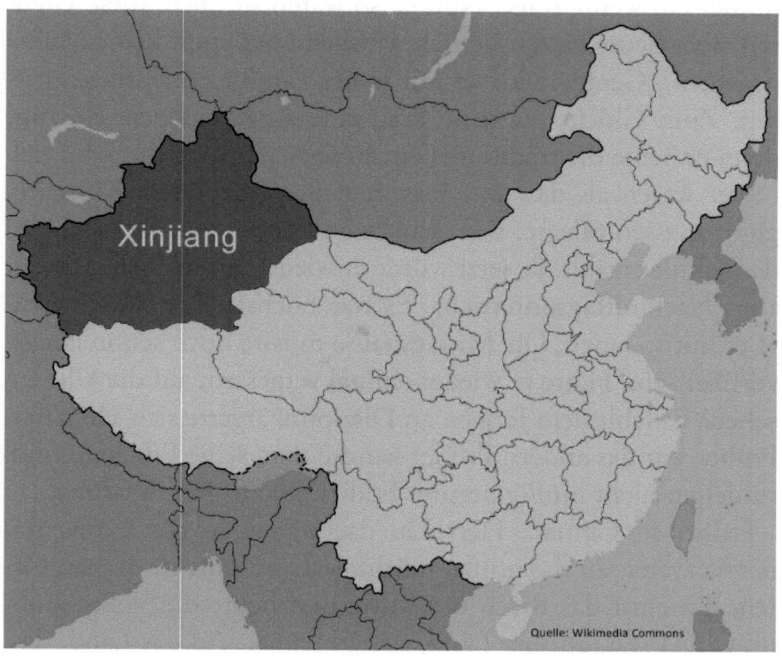

Murat

Es war um die Mittagszeit. Herr Liu saß vor seinem Bekleidungsgeschäft in der Hauptstraße der kleinen Stadt am Rande der Wüste. Zu dieser Zeit kam selten Kundschaft, aber schließen wollte er seinen Laden nicht, weil ein Chinese immer und jederzeit für sein Geschäft da sein sollte. So hatte er es von seinem Vater gelernt. So war es immer gewesen und so hielten es auch die meisten anderen chinesischen Händler, die er kannte. Darum waren sie ja auch erfolgreich. Darum besaß er jetzt das größte Kaufhaus für Mode und Textilien in der ganzen Stadt und darum kamen auch die uigurischen Frauen gern zu ihm, wenn sie Wert auf Qualität legten.

So döste Herr Liu müßig im Schatten des Ladeneingangs und hing seinen Gedanken nach. Seine Angestellten waren ja immer ein wenig träge. Nun ja, so waren sie eben, diese Uiguren, aber heute hatten sie sich wirklich überhaupt keine Mühe gegeben... Gerade hatte er mit seiner Familie zu Mittag gegessen. Zum Glück war seine Frau eine ausgezeichnete Köchin, denn er liebte die traditionellen chinesischen Gerichte, die viel besser waren als das, was man hier in dieser öden Wüstenregion zu essen pflegte. Bao, sein Sohn, hatte vom Vormittag in der Schule erzählt. Ja, jetzt würde er wieder aufbrechen müssen, zum Nachmittagsunterricht. Es war höchste Zeit. Was machte er nur so lange? Die Mittagspause musste doch schon längst vorüber sein. Hatte er wieder einmal vergessen, auf die Uhr zu sehen? Es fehlt dem Jungen an Disziplin! ärgerte sich Herr Liu. Früher war das anders. Früher kannte man seine Pflichten und trödelten nicht müßig herum. Früher... ja, früher in China...

Früher in China... Herr Liu dachte oft an das China seiner Vorväter, an das große, mächtige Land dort im fernen Osten, das einst das Reich der Mitte und heute die Volksrepublik China war, an sein Land, seine Heimat. An das Land, das so erfolgreich regiert wurde, dass es bald alle anderen Staaten der Welt übertreffen würde. Er selbst hatte nie in diesem China gelebt. Er kannte es nur aus den Erzählungen seiner Eltern. Sie waren schon vor langer Zeit hierhergekommen, damals als Mao die Menschen aus dem Osten in ferne Regionen schickte, damit auch diese fernen Regionen mit Han-Chinesen besiedelt wurden und am Fortschritt des jungen, aufblühenden Staates teilhaben konnten. Es war Maos wohldurchdachtes Ziel gewesen, auch die entlegensten Gebiete nicht nur wirtschaftlich zu erschließen, sondern auch von innen heraus zu sinisieren, damit die einheimische Bevölkerung integriert und jedes Unabhängigkeitsstreben im Keim erstickt wurde. Für dieses Ziel hatten damals viele Familien ihre alte Heimat aufgeben müssen. Der alte Herr Liu hatte sich nie wirklich damit abfinden können. Er hatte dieses neue karge Land nicht gemocht und seine Bewohner verachtet, die so anders waren als er selbst. Er hatte von dem herrlichen, fruchtbaren Land des Ostens geträumt, von der erhabenen Kultur, der wunderbaren Kunst und den alten Geschichten und bis zum Ende hatte er gehofft, seinen Lebensabend in der alten Heimat verbringen zu können. Doch das hatte ihm die Regierung verwehrt. Er lag begraben in fremder, ungeliebter Erde, weit weg von den Seelen seiner Vorfahren.

In den letzten Jahren kamen immer mehr Chinesen in dieses unwirtliche Land im Nordwesten, um den Fortschritt voranzutreiben und es zum Blühen zu bringen. Es gab Arbeitsplätze, gutes Geld zu verdienen und vielerlei Sondervergünstigungen. Und jetzt beklagen sich die Uiguren, so zürnte Herr Liu, dass sie keine Arbeit finden. Aber woran liegt es denn? Wenn wir ehrlich sind: Woran liegt es denn, dass sie nicht vorankommen, diese trägen, ewig unzufriedenen Uiguren? Sie können nicht hart arbeiten, sie sind faul und dumm. Sie können vielleicht Schafe hüten und bunte Tänze aufführen, aber nicht die Wirtschaft aufbauen, die Industrie vorantreiben. Fortschritt bringen. Nein, das können sie nicht. Das müssen wir Chinesen tun und dann profitieren sie davon und murren trotzdem noch. Sie murren, weil wir tüchtiger sind als sie. Murren können sie, die Uiguren. Jawohl, nichts als murren und am Ende uns die Schuld dafür geben, weil es ihnen so schlecht ergeht! So ist es doch... Aber wo bleibt der Junge? Er wird noch zu spät zur Schule kommen! Immer hat man Ärger, immer dieser Ärger!

Murat war vierzehn und er hatte es eilig, zur Schule zu kommen. Das Mittagessen hatte sich länger als üblich hingezogen und nun blieb nur noch sehr wenig Zeit, wenn er rechtzeitig zum Unterricht im Klassenraum sein wollte. Wollte – das war gar keine Frage – natürlich wollte er das, das musste er, denn ein Zuspätkommen war für ihn unvorstellbar. Er würde es nicht ertragen, getadelt zu werden. Murat trat in die Pedale. Natürlich kam gelegentlich ein Schüler zu spät zum Unterricht, aber nicht er. Nicht Murat! Er war immer pünktlich, er hatte immer alle Hausaufgaben gemacht und immer alles gelernt, was gelernt werden musste. Nicht weil er es interessant fand, sondern weil er es hasste, vor den Mitschülern bestraft zu werden. Denn jedes noch so kleine Vergehen wurde hart bestraft. Eigentlich hatte er Lehrer Abdureshid gern. Er war ein tüchtiger, aufrechter Mann, aber es war die Pflicht eines jeden Lehrers, auf uneingeschränkte Disziplin zu bestehen. Nein, er wollte Herrn Abdureshid auf keinen Fall erzürnen. Und außerdem – wenn er ehrlich war – außerdem machte es einen höllischen Spaß, so schnell durch die Straßen zu radeln und sich geschickt seinen Weg zwischen den vielen Fahrrädern, Mopeds, Autos, Karren und Fußgängern zu suchen.

Murat war in der Tat sehr geschickt im Fahrradfahren. Jeden Tag fuhr er viermal die Strecke vom Haus seiner Eltern zur Schule: früh am Morgen, vor und nach der Mittagspause, und noch einmal am Nachmittag, wenn der Unterricht zu Ende war. Sein Weg führte ihn mitten durch die Stadt, zuerst durch kleine Gassen zwischen Lehmhäusern und Lehmmauern hindurch, dann über die breitere, asphaltierte Straße mit neuen Häusern und großen, schattenspendenden Pappelbäumen und dann schließlich über die moderne Geschäftsstraße, auf der immer, selbst jetzt in der Mittagszeit, reges Leben herrschte. Nur noch drei oder vier Minuten, dann hatte er sein Ziel erreicht. Dann noch ein paar Schritte bis zum... Rumms!

Murat raffte sich mühsam auf. Ein Knie war aufgeschürft und sein Rad lag am Boden. Daneben war noch ein zweites Fahrrad und ein etwa gleichaltriger Junge, ein Chinese, versuchte sich aus dem blechernen Gewirr zu befreien, das da am Straßenrand lag. Was war geschehen? Wieso waren sie zusammengestoßen? Gerade noch hatte er völlig freie Bahn vor sich gehabt, dass wusste Murat ganz genau. Woher war der andere so plötzlich gekommen? Von der Seite, aus einer Einfahrt, dem Laden, wo man ihn nicht hatte sehen können?

„Ist was passiert? Hast du dich verletzt?", fragte er den chinesischen Jungen.

„Nein, es geht schon", sagte dieser und betastete seine Beine von oben bis unten. „Ist schon okay, nicht so schlimm. Und du?"

Murat hob sein Fahrrad auf und stellte erleichtert fest, dass nichts Wesentliches kaputt war. Er fühlte sich ein wenig benommen, wollte aber sofort wieder aufspringen, um nicht noch mehr Zeit zu verlieren. Ach, vielleicht war es ja schon zu spät. „Entschuldige", rief er dem Jungen zu, obwohl er ganz sicher wusste, dass nicht er, sondern der andere den Unfall verursacht hatte. Aber der wirkte so hilflos und verdattert, wie er da neben dem umgestürzten Fahrrad stand und sein wundes Knie untersuchte.

„Entschuldige", sagte auch der chinesische Junge, „ich hab dich zu spät gesehen, konnte nicht mehr rechtzeitig bremsen. Es tut mir leid."

Murat sah einen Mann aus dem Laden stürzen, vor dem die beiden Jungen zusammengestoßen waren. Es war ein stadtbekanntes

Bekleidungsgeschäft, das einem chinesischen Geschäftsmann gehörte. Viele Leute kauften dort ein und Murat wusste, dass auch seine Mutter gelegentlich vor den Schaufenstern stehen blieb.

„Ich hab's genau gesehen", schrie der Mann außer sich vor Zorn. „Warte, Bürschchen! Warte! So schnell kommst du mir nicht davon!"

Mit wutverzerrtem Gesicht und einem Schwall von Beschimpfungen kam er auf Murat zugerannt.

„Es ist doch nichts passiert, alles in Ordnung", versuchte Murat, ihn zu beschwichtigen.

Es setzte eine heftige Ohrfeige.

„Bitte! Es ist doch niemand verletzt..." Murat bückte sich, um dem nächsten Schlag zu entgehen, aber er hatte keine Chance. Der aufgebrachte Chinese hielt ihn fest und prügelte auf ihn ein, schlug mit all seiner Kraft zu. Er schlug und tobte, schimpfte und prügelte, bis Murat das Gleichgewicht verlor und zu Boden fiel. Jetzt packte ihn der Mann am Hals und drückte zu. Er drückte immer fester zu. Seine Hände schienen sich um Murats Hals zu verkrampfen, sein Gesicht verzerrte sich zu einer wütigen Fratze, aus der ein unergründliches Hassgefühl zu sprühen schien, eine unversöhnliche Wut. Murat wand sich verzweifelt unter seinen Händen, weil er kaum noch Luft bekam und zu ersticken glaubte. Da riss der Mann plötzlich seinen Hals in die Höhe und schlug den Kopf gegen die Bordsteinkante. Noch einmal, noch einmal. Wie viele Male konnte Murat nicht zählen, denn er hatte bereits das Bewusstsein verloren.

Er kam erst wieder zu sich, als er fühlte, wie er einen Tritt gegen den Kopf bekam. Einen Fußtritt, einen gemeinen Fußtritt auf seinen wehrlosen Kopf auf der staubigen Straße! Immer wieder, immer wieder. Als er mühsam die Augen zu öffnen versuchte, erkannte er zu seiner Überraschung, dass es der chinesische Junge war, der gerade noch so verzagt seine Schrammen betastet hatte. Er stand jetzt neben dem älteren Mann, der ihn gewürgt hatte, und man konnte deutlich erkennen, dass sie Vater und Sohn waren, Herr Liu und sein Sohn Bao. Verwirrt bemerkte Murat mit einem flüchtigen Blick auch eine Reihe anderer Leute, die in der Nähe standen und zu ihm herüberschauten. Sie standen da und sahen ihn an, als sei er Teil einer Theateraufführung. Blitzschnell wich er dem nächsten Tritt aus. Er fuhr sich mit beiden Händen an den Kopf, er röchelte, hustete und versuchte sich unter Schmerzen aufzurappeln.

Da traf ihn erneut ein Schlag gegen den Kopf. Herr Liu stand wie ein grimmiges Ungeheuer über ihm. Eine unbändige Wut brannte in seinen Augen. Er war wie von Sinnen in dieser Wut, die sich gegen so viel mehr richtete als gegen einen halbwüchsigen Jungen, der mit seinem Sohn zusammengestoßen war. Es war die Wut auf ein ganzes Volk. Oder die Wut auf dieses trockene Wüstenland, in das ihn das Schicksal verschlagen hatte. Oder die Wut auf eine Regierung, die seine Eltern wie so viele andere Chinesen mit Zwang oder Versprechungen hierher gelockt hatte. Oder es war eine Wut, in der sich all das entlud, was sich in seinem Leben an Zorn und Enttäuschung aufgestaut hatte. Er wusste es nicht, aber er hasste diesen uigurischen Jungen, weil er im Recht war und sein eigener Sohn im Unrecht.

Ja, wie viel Wut musste in diesem Augenblick in einem Herzen zusammengekommen, um derart blindwütig auf einen wehrlosen Knaben einzuschlagen? Murat hatte keine Kraft, sich gegen den Mann zu wehren. Er blinzelte hilflos in die ungezügelte Wut, die ihm aus glühenden Augen entgegenschlug, und gab auf.

In diesem Moment kam ein etwas älterer Schüler vorbei, den Murat vom Fußballspielen her kannte. Er hieß Turghun und war ein ausgezeichneter Spieler, groß und athletisch, den alle in der Schule bewunderten. Er überschaute die Situation sofort und, ohne auf den chinesischen Händler und seinen Sohn zu achten, lief er auf Murat zu, um ihm zu helfen.

„Ist alles in Ordnung?", fragte er. „Kannst du aufstehen?"
Er reichte ihm die Hand und blickte dabei drohend in die Runde.

Murat öffnete die Augen und versuchte sich aufzusetzen. Ihm schwindelte. Der Kopf, der Hals, die Brust, alles brannte, wie wenn ein Feuer ihn versengte. Ihm war übel, er musste husten und würgen und all seine Kraft aufbieten, um nicht elendig in sich zusammenzusinken. Mit Turghuns Hilfe stand er auf, reckte sich, strich sein schmutziges Hemd glatt und entdeckte auf einmal zu seinem Erstaunen unter den Zuschauern auch einen Polizisten. Hatte der die ganze Zeit zugesehen? Warum hatte er nicht eingegriffen? Wie hatte er zulassen können, dass er, ein Junge, von einem Erwachsenen zu Boden geschlagen und mit Füßen getreten wurde? Er wollte auf ihn zugehen und um Hilfe bitten, doch der Polizist drehte sich um und ging. Fassungslos sah Murat ihm nach.

„Los, komm! Wir geben's ihnen zurück!", rief der Fußballspieler kampfeslustig. „Ich nehm den Alten, du den Jungen. Zu zweit schaffen wir das."

Murat fühlte Blut aus seinem rechten Ohr tropfen. Als er mit der Hand nachfühlte und seine rotverschmierten Finger sah, ergriff ihn eine irrsinnige Angst. Wut und Verzweiflung brodelten plötzlich in ihm auf und wie in blinder Panik wollte er sich auf den chinesischen Jungen stürzen, dem jetzt offenbar wieder aller Mut abhandengekommen war, denn er wich ängstlich einige Schritte hinter seinen Vater zurück. Doch in diesem Augenblick mischte sich einer der Umstehenden ein.

„Halt! Halt ein, Junge", rief er, „das hat doch keinen Sinn. Ihr macht euch nur unglücklich."

Ein alter Mann, ein Uigure mit grauem Bart und tiefen Falten im Gesicht, der ebenfalls dem erbärmlichen Schauspiel zugesehen hatte, nahm Murat am Arm und sagte begütigend:

„Lass nur, Junge. Was passiert ist, ist passiert. Lass es gut sein und geh jetzt zur Schule."

Unschlüssig blieb Murat stehen und sah Turghun an. Auch der hatte die Fäuste sinken lassen und hörte, was der alte Mann sagte, doch in seinen Augen funkelte noch immer ein unsäglicher Zorn. Eine abgrundtiefe Erbitterung, ein glühender Hass, der nach Vergeltung dürstete. Zornig erwiderte er: „Sieh dir diesen schmächtigen Jungen an, Väterchen. Und der da ist ein erwachsener Mann..."
„Bitte, Kinder!"
„Er hat ihn geschlagen, weil er Uigure ist!"
„Ja, ich weiß, ich weiß. Aber lass nur, lass es gut sein! Gib Ruhe! Es ist ja nichts Schlimmes passiert." Und zu Murat gewandt fügte er beschwichtigend hinzu: „Deine Wunden heilen wieder, mein Junge. Geh jetzt zur Schule. Geh und mach es nicht noch schlimmer als es ist."

Die meisten derjenigen, die dem ungleichen Kampf zugesehen hatten, waren Chinesen, denn hier im Stadtzentrum lebten nicht viele Uiguren. Sie wohnten eher am Rande der Stadt, in den Lehmhausgassen und den ruhigeren, von Bäumen und Bächen gesäumten Straßen. Jetzt wandten sie sich ab und gingen fort. Es ist nicht gut, in einen Streit zwischen Chinesen und Uiguren verwickelt zu werden, so wussten sie alle, denn man kann nie wissen, wohin das führt. Besser, man zieht sich zurück und überlässt den Mächtigeren das Feld. Auch die anderen gingen ihrer Wege, nur Murat und Turghun standen noch immer da und sahen einander unentschlossen an. Da drehte sich der Ladenbesitzer abrupt um und ging in seinen Laden. Er sprach noch einige strenge Worte mit seinem Sohn, woraufhin dieser sein Fahrrad nahm und missmutig davonfuhr. Wahrscheinlich musste auch er zur Schule und würde viel zu spät zum Unterricht kommen. Ebenso wie Murat.

Lehrer Abdureshid sprang auf, als Murat den Klassenraum betrat.
„Was ist passiert? Murat, was ist los mit dir?", fragte er und alle Schüler lauschten auf das, was Murat stockend berichtete.

Sein Gesicht war geschwollen, die Augen konnte er kaum öffnen, der Hals war über und über von blutigen Kratzspuren gezeichnet, die Lippen aufgerissen, im Mund schmeckte er Blut und vom rechten Ohr lief eine dicke, krustige Blutspur bis auf die Schulter.

Von Unterricht war keine Rede mehr, denn so eine haarsträubende Ungerechtigkeit betraf sie alle. Sie alle waren Uiguren und sie alle wussten, dass sich die Chinesen sehr mächtig fühlten und Uiguren für Menschen zweiter Klasse hielten, für ein minderwertiges Volk, dreckig, rückständig und ungebildet. ‚Uiguren sind vom Esel getreten', hieß es bei ihnen. Aber wie kamen sie auf diesen Gedanken? Warum verachteten sie Menschen, die sie gar nicht richtig kannten? Andererseits, auch die Uiguren mochten die Chinesen nicht, doch das hatte ja einen Grund! Das war wegen solcher Geschichten wie dieser mit Murat. Das war, weil die Chinesen immer Recht bekamen, auch wenn sie gar nicht im Recht waren. Das war, weil sich die Regierung, die Partei, die Richter, alle, die etwas zu sagen hatten, immer auf ihre Seite stellten und die Uiguren benachteiligten. Das war, wie ihre Eltern sagten, weil die Chinesen gekommen waren, um ihr Land auszubeuten und sie, die hier seit alters her zu Hause sind, an den Rand der Gesellschaft zu drängen.

„Ihr hättet ihn fertigmachen sollen!", riefen einige der Jungen.

„Still jetzt!", mahnte Herr Abdureshid. „Hört auf mit solch dummem Gerede. Murat, geh sofort zum Schulleiter und erkläre ihm alles. Und dann ab mit dir ins Krankenhaus! Deine Wunden müssen dringend untersucht werden."

Der Schulleiter wollte die Sache ordnungsgemäß geklärt sehen und schickte eine Delegation zum Laden, um den Inhaber zur Rede zu stellen. Der Geschäftsinhaber wunderte sich über den Besuch. Er habe keine Ahnung von solch einem Vorfall. Verprügelt? Diesen Jungen? Nein, den habe er noch nie gesehen. Was ist nur mit seinem Gesicht geschehen? Er sieht ja schlimm aus, der arme Bengel!

„Dann holen wir die Polizei!"
„Ja, tun Sie das. Nur zu, ich freue mich, wenn die Polizei kommt. Es ist mir sehr recht, wenn die Polizei hört, welch impertinente Anschuldigungen Sie gegen mich erheben."
Auf der Polizeistation zeigte man sich sehr entgegenkommend. Selbstverständlich werde man sich der Sache annehmen. Es dürfe ja nicht sein, dass ein harmloser Fahrradunfall in eine derart brutale Prügelei ausarte. Einen Halbwüchsigen so zuzurichten, das sei wirklich ungeheuerlich und müsse streng geahndet werden. Zwei Polizisten wurden sofort ausgeschickt, um den Beschuldigten festzunehmen.
„Er war nicht mehr da", berichteten sie, als sie nach einer Stunde zurückkamen. „Wir werden morgen noch einmal hingehen. Keine Sorge, wir kümmern uns um die Sache... Aber wäre es nicht vielleicht doch besser, wenn Sie alles einfach vergessen würden. Es ist ja nichts Schlimmes passiert. Meinen Sie nicht? Nein?"

Als Murat einige Tage später wieder an dem Bekleidungsgeschäft vorüberkam und den Inhaber an der Tür stehen sah, glaubte er, sein Herz würde stehen bleiben. Oder jeden Augenblick explodieren und in tausend Stücke zerspringen. Denn der Anblick dieses Mannes und die Erinnerung an seine Raserei, an die Schmerzen, die er erlitten hatte, und die Wunden, die ihn noch immer verunstalteten, trieben ihm das Blut durch die Adern. Er fragte sich: ‚Was macht der hier? Warum hat ihn die Polizei nicht festgenommen?' Und dann sah er diesen überheblichen Blick! Diese lässige Selbstsicherheit, die absolute Gewissheit, dass ihm niemand auf der ganzen Welt etwas anhaben könne, dass er die Macht auf seiner Seite hatte und ein kleiner uigurischer Schuljunge sich vor ihm in Acht zu nehmen habe. Das alles stand in seinem Gesicht geschrieben. Murat las es wie in einem offenen Buch, obwohl er nur für den Bruchteil einer Sekunde hingeschaut hatte. Doch für immer und ewig würde ihn dieses Bewusstsein absoluter Machtlosigkeit verfolgen. Sein ganzes Leben lang.

Ghalip

Was geschah am 5. Juli 2009 in Urumchi? Durch die Medien der Welt ging folgende Nachricht: „Bei gewaltsamen Zusammenstößen zwischen Uiguren und Han-Chinesen kamen nach offiziellen Angaben 197 Menschen ums Leben. Rund 1700 Menschen wurden verletzt."
Die große Mehrzahl der Opfer seien Han-Chinesen gewesen, hieß es, doch nach Darstellung des Weltkongresses der Uiguren waren zuvor bei der Niederschlagung friedlicher Proteste in verschiedenen Städten Xinjiangs auch viele Uiguren getötet worden. Demonstranten hatten gegen die Untätigkeit der Polizei nach dem Tod zweier uigurischer Arbeiter protestiert, die bei Unruhen in einer Spielzeugfabrik in Shaoguan in der südchinesischen Provinz Guangdong ums Leben gekommen waren. Die Proteste in Urumchi hatten friedlich begonnen. Viele Menschen waren zusammengekommen, um eine Aufklärung des Vorfalls in Shaoguan zu fordern, doch als die Polizei brutal gegen die Demonstranten vorging, kam es zu gewaltsamen Ausschreitungen. Die Uiguren wehrten sich in ihrer Wut und Verzweiflung und es kamen nicht nur Demonstranten, sondern auch viele Chinesen ums Leben, ehe die Ruhe wieder hergestellt werden konnte. Zwei Tage später schlossen sich dann Gruppen von Han-Chinesen zusammen, um Rache zu üben. Schlimme Dinge geschahen, sehr schlimme Dinge, über die nicht berichtet wurde und an die sich niemand erinnern mag.
Viele junge Uiguren sind seitdem unauffindbar. Ihre Familien blieben ohne Nachricht und fragten sich oder fragen sich noch immer voll Sorge und Trauer: Sind sie bei den Unruhen ums Leben gekommen? Wurden sie verhaftet? Werden wir sie wiedersehen?

Auch Ghalip, ein junger Journalist und Blogger, war seit diesen Tagen verschwunden. Er hatte Literatur studiert, Artikel in Zeitschriften publiziert und in der Redaktion einer lokalen Tageszeitung mitgearbeitet. Auf einer eigenen Webseite veröffentlichte er Abhandlungen über die Geschichte, Kultur und Gesellschaft der Uiguren, gelegentlich auch über andere politische Themen. Viele Leser im ganzen Land verfolgten diese Blogs mit großem Interesse.

Seine Eltern mochten sich nur schwer mit dem Gedanken abfinden, dass ihr Sohn tot war, aber da er sich nicht meldete und auch keine Nachricht über eine Verhaftung oder Anklage kam, glaubten sie, keine andere Wahl zu haben, als sich im Herzen von Ghalip zu verabschieden.

„Sie haben ihn umgebracht", sagte Mariamkhan zu ihrem Mann. Er war seit einem Schlaganfall halbseitig gelähmt und konnte seit einigen Jahren nicht mehr arbeiten. Alle Hoffnung hatte er in die Zukunft seines einzigen Sohnes gesetzt.

„Er hat doch nichts verbrochen", erwiderte er dann jedes Mal. „Es kann nicht sein, dass sie unschuldige Menschen töten. Er hat doch nie in seinem Leben etwas Verbotenes getan."

Ghalips Eltern lebten in einem kleinen Dorf bei Bajingol. Auch andere Familien vermissten jemanden, den sie liebten: einen Verwandten, einen Freund, einen Schulkameraden. Einigen war der Tod bestätigt worden, anderen hatte man mitgeteilt, dass der Vermisste wegen terroristischer Umtriebe, Rebellion, Aufruf zum Widerstand oder Separatismus inhaftiert worden sei. Aber Ghalips Familie hatte keine Nachricht erhalten. Dann kam eines Tages ein junger Mann ins Dorf und erzählte, dass er seinen Studienfreund Ghalip drei Wochen nach den Unruhen in Urumchi gesehen habe.

„Es ging ihm gut", versicherte er. „Er kann nicht tot sein." Mariamkhan brach in Tränen der Erleichterung aus und ihr Mann strahlte voll neuer Hoffnung. Doch was war geschehen? Warum meldete er sich nicht, warum funktionierte sein Telefon nicht und warum schrieb er keine neuen Blogs?

Mariamkhan reiste nach Urumchi, um nach ihrem Sohn zu suchen. Sie fragte bei Polizeistationen, Regierungsstellen, beim Gericht, bei der Redaktion, sie fragte alle, von denen sie glaubte, dass sie einmal Kontakt zu Ghalip gehabt haben könnten. Aber niemand hatte ihn gesehen. Niemand hatte sich jemals gefragt, warum er nicht mehr da war, denn so viele waren nicht mehr da. Und niemand hatte den Mut gehabt, sich nach ihm zu erkundigen, weil jeder, der nach einem Vermissten, möglicherweise einem politischen Gefangenen fragte, sehr schnell selbst in Verdacht geraten konnte.

Ein Jahr verging. Es wurde Herbst, es wurde Winter und eines Tages stand die Geheimpolizei bei Ghalips Eltern vor der Tür. Sie durchsuchten das ganze Haus, fragten, wer im Hause ein und aus gehe, ob sich jemand nach Ghalip erkundigt habe, welche Freundschaften und Kontakte er gepflegt habe, und sie drohten, die ganze Familie zu verhaften, falls sie nicht jede Person meldeten, die sie besuchte. Sie kamen nur dieses eine Mal, aber auf der Dorfstraße sah man häufig Fremde auf und ab gehen und wer konnte schon sagen, ob es Touristen oder Spitzel waren.

Und dann kam eines Tages mit der Post ein Brief, in dem stand, dass sich Ghalip im Gefängnis von Shikho befinde. Er sei in einer nicht öffentlichen Gerichtsverhandlung zu dreizehn Jahren Haft verurteilt und kurz darauf in den Norden von Xinjiang überstellt worden. Ihm wurde vorgeworfen, auf seiner Website Falschmeldungen in Umlauf gebracht und separatistische Ideen verbreitet zu haben: Ein Aufruf zur Spaltung der Nation war ein schweres Verbrechen gegen den Staat. Hochverrat.

Dreizehn Jahre waren keine hohe Strafe für ein staatsgefährdendes Vergehen.

Dreizehn Jahre waren eine erschütternd hohe Strafe für einen jungen Mann, der mitten im Leben stand.

Dreizehn Jahre waren dreizehn Jahre zu viel in einem Staat, der seinen Bürgern laut Verfassung Redefreiheit garantiert.

Mariamkhan war erleichtert und verstört zugleich. Ihr Sohn lebte, das war wunderbar! Aber dreizehn Jahre im Gefängnis! Das war eine kaum vorstellbar lange Zeit, ein halbes Leben. Er war in einem Alter, in dem er heiraten und eine Familie gründen sollte. Er hatte eine Verlobte, hatte Hochzeitspläne gehabt. Würde die junge Frau dreizehn Jahre warten können? Was sollte nur werden? Und seine berufliche Laufbahn lag doch noch vor ihm. Er war erfolgreich als Journalist, die Menschen wollten seine Artikel lesen. Die uigurische Gesellschaft brauchte Männer wie ihn. Männer, die hinter die Kulissen schauten und die Wahrheit schrieben, ohne dabei gegen die Regierung aufzuhetzen.

Sie setzte alle Hebel in Bewegung, um Ghalip wenigstens einmal sehen und mit ihm sprechen zu können, und tatsächlich hatte sie Glück: Sie bekam eine Besuchserlaubnis. Es wurden ihr fünfzehn Minuten gewährt. Fünfzehn Minuten durften sie, ihr Mann und Ghalips Schwester Adile, mit ihm sprechen.

Sie fuhren nach Shikho, mehr als tausend Kilometer weit.

Es war grau und ungemütlich an diesem Morgen. Der Winter stand bevor und hier im Nordwesten Xinjiangs war das Klima deutlich rauer als daheim in Bajingol. Sie hatten nicht viel Zeit gehabt, sich auf eine weite Reise vorzubereiten, denn die Nachricht war so unerwartet gekommen, dass Mariamkhan einfach ein paar Kleidungsstücke in den Koffer geworfen hatte, ohne sich viele Gedanken um Wärme oder Kälte zu machen. Und dann waren sie zwei Tage lang im Bus unterwegs gewesen.

Nun standen sie vor dem riesigen Gefängniskomplex, weit außerhalb der Stadt Shikho, mitten in der endlosen, öden, von großen und kleinen Steinen übersäten Wüstenlandschaft. Abweisend, bedrohlich, kalt. Hohe Gitter, Mauern, Scheinwerfer, Wachtposten. Zögernd gingen sie auf das Eingangstor zu und wiesen ihre Papiere vor. Nachdem sie aufs sorgfältigste durchsucht worden waren, führten zwei Aufseher sie mit forschen Schritten und unbewegter Miene durch lange Gänge; Türen wurden auf- und wieder zugesperrt; die Besucher folgten, so schnell sie es konnten. Doch da die beiden Frauen den gehbehinderten Vater zwischen sich stützen mussten, fielen sie zurück, so dass die Wärter stehen bleiben und auf sie warten mussten. Endlich machten sie vor einer Tür halt, musterten die Besucher mit strengem, eiskaltem Blick und sagten:

„Halten Sie sich an die Anweisungen: keine Berührung, keine unerlaubten Fragen. Fünfzehn Minuten."

Dann schloss der ältere der beiden Männer die Tür auf und ließ die Familie in einen kahlen, fensterlosen Raum eintreten, der von zwei Röhrenlampen grell erleuchtet war. Die Aufseher blieben zu beiden Seiten der Tür stehen, während die Besucher auf den drei bereitgestellten Stühlen vor einer Gitterwand Platz nahmen.

Nach einer Weile öffnete sich jenseits der Eisenstäbe eine zweite Tür.

Eine hagere, gebeugte Gestalt in einem viel zu großen blauen Baumwollanzug, mit kahlgeschorenem Schädel und gesenktem Blick trat schlurfend ein, geführt von einem Wächter. Die Arme hingen schlaff vor seinem Körper herab, die Hände waren gefesselt.

„Ghalip", wollte Mariamkhan aufschreien, aber die Stimme versagte ihr.

„Hinsetzen!", donnerte es von der Tür her. Mariamkhan hatte gerade von ihrem Stuhl aufspringen wollen, fiel aber erschrocken zurück auf ihren Platz und sackte in sich zusammen wie ein gescholtener Hund.

Der Wärter auf der anderen Seite des Gitters brachte Ghalip zu einem Stuhl und schloss seine Hände mit den Handschellen an die Rückenlehne und die Füße an die vorderen Stuhlbeine. Ghalip blickte noch immer zu Boden, so, als sei sein Kopf zu schwer für den abgezehrten, mageren Körper oder als schämte er sich seiner selbst und wagte nicht, seinen Eltern in die Augen zu sehen. Hatte er doch Unglück und Schande über sie gebracht.

„Sie dürfen jetzt sprechen", bellte einer der Aufseher.

Mariamkhan reckte sich energisch auf und zwang mit dieser Bewegung ihren Sohn, den Blick zu heben.

Seine Augen lagen tief in den Höhlen und hatten jeden Glanz verloren. Sein Gesicht war fahl und ausdruckslos, sein ganzer Körper ausgemergelt, nichts als Haut und Knochen, verwelkt. Es war von ihm nichts weiter übriggeblieben als ein armseliges, willenloses Häuflein Mensch.

„Ghalip", flüsterte sie erschüttert. Und obwohl es eine unsinnige Frage war und sie ihrer Stimme kaum mächtig, fragte sie: „Wie geht es dir?"

Er antwortete nicht. Für einen kurzen Moment sah er seine Mutter an, dann traten ihm Tränen in die Augen und rannen über seine hohlen Wangen. Abwischen konnte er sie nicht, weil die Hände gebunden waren, und so senkte er den Kopf wieder, ehe er Vater und Schwester einen Blick geschenkt hatte.

Wie lebensfroh war er früher gewesen, voller Lebenskraft und Tatendrang, dachte Mariamkhan. All das war fort, erloschen. Er hatte seine Jugend verloren, seine unerschütterliche, positive Energie, seinen Sinn für Gerechtigkeit, für das Gute, all das... wo war es geblieben? Binnen eines Jahres war Ghalip ein vollkommen anderer Mensch geworden, ein Mensch, der nur noch nach außen hin sichtbar war, und selbst das kaum noch. Er war ja nur noch ein zerbrechliches, hilfloses Wrack.

Mariamkhan brach das Herz, als sie ihn so weinen sah, hinter eisernen Gitterstäben und an einen Stuhl gekettet.

Plötzlich stieß der Vater einen Schrei aus und brach ohnmächtig zusammen. Er glitt langsam von seinem Stuhl. Die beiden Frauen und einer der Wächter eilten zu Hilfe und legten ihn auf den Boden.

„Wir bringen ihn ins Krankenzimmer. Kommen Sie, die Zeit ist sowieso fast abgelaufen."

„Noch einen Augenblick. Bitte!", bat Adile. „Bitte!"
„Ghalip", sagte sie leise zu ihrem Bruder. „Ghalip, halte durch. Wir brauchen dich. Wir alle brauchen dich. Irgendwann, Ghalip, irgendwann wirst du die Kraft haben zu sagen, was geschehen ist. Gib nicht auf!"
Und flüsternd fügte sie hinzu:
„Eines Tages musst du der Welt erzählen, was sie dir angetan haben!"
„Sprechen Sie laut!", brüllte sofort einer der Männer. „Flüstern ist verboten."
Und dann zerrten sie auch schon den alten Mann in den Flur und schlossen hinter den Besuchern die Tür.

Ghalip hatte kein einziges Wort gesprochen. Was hätte er auch sagen sollen? Hätte er über die Verhöre und all die schlimmen Dinge gesprochen, die er erlebt hatte, hätte man ihn sofort zurück in die Zelle geführt, und er hätte seiner Familie nur noch mehr Sorgen und Leid verursacht. Er fühlte sich ja ohnehin schon schuld an ihrem Unglück: Er hatte sich und sie geopfert für eine Wahrheit, die keine Wahrheit sein durfte.
Aber es war die Wahrheit gewesen! Er hatte keine Falschmeldungen verbreitet. Er hatte nichts Unwahres geschrieben und er hatte nicht zu Rebellion oder Separatismus aufgerufen. Das lag ihm fern, denn jeder im Lande wusste, zu was das unweigerlich führten musste. Das hätte er niemals riskiert. Aber andererseits hatte er das unnötig brutale Eingreifen der Polizei auch nicht ganz stillschweigend hinnehmen wollen. Die chinesischen Behörden waren schließlich mitverantwortlich für das Blutvergießen und seiner Meinung nach mussten das alle wissen, denn nur so könnte sich irgendwann einmal etwas ändern. Wenn in allen Medien und in aller Welt verbreitet wurde, dass es immer nur uigurische Unruhstifter waren, die Han-Chinesen grundlos angegriffen, und dass nur sie allein schuldig waren, dann war das die Unwahrheit. Polizisten hatten wehrlosen

Uiguren keinen Schutz gewährt. Horden chinesischer Schläger und paramilitärische Trupps hatten auf Unbeteiligte eingeschlagen und sogar noch zugeschlagen, wenn sie schon am Boden lagen.

Er hatte es gesehen.

Er hatte es mit eigenen Augen gesehen und ihm schwindelte noch jetzt bei der Erinnerung. Er hätte dem Jungen helfen müssen, sagte er sich zum hunderttausendsten Mal, während er noch immer über das unsägliche Leid im Blick seiner Mutter weinen musste. Er weinte auch über sich selbst, denn er hätte die Männer mit ihren Stöcken aufhalten und den Jungen in Sicherheit bringen müssen, aber er hatte es nicht getan. Er hatte sich weggeschlichen und an den Computer gesetzt.

Aber auch das sei wichtig, hatte er sich vor sich selbst gerechtfertigt. Mit seinen bloßen Händen hätte er ja doch nichts ausrichten können. Man hätte auch ihn verprügelt und abgeführt. Vielleicht war sogar das Aufschreiben der Wahrheit wichtiger war als spontane Hilfeleistung. Doch das Bild dieses blutüberströmt am Boden liegenden Jungen verfolgte ihn seitdem mit unerbittlicher Beharrlichkeit. Er hatte damals seine Entscheidung getroffen, daran war nichts zu ändern und letztendlich war das Resultat ja ohnehin das gleiche: eine lange Gefängnisstrafe.

Ghalip hatte mit seinem Blog nicht die Regierung provozieren, sondern seinen Lesern erklären wollen, was wirklich geschehen war, und vor allem, warum es geschehen war. Er hatte geschrieben, dass die Uiguren in Xinjiang schon seit langem unter ethnischer Diskriminierung leiden, dass sie in der Ausübung ihrer religiösen Bräuche eingeschränkt werden, dass sie über wirtschaftliche Benachteiligung klagen, bei der Arbeitssuche keine Chance bekommen, dass ihre Sprache zurückgedrängt und ihr Land ausgebeutet wird, und das alles, weil immer mehr Han-Chinesen in ihr Land kommen und die Kontrolle übernehmen. Es sei unausweichlich, hatte er erklärt, dass unter solchen Umständen Aggressionen wachsen und sich an kleinen Ereignissen entzünden können. Auf beiden Seiten habe sich seit Jahren so viel Hass aufgestaut, so viele gegenseitige Beschuldigungen, dass es jetzt zu einer unkontrollierbaren Explosion gekommen war. Die Uiguren schoben die Verantwortung den Chinesen zu, die chinesischen Behörden terroristischen Gruppierungen, angestachelt durch ausländische Separatisten. Diese Wahrheit hatte Ghalip geschrieben. Er hatte gehofft, durch eine objektive, sachliche Darstellung der Dinge die Menschen zum Einhalten und Nachdenken zu bringen, aber sie hatte ihm nichts als endlose Verhöre, furchtbares Leid und dreizehn Jahre Haft eingebracht. Sie hatte sein Leben zerstört.

Für Mariamkhan war das Leben mit der Reise nach Shikho nicht leichter geworden. Sie wusste nun zwar, dass ihr Sohn am Leben war, doch was war das für ein Leben? Er war bis auf die Knochen abgemagert und seine Seele schien zerbrochen zu sein. Noch beinahe zwölf lange Jahre lagen vor ihm, noch zwölf Jahre seines Lebens. Sie selbst fühlte sich schwach und krank. Ihr Mann hatte sich nach dem Schock im Gefängnis nicht erholt, er würde sterben. Sie sah ihn dahinsiechen, ohne Lebenswillen, ohne auch nur den Versuch zu machen, von seinem Lager aufzustehen. Der Anblick seines gebrochenen Sohnes hatte ihn selbst zerbrochen. Die Lähmung schien sich von Tag zu Tag auszubreiten, die Kraft zu schwinden und wenige Monate nach der Reise schlief er eines Tages ein und wachte nicht wieder auf.

Mariamkhan schrieb ihrem Sohn nichts vom Tod des Vaters. Ohnehin würde er ihre Briefe vermutlich nicht bekommen, denn nicht ein einziges Mal erhielt sie eine Antwort. Daher würde niemand erfahren, wie es ihm in den folgenden Jahren erging. Gelegentlich berichteten entlassene Häftlinge über die Zustände in chinesischen Gefängnissen und Mariamkhan wanderte dann in Gedanken zu ihrem Sohn und malte sich aus, wie sein Leben wohl aussehen mochte. Ob er in seinem erbärmlichen Gesundheitszustand überhaupt zwölf Jahre Haft überleben könnte? Gefangene mussten meist schwere körperliche Arbeit leisten. Man hörte furchtbare Geschichten.

Ein Mann aus einem Nachbardorf war einmal wegen einer Kleinigkeit zu sieben Jahren Haft verurteilt worden und am Ende hatte man ohne Begründung noch einmal fünf Jahre angehängt, in denen er zwar nicht mehr in eine Gefängniszelle gesperrt war, sondern in ein Arbeitslager kam.

Wahrscheinlich schuftete auch Ghalip in solch einem Arbeitslager, dort oben im Norden, wo es kalt und unwirtlich war. Vielleicht auf einem Feld oder in einem Steinbruch? Vielleicht musste er mitten im Winter, in Eis und Schnee, draußen stehen und Steine hauen. Sie dachte wieder an die schmächtige, weinende Gestalt ihres Sohnes, die mit Händen und Füßen an einen Stuhl gefesselt war. Er hätte ja nicht einmal einen Hammer halten können, so schwach war er gewesen.

Sie erinnerte sich an die Geschichte eines ehemaligen Häftlings, der jahrelang mit elf anderen Gefangenen in einer Zelle gehaust hatte, in der es nur Platz für sechs Pritschen gab. Sie mussten sich mit dem Schlafen abwechseln oder im Stehen schlafen, wenn sie es konnten. Ja, auch das war möglich: im Stehen zu schlafen. Man mochte es nicht glauben, aber es gab genug Leute, die während ihrer Haft Furchtbares erlebt hatten, und es war kaum anzunehmen, dass sie alle nur Lügengeschichten erfanden. Ein Mann aus Kumul hatte fünfundvierzig Tage zusammen mit vierundzwanzig Leidensgenossen in einer Zelle gelebt, die gerade einmal so groß war, dass sie alle nebeneinanderstehen konnten. Nur die Ecke mit dem Toilettenloch ließen sie frei, damit dort gelegentlich einer von ihnen hocken konnte. So standen sie die ganze Nacht, bei greller Beleuchtung und von einer Kamera überwacht, schliefen oder dösten stehend, stützten sich gegenseitig, hielten einander. Wer im Schlaf das Gleichgewicht zu verlieren drohte, bekam von seinen Nachbarn einen Knuff, raffte sich zusammen und schlief oder döste weiter. Tagsüber mussten sie in einem Steinbruch arbeiten, schwere, kräftezehrende Arbeit verrichten. Viel Kraft besaßen sie nicht, denn in ihrer täglichen Suppe schwammen meist nur wenige Kartoffelstückchen, aber trotzdem freuten sie sich jeden Morgen auf die körperliche Arbeit, weil sie dann endlich wieder ihre Glieder recken konnten.

Dieser Mann, der zähe, qualvolle Verhöre und fünfundvierzig Tage unter derartigen Haftbedingungen über sich ergehen lassen musste, hatte als Ingenieur in einer Fabrik gearbeitet, in der eines Tages eine Bombe explodiert war. Zu dem Anschlag hatte sich niemand bekannt, doch die Polizei brauchte einen Schuldigen, und da in der Fabrik neben den vielen chinesischen Mitarbeitern nur zwei Uiguren beschäftigt waren, nahm man diese beiden fest. Offenbar hatte sich nach fünfundvierzig Tagen dann aber doch ihre Unschuld erwiesen.

Mariamkhan konnte es kaum ertragen, solche Geschichten zu hören, und doch wollte sie alles wissen. Sie fühlte sich dann ihrem Sohn ein wenig nahe und hoffte, dass auch er überleben würde. Jede Nacht, wenn sie schlaflos in ihrem Bett lag, fragte sie sich, wie es wohl sein mochte, mit vielen anderen Männern in eine Zelle gepfercht, jeder nur eine Nummer, kein richtiger Mensch. So schliefen sie, hofften und weinten, aßen und verrichten ihre Notdurft, beobachtet von einer Kamera und unter der ständigen Bedrohung physischer oder psychischer Quälerei. Irgendwann wird er frei sein, tröstete sie sich, wenn der Schlaf nicht kommen wollte. Irgendwann – vielleicht würde sie dann selbst nicht mehr am Leben sein. Aber irgendwann wird er wieder frei sein.

Dreizehn Jahre Haft für einen Blog, für eine Wahrheit, die nicht ausgesprochen werden durfte, weil sie angeblich die Sicherheit der Volksrepublik Chinas gefährdete. Ist die Wahrheit wirklich so gefährlich? Oder sind es nicht vielleicht eher die Lügen und Verheimlichungen, die eines Tages staatsgefährdend sein könnten?

Hamut

Es war der 7. Juli 2009, zwei Tage nach der großen Demonstration. An der Universität von Urumchi ging das Semester seinem Ende zu. Einige Prüfungen standen noch aus und danach ein Praktikum. Doch seit zwei Tagen, seit diesem furchtbaren Sonntag, an dem die friedlichen Demonstrationen der Uiguren in Urumchi und Kashgar ein so grausames Ende gefunden hatten, herrschte an der Universität ebenso wie in der ganzen Stadt Ausnahmestimmung. Nichts war mehr wie früher. Ein lähmendes Entsetzen hatte sich wie eine dunkle Wolke über das Land gelegt. Wie eine Gewitterwolke, die noch immer mit ihrem drohenden Grollen die Menschen in Angst und Schrecken versetzte.

Niemand dachte jetzt an Semesterferien, an Heimfahren, an Vergnügen und Erholung. Alle warteten wie benommen auf die nächsten Nachrichten und gaben sich verzweifelt der unsinnigen Hoffnung hin, dass dieser ganze Albtraum nicht wahr sein möge. Sie selbst waren seit zwei Tagen auf dem Universitätscampus eingeschlossen, von Mauern und Polizei geschützt. Aber natürlich wussten sie, dass es wahr war und dass solche Unruhen jederzeit wieder und überall in Xinjiang aufflammen konnten, weil die Uiguren allen Grund hatten, sich gegen die Ungerechtigkeiten aufzulehnen, denen sie sich ausgesetzt fühlten. Natürlich wussten sie auch, dass es unter den Uiguren gewaltbereite Menschen gab, die Dinge taten, die man nicht tun darf, und sie wussten auch, dass jeder Widerstand gegen die Obrigkeit, ja, sogar schon ein lautes Andersdenken unerbittlich geahndet wurde. So warteten also die Studenten in einer Art Schockzustand auf das, was kommen würde. Sie hofften, dass die Prüfungen bald weitergehen und sie ihr Studienjahr erfolgreich abschließen könnten.

An diesem Morgen verkündete der Präsident der Universität, dass die Regierung von Urumchi zu der Überzeugung gekommen sei, es herrsche wieder Ordnung in der Stadt und es bestehe keinerlei Gefahr mehr, den Campus zu verlassen. Daher würden alle Studenten ab sofort in die Ferien geschickt. Alle sollten die Hauptstadt verlassen und in ihre Heimatstädte zurückkehren. Deshalb müsse aus jeder Klasse ein Student zum Bahnhof fahren und für alle seine Kommilitonen Fahrkarten kaufen.

Hamut wurde für diese Aufgabe ausgewählt. Mit viel Geld in der Tasche, für viele Fahrkarten, stieg er um neun Uhr morgens in den Uni-Bus und fuhr in Richtung Hauptbahnhof. Eine seltsame Stimmung herrschte in der Stadt. Als der Bus den uigurischen Bezirk durchquerte, sah Hamut ein ungewohntes Durcheinander, Verwüstung, kaputte Fensterscheiben, verbeulte Autos, beinahe so, als hätte ein wütender Tornado durch die Straßen gefegt. Beklommenheit, bedrückte Gesichter, verängstigte Kinder, chinesische Soldaten mit Helmen auf dem Kopf und Maschinengewehren über der Schulter. Als er all diese Trostlosigkeit sah, wurde auch ihm schwer ums Herz.

„Mit traurigem Gesicht ging ich in den Bahnhof", erzählt er mir in seinem noch etwas unbeholfenen Deutsch, als wir durch die abendstillen Straßen von München-Schwabing schlendern. Beim Gehen sei es leichter zu sprechen, hatte er gemeint, und jetzt weiß ich auch, warum: Er muss sich bewegen, um die ungeheure Anspannung zu bezwingen, die die Erinnerung an etwas verursacht, was er lieber vergessen würde. Es hatte mehrere Monate und viel Überzeugungskraft gekostet, ehe er überhaupt bereit gewesen war, mir seine Geschichte zu erzählen. Jetzt sieht er mich mit großen Augen an und ein wenig Traurigkeit liegt noch immer in ihnen. Vielleicht hat sie sich damals vor fünf Jahren viel zu tief in sein Herz gegraben, um jemals wieder unbeschwerter Fröhlichkeit weichen zu können. Wir gehen einige Schritte schweigend nebeneinander her, ehe er weiterspricht.

„In der Schalterhalle war es sehr voll. Viele junge Uiguren warteten hier und noch viel mehr Chinesen." Die Schlange war so lang, dass er sich auf eine Wartezeit von drei oder vier Stunden gefasst machte. Aber daran war nichts zu ändern. Er würde sich in Geduld fassen müssen, denn schließlich hatte er einen offiziellen Auftrag zu erfüllen, und wenn alle Studenten Urumchi verlassen sollten, sagte er sich, dann brauchten sie ja auch alle eine Fahrkarte.

Eine halbe Stunde war vergangen, da schrie plötzlich jemand in der Nähe des Eingangs erschrocken auf. Eine Gruppe von Chinesen stürmte in die Halle und andere rannten hinaus. Hamut wusste nicht, was der Grund war und was die Leute gerufen hatten, aber zumindest hatte es zur Folge, dass die Warteschlange mit einem Mal sehr viel kürzer war. Weiter voran ging es trotzdem nicht, denn jetzt kamen zwanzig oder dreißig schwer bewaffnete Polizisten hereinmarschiert. Einer von ihnen schlug einen alten Uiguren, der ihm im Wege stand, mit seiner Maschinenpistole nieder und befahl dann allen Anwesenden, sich auf den Boden zu setzen: Kopf zwischen die Beine, Hände in den Nacken!

„Ich konnte nichts tun", sagt Hamut traurig, als müsste er sich dafür entschuldigen, dass er einen hilflosen alten Mann nicht gegen dreißig bewaffnete Polizisten verteidigt hatte.

Als sie begannen, unter den am Boden Sitzenden alle Uiguren herauszusuchen, rutschte Hamut so unauffällig wie möglich in die Nähe einer Gruppe von vier Ausländern, vielleicht Europäern oder Amerikanern, und fragte, ob er sich zwischen sie setzen dürfe. Er hoffte, dass man fremde Touristen nicht behelligen und ihn nicht finden würde, aber es half nichts. Auch dort fischte man ihn heraus und schickte ihn zu den anderen Uiguren, die bereits bäuchlings auf dem Boden lagen. Dann wies ein Polizist die Chinesen an, die sich noch in der Schalterhalle befanden, allen Uiguren die Schuhe auszuziehen.

„Ich drehte meinen Kopf zur Seite, weil ich sehen wollte, wer neben mir lag", erzählt Hamut, „und da schwebte plötzlich ein dunkler Schatten über mir, ein Ding, so groß..." Er zeigt mit den Händen, wie groß, und schaut mich wieder mit großen, ungläubigen Augen an. „Ein Stiefel! Das war ein Stiefel! Und in Sekundenschnelle trat mir dieser Stiefel ins Genick und drückte erbarmungslos meinen Hals zu Boden. Ich war so perplex, dass ich zu lachen anfing. Ich weiß selbst nicht, was in mir vorging, aber irgendwie fand ich es idiotisch lächerlich, dass mich jemand trat, nur weil ich den Kopf bewegt hatte!"

„Hast du richtig gelacht?"

„Ich weiß nicht. Es war alles so irre. Ich war nicht nervös, hatte keine Angst. Noch nicht. Und ich fühlte auch keinen Schmerz. Ich fühlte gar nichts, weil ich gar nicht richtig bei mir war. Für einen winzigen Moment hatte ich so etwas wie einen Blitz gesehen, als der Stiefel zutrat, aber eigentlich fand ich alles nur furchtbar dumm und wollte den blöden Kerl, der da so stolz auf seine Macht über andere war, lächerlich machen."

Das Ergebnis war jedoch, dass der Polizist auch seinen Nachbarn trat, und zwar noch viel schlimmer, sogar sehr viel schlimmer als ihn selbst. Er blutete aus Nase und Ohren.

„So, und wenn du noch einmal lachst, erschieße ich dich, verstanden?"

Da hatte Hamut nicht mehr gelacht. Er würde nie wieder lachen können. Er fühlte sich erbärmlich, denn es war seine Schuld gewesen, dass ein anderer junger Mann blutig getreten wurde. Die Mündung des Gewehrlaufs bohrte sich in sein Genick und er wusste überhaupt nicht mehr, was er fühlen und denken sollte. Jetzt hatte er sich selbst furchtbar dumm verhalten und würde es nie wieder gutmachen können. Er konnte gar nichts tun als zu warten. Nur warten.

So lagen sie da, etwa fünfundzwanzig Uiguren, ausgestreckt am Boden, ohne Schuhe und mit den Händen im Nacken. Die Zeit verging. Vielleicht eine halbe Stunde. Vielleicht mehr oder weniger. Hamut hatte kein Zeitgefühl und konnte nicht auf die Uhr sehen, weil er sich nicht mehr zu rühren wagte.

Es wurde kalt. Zwar war Sommer und die Sonne brannte draußen heiß auf die Stadt, aber hier in der Halle strahlten die Bodenfliesen eine unangenehme Kälte aus, die mit der Zeit alle Glieder durchdrang.

Dann endlich kam der Befehl: „Aufstehen! In zwei Reihen aufstellen!"

Hände noch immer im Nacken verschränkt.

Ein Fernsehteam kam in die Schalterhalle gestürmt. Ein Tross von Menschen rannte aufgeregt hin und her, fuchtelnd, sich Anweisungen zurufend, Kameras richteten sich auf die beiden Reihen der Festgenommenen, ein Reporter sprach in sein Mikrofon:

„Soeben ist es der Polizei gelungen, einen weiteren Anschlag zu vereiteln. Auf dem Hauptbahnhof von Urumchi wurde eine Gruppe junger uigurischer Terroristen festgenommen..."

Hamut stand ganz vorn in einer der Reihen und dachte mit Schrecken: Meine Eltern werden mich sehen. Was sollen sie nur denken?

„...ein erfolgreicher Schlag gegen die Gewalt uigurischer Terroristen und Separatisten, welche in den vergangenen Tagen den Tod zahlloser unschuldiger Menschen zu verantworten hatten."

Sie denken also, ich bin ein Terrorist? Hamut staunte.

„Militär und Polizei gehen rigoros gegen die Aufständischen vor, die grausam wahllos unschuldige Chinesen töten. Hunderte von Verletzten werden in den Krankenhäusern behandelt. Doch durch das mutige Einschreiten der Sicherheitskräfte werden bald Ruhe und Ordnung wiederhergestellt sein."

„Jetzt wurden wir aus der Schalterhalle geführt", erzählt Hamut weiter, „immer noch mit den Händen im Nacken. Draußen standen viele Chinesen, die uns beschimpften und anspuckten. Ich fühlte nasse Spucke im Gesicht und wagte nicht, sie abzuwischen, weil man mich vielleicht erschießen würde, wenn ich eine Hand herunternahm. Das machte mich sehr zornig. Es war eklig. Und wieso hatten die Leute ein Recht, mich zu demütigen. Ich habe niemandem etwas getan! Ich war ein Student, der Fahrkarten für seine Kommilitonen kaufen sollte. Die Polizisten brachten uns in eine andere, sehr große Halle. Niemand war hier, kein Mensch, sie war vollkommen leer. Wir mussten uns an eine Wand stellen, Gesicht zur Wand, Hände in die Höhe. Sollten wir jetzt erschossen werden? Ja, in diesem Augenblick hatte ich zum ersten Mal richtig Angst. Niemand würde es sehen. Niemand würde es hören. Ich glaubte wirklich, dass ich jetzt sterben müsste."

Hamut geht eine Weile schweigend neben mir her. Ich höre, wie er atmet, sich zu beruhigen versucht. Es tut mir leid, dass er meinetwegen all dies noch einmal durchleben muss, aber ich bin ihm auch unendlich dankbar, denn wie sollte die Welt sonst erfahren, was damals in Urumchi wirklich geschah? Die Nachrichten in den Medien bringen nur Tatsachen, nicht die Gefühle der Betroffenen – und manchmal auch nicht einmal die Wahrheit. Leider kann ich ihm keinen Trost geben. Niemand kann das. Niemand wird ihn von der Angst befreien können, die noch immer da ist und vielleicht für immer da sein wird.

Die fünfundzwanzig Uiguren wurden nicht erschossen. Sie wurden durchsucht und verhört. Einer nach dem anderen wurden sie befragt, Ausweisnummer aufgeschrieben, welche Gegenstände in den Taschen, warum und wozu brauchst du dies und jenes?

Hamut war der Letzte, der an die Reihe kam, und die Befragung wollte kein Ende nehmen.

„Warum bist du hergekommen? Was machst du hier?"

Immer und immer wieder die gleichen Fragen. Hamut sagte alles, was es zu sagen gab: dass ihn der Dekan seiner Fakultät geschickt hatte – Warum? Warum gerade dich? Fahrkarten für wen? Wohin? Namen? Alle Namen bitte! Sind sie alle

Studenten? Woher das viele Geld? Warum wurdest du ausgewählt? So ging es weiter und weiter, lange Zeit, bis er irgendwann genug Fragen beantwortet hatte, sein Geld und seine Sachen zurückbekam und fortgeschickt wurde. Frei!
Nicht tot, nicht verhaftet, sondern frei!
Die vierundzwanzig anderen Uiguren mussten ihre Oberbekleidung ausziehen, wurden in Polizeiwagen geschoben und abtransportiert. Hamut stand allein am Ausgang des Bahnhofs und schaute ihnen nach.
Oh weh! dachte er auf einmal voller Entsetzen. Hätten sie mich doch auch mitgenommen! Lieber im Polizeiauto, auf der Wache oder im Gefängnis als hier allein auf der Straße! Überall waren Chinesen und sie sahen wütend aus. Wie sollte er jetzt vom Bahnhof zur Universität kommen? Es waren keine Autos da, keine Taxis, der Uni-Bus auch nicht mehr. Er wollte telefonieren, aber sein Handy funktionierte nicht. Er würde den Akku aufladen müssen, doch da, wo er ihn hätte aufladen können, waren auch so viele Chinesen, dass er sich nicht dorthin traute.
Jetzt bekam Hamut es wirklich mit der Angst zu tun. Angst um sein Leben. Denn allein gegen eine Horde aufgebrachter Chinesen würde er nicht überleben, das wusste er genau. Aber was sollte er tun? Am Bahnhofstor stehen bleiben konnte er nicht, er musste unbedingt zurück zur Universität, denn nur da wäre er in Sicherheit. Vielleicht könnte er den Bus in der Changjiang-Straße erreichen, dann irgendwo umsteigen...? Eine Gruppe von sechs Chinesen mit Knüppeln in der Hand kam auf ihn zugelaufen. Er rannte weg. Sie rannten hinterher. Er rannte schneller. Sie auch. Er machte kehrt, zurück zum Bahnhof auf einige Soldaten zu, weil er glaubte: besser Soldaten als wütende, brutale Chinesen. Aber die Soldaten verstanden nicht, was er von ihnen wollte, und schickten ihn fort.
„Ich war sehr müde vom Laufen", erzählt Hamut, auch jetzt wieder außer Atem. „Aber ich musste es noch einmal versuchen."

Auf dem Weg zur Bushaltestelle hörte er plötzlich seinen Namen rufen: „Hamut! Hamut! Warte!"
Es waren zwei Studentinnen aus seiner Universität. Woher wussten sie seinen Namen? Egal. Sie weinten, sie waren verzweifelt, weil auch sie nicht wussten, wie sie zurück zum Campus kommen sollten, und baten um seine Hilfe. Natürlich musste er helfen, das war gar keine Frage, und gemeinsam versuchten sie, die Haltstelle zu erreichen. Doch da konnten sie nicht auf den Bus warten, denn die drohenden Blicke der Leute hätten sie schon aus der Ferne getötet, wenn sie es gekonnt hätten. Blicke voller Hass.
„Lasst uns zur nächsten Station laufen, vielleicht können wir da den Bus nehmen", schlug er vor. Aber wieder waren Schreie zu hören. Einige junge Männer kamen ihnen hilferufend entgegen, humpelnd, blutend, verletzt. Einer hatte eine klaffende Wunde am Arm, einer blutete am Kopf, alle waren sie über und über mit Blut verschmiert. Hilflos.
„Sie konnten nicht mit uns laufen", sagt Hamut entschuldigend. „Wir konnten sie nicht mitnehmen auf unserer Flucht, denn sie waren gar nicht mehr in der Lage zu fliehen. Sie waren viel zu schwer verwundet, um überhaupt noch laufen zu können." Und etwas später fügt er traurig hinzu: „Ich weiß nicht, was aus ihnen geworden ist. Ich weiß nicht, ob sie noch am Leben sind."
Denn in diesem Augenblick hörten sie lautes Gebrüll näherkommen. Eine ganze Meute von grölenden Chinesen kam auf sie zu gestürmt, mit Nagelstöcken in der Hand, kampflüstern und drohend. Wie ein Heer aus der Qin-Dynastie, kam es Hamut vor. Wie vor zweitausend Jahren, als Qin Shihuangdis Armeen mit Lanzen und Hellebarden über das Land fegten, um alle rivalisierenden Reiche zu unterwerfen. Er machte auf dem Absatz kehrt und rannte mit seinen beiden Begleiterinnen zurück in Richtung Bahnhof. Da waren Soldaten, überlegte er, und in der Nähe von Soldaten würden sie wenigstens für eine Weile vor dem wütenden Mob sicher sein.

„Warum waren alle Chinesen so aggressiv?", frage ich Hamut. „Ich verstehe ja, dass in den Medien ausschließlich Uiguren für die Gewalt der vergangenen Tage verantwortlich gemacht wurden und dass die Chinesen deshalb alle Uiguren hassten, aber dass so viele Leute auf die Straße gingen, um sich selbst mit eigener Hand an ihnen zu rächen, ja, geradezu Uiguren zu jagen, das wundert mich doch sehr."

„Das waren nicht einfach nur Chinesen. Ich bin mir ganz sicher, dass es nicht normale Leute waren, sondern Polizisten in Zivil oder Milizen, die den Auftrag hatten, blutige Rache zu üben, Gewalt zu inszenieren. Das war Absicht. Das muss genauso geplant gewesen sein."

„Hm."

„Und weißt du, was Nagelstöcke sind?"

„Nein. Ein Stock mit Nägeln, nehme ich an."

„Das ist so." Hamut nimmt einen kleinen Zweig und zeichnet Linien in den sandigen Boden, denn wir sind mittlerweile auf einem Spielplatz gelandet, auf dem jetzt am Abend keine Kinder mehr spielen. „Das ist so ein langer Stock, etwa einen Meter zwanzig, siehst du? Und hier oben an einem Ende ist ein großer Nagel durchgeschlagen, der vorn und hinten raus ragt. Damit kann man schreckliche Wunden reißen."

„Hm. Einfach und effektiv."

Hamut muss einmal tief durchatmen. Dann spricht er weiter.

„Wir rannten also zurück zum Bahnhof. Aber der war schon ziemlich weit weg und die wilde Horde mit ihren Stöcken und ihrem archaischen Gebrüll kam immer näher. ‚Lauft', schrie ich den Mädchen zu, aber sie konnten nicht so schnell laufen. Sie waren total kaputt. Ich wusste, dass es in der Nähe ein Polizeirevier gab, und wenn wir das erreichen könnten, wären wir in Sicherheit, dachte ich."

Sie erreichten es, die Chinesen blieben zurück und Hamut trommelte gegen die verschlossene Tür. Außer Atem und vor

Angst zitternd warteten die drei Flüchtigen, bis schließlich jemand öffnete.

„Verschwindet!"

„Bitte, helfen Sie uns!"

„Los, verschwindet! Wir können euch nicht helfen."

Starr vor Entsetzen sah Hamut die beiden weinenden Mädchen an.

„Habt ihr nicht gehört? Verschwindet, habe ich gesagt. Und zwar sofort."

Die Tür fiel mit einem lauten Knall ins Schloss.

Vor einem der großen Geschäftshäuser in der Changjiang-Straße hatte Hamut zwanzig oder dreißig Polizisten stehen sehen, und da die wilde Horde mit den Nagelstöcken sich offenbar vorerst zurückgezogen hatte, liefen er und die beiden Mädchen, so schnell sie ihre Füße noch trugen, in diese Richtung.

„Wir waren in Panik", sagt Hamut. „Ich glaubte nicht, dass ich diesen Tag überleben würde. Wir hatten auf unserer Flucht zu viel Blutvergießen gesehen. Wir waren gerannt wie die Irren, wir hatten nur unsere eigene Sicherheit im Kopf gehabt, aber wir hatten auch gesehen, was um uns herum geschah. So viel Gewalt, so viel Leid. Eine unvorstellbare Traurigkeit überkam mich, als ich daran dachte, dass meine Eltern und meine Brüder in Zukunft ohne mich leben müssten... Aber wir liefen weiter. Immer weiter. Wir konnten das hohe Gebäude schon sehen und die Polizisten davor. Ohne zu stoppen rannten wir mitten zwischen sie und vor lauter Schreck – oder ich weiß auch nicht, warum – rannten sie alle mit uns in das Gebäude hinein. Dann standen wir da, außer Atem, zum Umfallen erschöpft und verwirrt: Wir standen in einer wunderschönen Vorhalle. Sie war kühl und groß und prachtvoll ausgestattet. Wir waren in Sicherheit! Und so standen wir alle einige Sekunden lang verblüfft da und sahen uns an."

„Was ist los? Was macht ihr hier?"

„Bitte, dürfen wir hierbleiben. Sie werden uns sonst umbringen!"
„Wer?"
„Die Chinesen draußen."
„Wieso?"
„Sie verfolgen uns. Sie bringen alle Uiguren um. Wir haben Tote und Verletzte gesehen. Es ist schrecklich!"
„Was habt ihr getan?"
„Nichts. Ich wollte auf dem Bahnhof Fahrkarten kaufen. Der Dekan hat mich geschickt."
„Ihr könnt trotzdem nicht hierbleiben."
„Bitte! Lassen Sie uns wenigstens ein wenig ausruhen."
„Nein, das geht nicht. Hier darf nicht einfach jeder ein und ausgehen, wie es ihm gefällt. Verlasst sofort das Gebäude!"
Wir waren schon fast am Ausgang, da kam einer der Polizisten zu uns. Er war Uigure. Er hatte mit seinem Gruppenchef gesprochen und sagte nun:
„Okay, wir dürfen euch zwar nicht erlauben, hier drinnen zu sein, das ist verboten, aber ihr könnt draußen neben der Tür stehen bleiben. Da seid ihr auch sicher. Wir werden euch im Blick behalten."
„Ich glaube, dieser Mann hat uns das Leben gerettet", atmet Hamut erleichtert auf. „Machen wir jetzt eine Pause?"
Natürlich machen wir eine Pause, lieber Hamut. Er sieht müde aus. Nicht nur müde vom Gehen und Deutschsprechen, sondern vor allem müde vom Grauen der Erinnerung.

Sie standen sechs Stunden lang vor dem Gebäude.
Was genau in diesen Stunden geschah, will Hamut mir nicht erzählen. Es ist mehr, als er ertragen kann. Der traurige Blick seiner Augen sagt mir, dass ich jetzt bitte keine Fragen stellen soll, dass seine Bereitschaft, über das zu sprechen, was er an diesem Tag im Juli vor fünf Jahren gesehen hat, erschöpft ist. Es tut zu weh, das alles noch einmal aufleben zu lassen.

Wir gehen zurück zu unseren Freunden, trinken Tee und sprechen über Fußball, Musik und andere Dinge. Erst spät am Abend, als wir noch einmal allein zusammensitzen, beendet Hamut seine Geschichte.

„Da stand ein kleiner Personenwagen an der Straße, mit zersplitterten Scheiben und eingeschlagenem Dach. Der uigurische Polizist erzählte uns, dass ein junges Ehepaar mit einem Baby darin gewesen sei. Chinesen hatten sie angehalten und mit Stöcken verprügelt. Sie hatten um Hilfe geschrien, das Kind hatte fürchterlich geweint, geblutet, aber er hatte nicht eingreifen können, weil er und seine Kollegen ja das Gebäude zu bewachen mussten und ihren Posten nicht verlassen durften. Vielleicht war die kleine Familie jetzt im Krankenhaus, aber vielleicht lebte sie auch gar nicht mehr."

Überall waren Chinesen mit Knüppeln oder Nagelstöcken. Sobald ein Uigure auftauchte, stürzten sie sich auf ihn wie eine wilde Meute von Wölfen. Einmal wollte Hamut, einem jungen Mann zur Hilfe zu eilen, der von mehr als zwanzig Chinesen blutig geschlagen wurde, aber der uigurische Polizist hielt ihn am Arm zurück. „Bleib!", hatte er gesagt. „Bleib! Wenn du hingehst, machen sie dich auch fertig. Du siehst doch, sie machen jeden fertig."

„Mein Herz weinte Blut", sagt Hamut und starrt auf seine verkrampften Hände.

Er selbst und seine beiden Begleiterinnen waren bei den Polizisten in Sicherheit, aber sie konnten nicht verhindern, was vor ihren Augen geschah. Und sie konnten auch nicht verhindern, es mitanzusehen. Wäre er allein gewesen, hätte Hamut sich vielleicht lieber selbst schlagen und töten lassen, aber er musste die beiden Mädchen beschützen und irgendwie zum Universitätscampus zurückbringen. Er stand da und war kaum noch zu einem klaren Gedanken fähig. Es gibt keine Gerechtigkeit. Niemand kann uns Uiguren helfen. Wir werden alle fertig gemacht.

Um achtzehn Uhr würden die Polizisten Feierabend haben und fortgehen. Was dann?

Was sollten sie dann tun? Auf der Straße war es lebensgefährlich für jeden Uiguren, der sich hinauswagte. Und das nicht nur am Bahnhof und in der Changjiang-Straße, sondern auch in anderen Teilen der Stadt. Ganz Urumchi schien sich in einer Art Mordrausch zu befinden. Es sei viel, viel schlimmer als vor zwei Tagen, versicherte der uigurische Polizist. Die chinesischen Schläger waren außer Rand und Band geraten. Sie wollten Blut fließen sehen.

Es war schon halb sechs.

„Wir hatten furchtbare Angst", gesteht Hamut. Aber dann, zehn Minuten vor sechs kam ein Konvoi von mehreren großen, schwarzen Limousinen vorgefahren. Beamte in dunklen Anzügen stiegen aus, dann eine Dame, die eine sehr wichtige Person zu sein schien, vielleicht eine Ministerin. Der Gruppenchef der Polizei kam aus seinem Büro und begrüßte die Frau mit großer Ehrerbietung. Hamut fasste sich ein Herz. Denn wenn er mit seinen Schützlingen diesen Tag überleben wollte, dann musste er jetzt etwas tun. Die Zeit drängte und einen anderen Ausweg sah er nicht mehr. Nie im Leben würden sie allein zu Fuß oder mit dem öffentlichen Bus die Universität erreichen können. Das war ausgeschlossen. Er ging also auf die Dame zu, stellte sich vor und schilderte kurz die Situation, in der er und die Mädchen sich befanden. Der uigurische Polizist bestätigte alles, die anderen standen schweigend dabei.

„Bitte, helfen Sie uns!"

Die Frau hatte aufmerksam zugehört und wandte sich nun an den obersten Polizeibeamten:

„Rufen Sie in der Zentrale an und lassen Sie sofort einen Wagen kommen, der diese drei Studenten zur Universität bringt!"

Ein paar Minuten später war der Polizeiwagen da. Hamut verabschiedete sich dankbar von der Frau und dem uigurischen Polizisten, die beide an diesem Tag sein Leben gerettet hatten.

„Wir stiegen ein", erzählt Hamut jetzt deutlich erleichtert. „Wir durften nicht nach draußen sehen. Wir mussten uns vorbeugen, den Kopf zwischen die Beine und die Hände im Nacken, aber trotzdem haben wir gesehen, was auf den Straßen los war. Es war furchtbar! Überall chinesische Schläger. Sie sahen alle gleich aus, hatten alle den gleichen Haarschnitt, die gleichen Nagelstöcke. Der Fahrer beschimpfte uns die ganze Zeit über. Er war wütend, dass er uns fahren musste, uns Uiguren. Ein Chinese, der Uiguren zu Diensten sein musste! Am liebsten hätte er uns rausgeschmissen. Einmal auf halber Strecke hielt er an und sagte, wir sollten aussteigen und den Rest zu Fuß gehen, aber wir reagierten nicht. Wir blieben einfach sitzen."

Nach einer halben Stunde erreichten sie die Universität.

„Das war ein Wunder", schließt Hamut mit einem zaghaften Lächeln. „Die zwei Mädels weinten wie ein Wasserfall und ich fühlte auf einmal einen schrecklichen Hunger. Wir hatten seit dem Frühstück nichts gegessen und getrunken. Den ganzen Tag über hatte ich nichts gemerkt, weil ich sowieso alles vergessen hatte. Ich war sicher gewesen, ich würde sterben."

Es war wie ein Wunder, hatte Hamut gesagt. Aber es war auch ein Albtraum und dieser Albtraum steckt noch immer tief in ihm. Die Gewalt, die Hilflosigkeit, das viele Blut, das wird er vielleicht niemals vergessen können. Und weswegen war es dazu gekommen? Weil die einen Chinesen und die anderen Uiguren waren? Wie war es zu so viel Hass gekommen? Selbst wenn sich die Demonstranten zwei Tage zuvor gegen das gewaltsame Eingreifen der Sicherheitskräfte gewehrt und dabei unschuldige Chinesen getötet oder verletzt hatten, selbst dann konnte man doch nicht alle, die zu diesem Volk gehörten, dafür bestrafen. Woher kam dieser blindwütige Hass? Kam es durch die vielen Medienberichte, in denen immer nur von Übergriffen der Uiguren die Rede war? Wurden die Massenmedien dazu benutzt,

Hass zu schüren und eine Uiguren-Verfolgung zu rechtfertigen, sei es durch aufgebrachte Chinesen oder Polizisten ohne Uniform und angeheuerte Schlägertrupps?

Zehn Tage später stellte die Universität achtzehn Busse bereit, die alle Studenten nach Hotan bringen sollten.
„Nach Hotan?", frage ich. „Ich dachte, du kommst aus Ghulja."
„Ja, aber wir mussten alle nach Hotan, beinahe tausendfünfhundert Kilometer nach Süden, durch die ganze Wüste Taklamakan. Wir alle."
„Warum das?"
Hamut sieht mich an, als sei ich nicht ganz richtig im Kopf. Man stellt keine Fragen, wenn etwas von oben entschieden wird. Und wer entscheidet so etwas? Na, der Parteisekretär vielleicht. Der kann alles entscheiden. Der kann sogar entscheiden, was der Präsident der Universität tun soll. Und wenn beschlossen wird, dass alle Studenten nach Hotan fahren sollen, dann fahren eben alle Studenten nach Süden, auch wenn sie eigentlich nach Norden wollen. So einfach ist das. Später können sie ja dann weiterfahren zu ihren Familien.

Hamut erzählte seinen Eltern nichts von dem, was er erlebt hatte. Sie wunderten sich, dass er so still und blass war, nicht essen mochte und jedes Mal den Raum verließ, wenn jemand die Fernsehnachrichten einschaltete. Aber er sagte nichts. Er war unverletzt durch diesen furchtbaren Tag gekommen, aber seine Seele war tief verwundet. Noch immer sah er vor seinen Augen Blut auf der Straße. Immer wieder dieses viele Blut. Und er dachte an die jungen Leute, die in diesen Tagen im Juli 2009 getötet, verwundet oder verhaftet worden waren.

Fünf Jahre mussten vergehen, ehe er sich bereitfand, über das Erlebte zu sprechen.

Kurbanjan

ls Kurbanjan am Abend des 12. Oktober 2009 den Fernseher anschaltete, hörte er folgende Nachricht: ‚Das städtische Gericht von Urumchi hat das Urteil über eine erste Gruppe von uigurischen Jugendlichen gesprochen, die bei den blutigen Aufständen im Juli festgenommen worden waren. Sechs von ihnen wurden zum Tode verurteilt, einer zu lebenslanger Haft.' Als die Namen verlesen wurden, stockte Kurbanjan der Atem. Wie vom Donner gerührt blieb er vor dem Bildschirm stehen, denn einen dieser Jungen kannte er. Er war drei Jahre lang sein Schüler gewesen, ein vorbildlicher Student, freundlich, aufmerksam und fleißig, von allen Dozenten geschätzt, und es schien absolut absurd zu sein, ausgerechnet diesen vielversprechenden jungen Mann des Mordes für schuldig zu halten.

Niyaz Sultan war einundzwanzig Jahre alt. Er hatte gerade sein Studium an der Fachhochschule für Erzieher abgeschlossen und freute sich darauf, nun bald in seiner Heimatstadt Namelum an einer Grundschule arbeiten zu können. Das war immer sein Traum gewesen. Er wollte mit Kindern arbeiten und dafür sorgen, dass sie zu guten, verantwortungsvollen Menschen heranwuchsen. Er wusste, welche Bedeutung die Kindheit im Leben eines Menschen hat. Er wusste, dass Wärme und Geborgenheit, Verständnis und Offenheit wichtige Voraussetzungen sind, wenn aus Kindern kluge, aufrechte Menschen werden sollen, und vor allem wusste er, wie wichtig dies gerade in der modernen Gesellschaft war, in der jeder für sich allein nach Reichtum strebte und in der das Zusammenleben von Uiguren und Chinesen immer problematischer wurde. Soziale Gerechtigkeit, Schutz der Umwelt, Erhalt der kulturellen Werte und Traditionen wurden immer häufiger als nutzlos beiseitegeschoben. Niyaz hatte große Träume. Er würde helfen, die Welt zu verbessern. Seine Eltern hatten ihm dazu die Seele gegeben und die Lehrer das Wissen.

Einen Tag vor dem 5. Juli, als Urumchi im grausigen Tumult der Aggressionen versank, hatte Niyaz sich von seinem Mentor Kurbanjan verabschiedet. Er hatte bereits alle Sachen gepackt, denn da er jetzt nicht mehr Student war, durfte er nicht länger auf dem Schulcampus wohnen und hatte sich in der Nähe ein kleines Zimmer gemietet. Urumchi verlassen konnte er erst, nachdem er seine Entlassungspapiere erhalten hatte, aber die waren noch nicht fertig. Hätte die Schulverwaltung sie rechtzeitig ausgestellt, wäre Niyaz heute vermutlich ein glücklicher junger Mann, der vielen glücklichen Kindern den Weg ins Leben weist.

Doch es sollte anders kommen.

Am Sonntagmorgen saß Niyaz mit einigen Freunden im Hof des kleinen Gästehauses, in das er am Vortag gezogen war. Sie alle wussten von der Demonstration, zu der über verschiedene Internetplattformen und Blogs aufgerufen worden war. Es sollte endlich einmal öffentlich gegen das rigorose, selbstherrliche Vorgehen der staatlichen Sicherheitskräfte, gegen diese ständige Machtdemonstration der chinesischen Regierung und gegen die ungerechte Behandlung der uigurischen Minderheit protestiert werden. Vor kurzem erst waren wieder zwei Uiguren getötet worden, ohne dass die Polizei etwas unternommen hatte. Sie unternahm immer nur etwas, wenn Chinesen bedroht wurden, denn es schien stets ausgemachte Sache zu sein, dass die Uiguren die Schuldigen waren und nie die Chinesen. Alle, die hier zusammensaßen, wussten das und jeder von ihnen hatte es schon einmal zu spüren bekommen oder kannte zumindest jemanden, der so etwas erlebt hatte.

Sie fanden es richtig, dass endlich einmal etwas unternommen wurde. Man dürfe sich nicht alles gefallen lassen, sagten sie. So viel Ungerechtigkeit dürfe man nicht widerstandslos hinnehmen, denn sie hatten schließlich ein Recht auf Gleichbehandlung. Alle Minderheiten im Land hatten die gleichen Rechte, und wenn auch ihr Land zu China gehörte, so war es doch noch immer die Heimat der Uiguren. Es war nur recht, dafür in aller Öffentlichkeit einzustehen. Allerdings selbst an der Demonstration teilzunehmen, war eine heikle Sache. Darüber diskutierten sie stundenlang und konnten sich nicht einig werden. Einige entschlossen sich schließlich zu gehen.

„Es ist unser Recht und unsere Pflicht, für Gerechtigkeit einzustehen", sagten sie. „Eine andere Möglichkeit als eine Demonstration, an der möglichst viele Leute teilnehmen, haben wir nicht."

Andere zögerten. Man hörte gelegentlich, dass selbst im zentralen China Proteste mit roher Gewalt niedergeschlagen wurden. Zwar berichteten die staatlichen Medien nichts über derartige Vorfälle, aber es gab ja das Internet und die jungen Leute wussten vieles, was sie eigentlich nicht wissen sollten. Es war ihnen daher durchaus bewusst, dass es nicht ungefährlich war, sich dieser großen Demonstration anzuschließen, und deshalb wollten sie sich die Sache noch einmal überlegen.

Und wieder andere, darunter Niyaz, wollten von vornherein nichts damit zu tun haben.

„Es ist ja richtig", gab er zu, „dass wir Uiguren allen Grund haben, uns gegen die Diskriminierung zu wehren, aber ich möchte es lieber anders tun. Ich will nicht kämpfen und demonstrieren. Ich möchte, dass die Menschen in ihrem Herzen einen Sinn für Gerechtigkeit entwickeln. Ich möchte, dass Kinder von klein auf lernen, wie man gut und friedlich miteinander leben kann. Darum bin ich Erzieher geworden. Ich weiß, dass ich auf diese Weise sehr viel erreichen kann, und ich will nicht riskieren, dass man mich jetzt verhaftet, nur weil ich meine Meinung auf der Straße kundtue. Dann könnte ich ja nicht das tun, was ich für wirklich wichtig halte."

So sagte Niyaz und er glaubte fest daran, dass er die richtige Entscheidung getroffen hatte. Mit ein paar wenigen Freunden blieb er bis zum Abend im Gästehaus.

Dann auf einmal hörten sie ein ängstliches Rufen, dann lautes Schreien, Poltern, Hilferufe, viele Menschen mussten draußen auf der Straße sein. Die Jungen sprangen auf und rannten zum Hof hinaus. Feuer! Auf der anderen Straßenseite brannte ein Haus. Unten war ein Laden, aus dessen Fenstern Flammen schlugen, die Tür stand offen und man konnte sehen, wie das Feuer drinnen wild aufloderte. Beißender Rauch wehte ihnen entgegen. Die Menschen standen da und sahen voller Entsetzen zu.

„Wir müssen helfen", schrie Niyaz seinen Kameraden zu. „Vielleicht ist noch jemand im Haus."

Er rannte direkt auf den brennenden Laden zu. Aus der Tür züngelten ihm hohe Flammen entgegen. Nein, es war zu spät! Sollte sich tatsächlich noch jemand im oberen Stockwerk befinden, so könnte man ihn nicht mehr retten. Es war unmöglich, jetzt noch ins Haus zu kommen. Alles stand in Flammen. Niyaz hielt sich ein Taschentuch vor das Gesicht und wich einige Schritte zurück.

Ein Polizist packte ihn von hinten an den Armen, Handschellen klickten und schon wurde Niyaz fortgezerrt und in einen offenen Wagen gestoßen. Er wusste nicht, wie ihm geschah, er war wie betäubt, die Augen brannten, überall Rauch und Hitze, Schreien, Weinen. Er musste husten, Balken brachen und stürzten herab, Funken sprühten und wieder schrie die Menge auf.

„Niyaz?", hörte er seinen Namen. Es war einer der Jungen, die im gleichen Gästehaus wohnten wie er. Vor wenigen Minuten hatten sie noch gemeinsam philosophiert, wie man die Welt verbessern könnte, nun saßen sie gefangen in einem Polizeiauto.

„Warum sind wir hier? Warum nimmt man uns fest?"
„Weil wir Uiguren sind."

„Wir haben nichts verbrochen."
Eine andere Stimme kam aus dem Dunkel des Wagens.
„Wir sind immer die Schuldigen, wenn etwas passiert. Egal was."
„Unsinn, sie werden schon einsehen, dass wir unschuldig sind", erwiderte Niyaz zuversichtlich.
Ein Mädchen weinte.
„Sie haben einfach alle festgenommen, die wie Uiguren aussahen. Einfach so, alle Uiguren, die in der Nähe waren. Ich wollte doch nur schnell nach Hause. Meine Eltern warten."
Jemand versuchte sie zu beruhigen, aber sie hörte nicht auf zu weinen.
Die Türen knallten zu, der Motor sprang an, die jungen Männer und Frauen fuhren in die Hölle.
Niemand vermisste Niyaz in den folgenden Tagen. Seine Freunde vermissten ihn nicht, weil alle glaubten, dass er nach Hause gefahren sei. An der Schule vermisste man ihn nicht, weil er sich ja von seinen Dozenten verabschiedet hatte. Und dass er seine Entlassungspapiere nicht abholte, fiel niemandem auf.

Kurbanjan stand wie versteinert vor seinem Fernseher und konnte noch immer nicht glauben, was er da gehört hatte. Niyaz Sultan sollte im Laden eines Chinesen Feuer gelegt und unschuldige Menschen getötet haben. Niyaz? Nie und nimmer konnte das wahr sein! Niyaz würde niemals jemandem mit Absicht etwas zuleide tun. Als er da so stand und versuchte, Klarheit in seine Gedanken zu bringen, erinnerte er sich wieder daran, dass einige Wochen nach der großen Demonstration im Juli die Polizei einmal bei ihm angerufen und gefragt hatte, ob er einen gewissen Niyaz Sultan kenne und was er über ihn zu sagen wisse. Darüber hatte er sich damals gewundert, denn er konnte sich beim besten Willen nicht vorstellen, was dieser junge Mann mit der Polizei zu tun haben könnte. Später hatte er dann nicht mehr daran gedacht. Er hatte angenommen, dass Niyaz bei seiner Familie lebte und angefangen hatte, an der Schule zu arbeiten, wie er es sich so sehr gewünscht hatte. Kurbanjan konnte nichts tun.

„Wir müssen weg aus diesem Land!", sagte seine Frau. „Wie können wir unsere Kinder hier aufwachsen lassen, wo sie jederzeit verurteilt werden können, nur weil sie Uiguren sind?"
Ihr Mann sah sie unsicher an. Rena war immer so forsch! So radikal. Sie hatte ja Recht, dass die Repressionen zunahmen und die Uiguren oft ungerecht behandelt wurden. Überall wurden die Chinesen bevorzugt. Bei der Arbeit, ja, schon bei der Arbeitssuche: In den großen staatlichen Unternehmen bekamen Uiguren nur selten eine Anstellung. Und dort, wo man richtig viel Geld verdienen konnte, auf den Ölfeldern in der Wüste zum Beispiel oder beim Abbau der Seltenen Erden, da wurde nicht ein einziger Uigure angenommen. Das war allein Sache der Chinesen. In den Bingtuans, diesen abgeschotteten, kleinen „Chinas" in Xinjiang, die den uigurischen Bauern das beste Land wegnahmen und das wertvolle Wasser ableiteten, waren für Uiguren kaum jemals zugänglich. In den Behörden, wo verfassungsgemäß die obersten Posten von Mitgliedern der ethnischen Minderheit des jeweiligen Autonomen Gebiets besetzt sein sollten, erhielten Uiguren oft nur untergeordnete Stellen. Er wusste von gut ausgebildeten uigurischen Ingenieuren, die am Fließband arbeiteten, während ihre chinesischen Vorgesetzten kaum eine Schraube von einer Mutter unterscheiden konnten. Neuerdings schien es ja sogar in Kindergärten schwierig zu sein, eine Arbeit zu finden. Schon so manche Absolventin war weinend zu ihm gekommen, weil alle ihre Bewerbungen abgelehnt wurden, denn selbst wenn die Zeugnisnoten hervorragend waren, so hieß es immer wieder: ‚Ihr Chinesisch ist nicht gut genug.'

Er selbst, Kurbanjan, hatte die Benachteiligung bereits am eigenen Leibe zu spüren bekommen: Er war Dozent für uigurische Literatur, aber da die uigurische Sprache nach und nach aus dem Fachunterricht verschwand, weil ja auch an Kindergärten und Grundschulen Chinesisch gesprochen werden musste, brauchte man ihn nicht mehr. Im kommenden Schuljahr würde er nur noch Bücher sortieren und die Regale der Bibliothek wischen. Sein Wissen war nicht mehr gefragt.

Aber deswegen die Heimat verlassen? Ein neues Leben beginnen?

Kurbanjan wich dem Blick seiner Frau aus. Er wollte jetzt nicht darüber sprechen. Die Nachrichten hatten ihn völlig aus der Fassung gebracht und weitere Probleme konnte er im Augenblick wirklich nicht gebrauchen. Warum nur musste Rena immer wieder auf dieses Thema zurückkommen? Sie wollte immer alles sofort in die Tat umsetzen. Sie hasste Kompromisse. Er nicht. Er fand Kompromisse sehr viel weniger anstrengend als Entscheidungen. Und wie stellte sie sich das überhaupt vor? Er hatte früher einmal etwas Deutsch gelernt, aber was würde er in Deutschland tun und wie könnten er und seine Familie ein Visum bekommen? Und eine Ausreiseerlaubnis? Das waren alles Fragen, die ihm schon Kopfschmerzen bereiteten, ehe er sie stellte.

„Der arme Junge", sagte er daher, um von dem heiklen Thema abzulenken.

„Skandalöse Ungerechtigkeit!", wetterte seine Frau. „Hatte er einen Anwalt?"

„Woher soll ich das wissen?"

„Ich wette, nein. Einen Menschen zum Tode verurteilen ohne Anwalt, Zeugen, Beweise... So etwas kann es doch nur hier geben!"

„Rena, bitte."

„Nichts da: ‚Rena, bitte...' So kann es doch nicht weitergehen, Kurbanjan! Sieh endlich zu, dass du ein Visum für Deutschland kriegst. Versuch es doch wenigstens! Unternimm endlich etwas! Dann besuchen wir dich in den Sommerferien und bleiben dort. Oder in einem anderen Land, in Schweden oder

Norwegen zum Beispiel. Viele Uiguren haben da schon Asyl bekommen. Denk an die Zukunft deiner Kinder."
Wieder musste Kurbanjan an Niyaz Sultan denken.
„Der arme Junge."
„Der arme Junge könnte dein Sohn sein!"
In diesem Moment durchfuhr es Kurbanjan wie ein Blitzschlag, der seine kleine, gesicherte Welt bis in die innersten Fugen erschütterte und alles Vertraute zu einem hoffnungslosen Nichts zerbröckeln ließ. Er setzte sich auf einen Stuhl und schwieg. Das war durchaus nichts Ungewöhnliches, denn er setze sich immer auf einen Stuhl und schwieg, wenn er keine Lust auf weitere Diskussionen hatte, und so konnte er stundenlang sitzen und schweigen. Er sprach ohnehin nie viel. Alle kannten ihn als stillen, zurückhaltenden Mann, der lieber anderen das Wort ließ, als es selbst zu ergreifen. Er hörte geduldig zu, wenn seine Frau sprach, aber er selbst zog es vor zu schweigen. Jetzt jedoch hatte sein Schweigen einen ganz bestimmten Grund: Er musste nachdenken. Für einen winzigen Augenblick hatte er seinen vierzehnjährigen Sohn Yasim gesehen, mit gebunden Händen, einem schwarzen Tuch vor den Augen, Maschinengewehre, die sich auf seine Brust richteten, eine Salve hatte er gehört und dann nichts mehr. Nichts. Nur noch sinnlose Leere. In diesem Augenblick war er wie benommen auf seinen Stuhl gesunken und hatte begonnen, in beinahe panischer Hilflosigkeit nach einem Ausweg zu suchen. Seine Frau hatte ihm schon seit langem die Richtung gewiesen, aber nun musste eine konkrete Lösung gefunden werden, ein Weg, der endlich und ein für alle Mal aus diesem Irrsinn von Vorurteilen und Ungerechtigkeit herausführte, und zwar sofort. Sofort!
„Du bist es deinen Kindern schuldig!"
Kurbanjan antwortete nicht. Er ging ohne ein Wort ins andere Zimmer und setzte sich an den Computer. Heute Abend war es zu spät, um noch einen Antrag einzureichen, aber er könnte schon einmal anfangen, einen Brief zu entwerfen, sich

Begründungen zu überlegen, eine Strategie zu entwickeln. Da gab es viel zu tun. Morgen früh würde er als Erstes mit dem Schulleiter sprechen. Der würde nur froh sein, ihn endlich loszuwerden. Einen Literaturlehrer brauchte er ja sowieso nicht mehr.

Am nächsten Morgen arbeitete Kurbanjan weiter an seinem Antrag. Einer Freistellung für einen einjährigen Auslandsaufenthalt stand überhaupt nichts im Wege. Er musste nur eine Universität in Deutschland suchen, die ihn als Gastwissenschaftler einlud und ihm die Möglichkeit bot, Studien zu deutscher Kinderliteratur durchzuführen. Zu welchem Zweck, war vollkommen unwichtig. Wichtig war einzig und allein, dass er einen Reisepass und ein Visum bekam.

Später am Vormittag versuchte er, Niyazs Vater anzurufen, um ihm sein Mitgefühl auszudrücken. Der Junge hatte oft von seinem Vater gesprochen, denn er wollte werden wie er. Seine Eltern waren ihm immer ein Vorbild gewesen. Er hatte von ihnen das gelernt, was für ihn das Wesentliche im Leben war: Güte und Offenheit. Hätten alle Kinder Eltern wie sie, dann sähe die Welt viel friedlicher aus, pflegte er zu sagen. Da es aber nicht so war und da er wusste, wie die Erziehungsmethoden in chinesischen Kindergärten und Schulen aussahen – Disziplin und nochmals Disziplin, Stillsitzen und Gehorchen, Gehorchen und Stillsitzen – wollte er nicht Ingenieur oder Wissenschaftler werden, sondern Erzieher und kleinen Kindern beibringen, wie gut es ist, wenn Menschen liebevoll miteinander umgehen und sich gegenseitig respektieren. Dann würde es auch diese irrsinnigen Spannungen zwischen Chinesen und Uiguren irgendwann einmal nicht mehr geben. Dann könnten alle Freunde sein.

Herr Sultan wollte nicht mit Kurbanjan sprechen.

„Es ist vorbei", sagte er. „Wir haben die ganze Zeit vergeblich auf seine Rückkehr gewartet. Niemand hat uns gesagt, wo er ist. Wir bekamen keine Informationen... bis zum Gerichtstermin."

Kurbanjan versuchte, etwas Tröstliches zu sagen, doch der Mann wollte es nicht hören:

„Und nun ist er tot", beendete er das Gespräch.

Das Urteil war kurz nach der Urteilsverkündung vollstreckt worden. Sechs junge Menschen hatten ihr Leben verloren, und das nur, weil sie zur falschen Zeit am falschen Ort gewesen waren – und Uiguren. Leute aus dem Gästehaus berichteten später, nachdem sie von dem furchtbaren Urteil erfahren hatten, dass Niyaz und seine Kameraden noch im Hof geplaudert hatten, als das Feuer ausbrach, und dass sie erst auf die Straße gelaufen waren, als sie der Lärm neugierig machte. Aber zu spät. Sie hatten ja nicht wissen können, dass ihre Aussage möglicherweise sechs Menschenleben gerettet hätte. Niemand hatte überhaupt erfahren, dass die Jungen im Gefängnis waren, und niemand hatte jemals jemanden nach der Wahrheit gefragt.

Kurbanjan ordnete zwei Jahre lang die Schulbibliothek. Er schrieb Briefe und Anträge, bemühte sich, einflussreiche Beziehungen zu knüpfen und die richtigen Leute zu bestechen. Er rasierte sich den Bart ab, weil Bärte in den Augen vieler Beamter als uigurisch-aufsässig gelten, und er versäumte nie eine der vielen politischen Fortbildungen. Dann endlich erhielt er ein Visum für einen einjährigen Aufenthalt als Gastwissenschaftler an einer deutschen Universität. Als die großen Ferien kamen, besuchte ihn Rena mit den beiden Kindern; sie machten eine Urlaubsreise nach Skandinavien und kehrten nicht wieder zurück. Seitdem lebt die Familie in einem Land, in dem sie sich frei fühlt, in dem die Kinder von der Regierung gefördert statt verfolgt werden, in dem Rena jederzeit offen aussprechen darf, was sie denkt, und Kurbanjan schweigen darf, wann immer er will – obwohl er die neue Sprache bereits perfekt beherrscht.

Nurgül

Es war in der Nähe von Kucha, in einem stillen Vorort, wo jeden Tag jeder seiner Arbeit nachging, wie man es schon immer getan hatte: die Handwerker in ihren kleinen Werkstätten, die Händler in ihren Läden, die Bauern auf ihren Feldern oder bei den Schafherden. Und die Polizisten auf der Polizeistation gegenüber von Nurgüls Haus.

Hier im Dorf pflegte man noch die Traditionen und kümmerte sich wenig um die große Politik dort draußen in der Hauptstadt Urumchi oder im fernen China. Man war froh, wenn man von diesen Dingen nicht behelligt wurde, denn sie bedeuteten meist nichts Gutes. Gelegentlich kamen Nachrichten. Die Kinder oder die Nachbarn erzählten von Ereignissen, die beunruhigend klangen und von denen Nurgül lieber nichts hören wollte. Die Nachrichten dagegen, die im Fernsehen gesendet wurden, waren immer gut, und wenn sie wahr waren, brauchte man keine Angst vor der Zukunft zu haben. Einen Computer besaßen Nurgül und ihr Mann Barat nicht und von Internet und diesen technischen Sachen verstanden sie nichts. Ihre Kinder kannten sich damit natürlich aus, aber die wohnten seit einigen Jahren in der Stadt und führten ihr eigenes Leben. Sie selbst und ihr Mann hingegen liebten das stille, geruhsame Einerlei in ihrem Dorf, das sie vor den unberechenbaren Stürmen der Welt beschützte.

Früh am Morgen, als Nurgül in der Küche stand, um den ersten Tee aufzubrühen, hörte sie mit einem Mal Lärm auf der Straße. Rufe, Schreie, Brüllen. Plötzlich ein Knall. Noch einer. Dann war es wieder still. Es hatte beinahe wie Schüsse geklungen, wie man sie in Fernsehfilmen hört. Nurgül lief zum Fenster, aber da war nichts zu sehen. Es musste von der anderen Seite hergekommen sein, von der Polizeistation vielleicht. Sie rannte nach vorn und wollte gerade die Haustür öffnen, als ein wildes Getöse einsetzte. Autos quietschten, Männerstimmen brüllten, schrien, heulten auf. Ein unvorstellbares Dröhnen, ein höllischer Lärm kam vom Himmel. Vielleicht ein Hubschrauber. Immer näher kam dieser unglaubliche Lärm, immer lauter wurde er. Nurgül stand wie versteinert hinter der Haustür, als Barat noch halb verschlafen zu ihr trat.

„Was ist los? Was ist passiert?", fragte er.

„Ich weiß es nicht. Ich wollte gerade aufmachen und nachsehen." Sie griff nach der Türklinke.

„Warte", hielt Barat sie zurück. „Lass uns lieber im Haus bleiben. Es könnte gefährlich sein."

Der Hubschrauber schien gelandet zu sein. Das Dröhnen hörte sich jetzt anders an. Wieder quietschte ein Auto und Männer brüllten etwas. Dann wieder Schüsse, sehr laute Schüsse und sehr viele. Ganz schnell hintereinander.

„Maschinengewehre", flüsterte Barat, gepackt von Aufregung und Angst.

„Ich muss sehen, was da los ist, Barat. Ich muss unserem Jungen Bescheid sagen. Er hat doch vor kurzem erst von solch einem Vorfall erzählt, weißt du noch? Es wird ihn interessieren, wenn so etwas sogar bei uns zu Hause passiert. Ich muss ihn anrufen."

„Bleib im Haus, Nurgül! Geh nicht raus!"

Jetzt war es ruhig geworden. Der Hubschrauber hatte seinen Rotor abgestellt, es fielen keine Schüsse mehr und die Männer hatten aufgehört, sich anzuschreien.

„Ich gehe jetzt", entschied Nurgül. „Ich werde einfach sagen, dass ich Brot kaufen muss, wenn jemand fragt, was ich auf der Straße zu tun habe."

„Bleib lieber hier, Nurgül. Später wird uns bestimmt jemand erzählen, was passiert ist."

Nein, Nurgül wollte mit eigenen Augen sehen, was vor ihrem Haus geschehen war, denn sie würde es haargenau ihrem Sohn berichten. Er musste so etwas wissen. Er wusste immer alles.

Sie hatte das Telefon schon in der Hand, als sie die Tür öffnete und hinaustrat. Sie schaute sich um und blieb wie angewurzelt an der Schwelle stehen, erschrocken und verwirrt, denn noch nie in ihrem Leben hatte sie so viele Polizei- und Militärfahrzeuge gesehen. Ein dunkelgrauer Hubschrauber stand vor dem Polizeigebäude. Männer in Uniformen sprachen wild gestikulierend miteinander, liefen hin und her, hatten Gewehre im Arm, Helme auf dem Kopf. Und auf der Erde... auf der staubigen Erde lagen Menschen. Blut. Viel Blut war da. Einige der Menschen am Boden lagen in Blutlachen, sie mussten wohl tot sein, andere schienen sich noch zu bewegen. Nurgül hielt noch immer ihr Telefon in der Hand, hob es automatisch ans Ohr, aber sie war unfähig, auf die Sprechtaste zu drücken, geschweige denn ein Wort zu sagen. Wie gelähmt blieb sie vor dem Haus stehen und starrte auf diese beinahe unwirkliche Szene, die es doch eigentlich nur in Filmen geben durfte und nicht in ihrem kleinen Dorf.

Ein schwarzes Tuch nahm ihr den Blick.

Sie wurde an beiden Oberarmen gepackt und abgeführt. Sie versuchte nicht sich zu wehren, weil sie noch immer nicht ganz bei sich war. Zu sehr hatte sie der Anblick der vielen Leichen verstört. Mindestens zehn waren es gewesen, vielleicht noch mehr.

Mit dem schwarzen Tuch über dem Kopf wurde Nurgül in einen der Polizeiwagen gesetzt und fortgebracht. Niemand sagte etwas, niemand gab eine Erklärung.

„Ich muss mit meinem Mann sprechen", zischte sie unter ihrem Tuch hervor. „Er macht sich Sorgen, wenn ich nicht nach Hause komme."

Keine Antwort.

„Was habe ich denn getan, dass Sie mich einfach entführen?"

„Halten Sie den Mund. Nachher haben Sie noch genug Gelegenheit zum Reden."

Nurgül wollte ihre Situation nicht noch schlimmer machen, als sie schon war, und schwieg.

Wenig später saß sie in einem Verhörraum. Das schwarze Tuch hatte man ihr abgenommen, so dass sie sich in aller Ruhe umsehen konnte. In dem Raum stand ein Tisch, davor zwei Stühle und von der Decke hing eine Lampe, die ein grelles, kaltes Licht verbreitete. Über der Tür war eine Kamera angebracht, die vermutlich alles, was hier geschah, aufzeichnete. Doch im Moment geschah nichts. Sie war allein. Sie saß ganz allein in diesem grässlich nackten Zimmer auf einem Holzhocker, dessen eines Bein etwas zu kurz war, so dass er bei der kleinsten Bewegung wackelte und dabei jedes Mal ein leises Geräusch von sich gab.

Nurgül saß allein auf ihrem Hocker und dachte nach über das, was sie getan hatte. Was hatte sie denn getan? Sie hatte Schießen, Angst, Wut, Autos und einen Hubschrauber gehört und war neugierig geworden. Sollte man nicht neugierig werden, wenn vor seiner Haustür ein Hubschrauber landet? Wer in aller Welt würde dann nicht neugierig werden? Kann mir das jemand sagen, fragte sich die Frau, die nichts mehr liebte als ihr ruhiges Dorfleben und ihre Kinder. Sie hatte gespürt, dass etwas Schreckliches vorgefallen war, Gewalt und Blutvergießen, und sie hatte ihrem Sohn davon berichten wollen, weil er immer sagte, dass solche Dinge nicht geschehen dürften, und deshalb müsse er davon wissen. Am Ende hatte sie ihn doch nicht anrufen können, weil man ihr das Telefon aus der Hand gerissen und ein schwarzes Tuch über den Kopf geworfen hatte. Was also hatte sie verbrochen, dass man sie hier festhielt und zum Verhör in diesen abscheulichen Raum setzte?

Sie wollte wütend werden über so viel Frechheit, aber dann war doch die Angst noch größer als ihr Zorn. Unsinn, versuchte sie sich zu beruhigen, ich brauche keine Angst zu haben, weil man mir nichts vorwerfen kann. Ich sage, dass ich Brot kaufen wollte und sonst nichts. Jeder muss am Morgen Brot kaufen, oder etwa nicht? Was kann ich dafür, wenn da draußen ein Hubschrauber landet und Tote liegen?

Nurgül saß und wartete.

Dann öffnete sich die Tür und drei Männer traten ein. Zwei von ihnen nahmen auf den Stühlen am Tisch Platz, der dritte blieb neben der Tür stehen. Alle sahen sie Nurgül an. Keiner sprach. Nurgül sah die Männer an und fragte sich: Und nun? Aber sie sagte es nicht, sondern wartete schweigend weiter.

„Wen haben Sie angerufen?"

Erschrocken fuhr Nurgül zusammen. In welchem Ton spricht denn dieser Mensch mit mir? Kann er nicht höflicher sein? Noch nie hatte jemand sie in so scharfem Ton angefahren, sich in ihrer Gegenwart so ungehörig verhalten. Einen Moment lang konnte sie den Mann nur erstaunt anstarren. Dann antwortete sie trotzig:

„Ich habe niemanden angerufen."

„Sie lügen!"

„Nein."

„Doch, Sie haben jemanden angerufen. Wir haben es gesehen."

„Nein, habe ich nicht."

Nurgüls Gedanken begannen zu arbeiten. Wenn die Männer wissen wollten, mit wem sie telefoniert hatte, dann musste das, was sie gesehen hatte, etwas sein, was niemand wissen durfte, was also geheim bleiben sollte. Und wenn etwas geheim bleiben soll, dann muss es von höchster Wichtigkeit sein. Und wenn etwas für die Polizei oder den Geheimdienst von höchster Wichtigkeit ist, dann ist es gefährlich. Und wenn es gefährlich ist, dann darf ich um Himmels Willen nicht meinen Sohn mit in die Sache hineinziehen. Ich darf also auf keinen Fall sagen, dass ich meinen Sohn anrufen wollte. Und wenn sie nicht aufhören zu fragen, dann muss ich irgendetwas anderes antworten. Natürlich werden sie nicht aufhören zu fragen. Sieh sie dir doch an, Nurgül, diese Männer! Sieh doch nur, wie mächtig sie sich fühlen.

„Doch. Also, wen haben Sie angerufen?"

„Ich habe niemanden angerufen, weil man mir das Telefon weggenommen hat."

„Und wen wollten Sie anrufen?"

„Meine Schwester."

„Warum wollten Sie ihre Schwester anrufen?"

„Ich hatte Angst. Als ich den Lärm auf der Straße und die Schüsse hörte..."

„Sie haben Schüsse gehört?"

Hätte sie etwa keine Schüsse hören sollen?

„Nun, der Hubschrauber und die vielen Autos... Da hatte ich plötzlich Angst, dass der Dritte Weltkrieg ausgebrochen ist."

Die beiden Männer sahen sie erstaunt an.

„Und was hat Ihre Schwester mit dem Dritten Weltkrieg zu schaffen?"

„Meine Schwester wohnt in Schweden und weiß immer, was in der Welt vorgeht. Deshalb wollte ich sie fragen."

Die beiden Männer am Tisch schauten sich an und zögerten einen Moment. Nurgül war nicht ganz klar, ob sie ihr Glauben schenkten, ob da so etwas wie Belustigung in ihren Blicken war oder eher Mitleid mit so viel weiblicher Einfältigkeit? Oder war es Ärger über ihre dreiste Lüge? Vielleicht hatte sie sich ja eine dumme Ausrede ausgedacht. Aber, ach, es war ja auch wirklich schwierig, sich in solch einer heiklen Situation richtig zu verhalten! Woher sollte sie denn wissen, was am besten war? Auf jeden Fall schien sie die Männer für einen Augenblick in Verlegenheit gebracht zu haben.

„Wie heißt Ihre Schwester?"

„Sie hat den gleichen Nachnamen wie ich: Mammat."

„Und weiter?"

„Maryängül Mammat."

„Wo wohnt sie?"

„In Schweden."

„Warum ist sie in Schweden."

„Weil sie mit ihrer Familie dorthin gezogen ist."

„Was macht sie dort?"
„Nun, was man so macht, als Frau, als Mutter..."
„Ist sie politisch tätig?"
„Wie bitte?"
„Ist sie politisch aktiv? Was genau macht sie? Arbeitet sie für eine uigurische Auslandsorganisation?"
„Das weiß ich nicht."
„Warum wollten Sie sie dann anrufen?"
„Ich hab's ja nicht getan."
„Aber Sie wollten es tun. Also warum?"
So ging es weiter und weiter. Stundenlang fragten die Männer und stundenlang gab Nurgül Antworten, die sie nicht befriedigten. Stunde um Stunde. Immer wieder das Gleiche. Es wurde kalt. Ihr Rücken tat weh, weil der wackelige Hocker keine Lehne hatte und sie sich nicht anlehnen konnte. Sie bekam Durst, Hunger. Sie war müde.
„Warum wollten Sie ihre Schwester anrufen?"
„Ich hab's ja nicht getan."
„Was wollten Sie ihr erzählen?"
„Ich wollte sie fragen, ob sie etwas über einen neuen Krieg weiß."
„Warum haben Sie an Krieg gedacht?"
Sollte sie antworten, weil sie die vielen Leichen gesehen hatte? Totgeschossene Menschen? Irgendetwas in ihr warnte sie, es zu tun, denn wahrscheinlich hätte sie die Leichen nicht sehen sollen. Warum sonst hatte man ihr so eilig ein schwarzes Tuch über den Kopf geworfen? Also durfte sie eigentlich nichts von der ganzen Schießerei wissen. Aber irgendetwas musste sie ja antworten, wenn diese Fragerei jemals ein Ende finden sollte. Deshalb gab sie jetzt zu:
„Mir war, als hätte ich Schüsse gehört."
„Schüsse?"
„Ja, so wie manchmal in Fernsehfilmen."
„Aha", sagte der eine der Männer.

„Im Fernsehen", sagte der andere. Nurgül sagte nichts weiter.
„Hatten Sie denn Ihren Fernseher an?"
„Darf ich auf die Toilette gehen?"
„Nein."
„Kann ich etwas zu trinken haben?"
„Nein."
„Hatten Sie den Fernseher an?"
„Nein."
„Woher kamen dann die Schüsse?"
„Ich weiß es nicht."
„Sind Sie sicher, dass Sie Schüsse gehört haben?"
„Ich bin mir gar nicht mehr sicher, was ich gehört oder gesehen oder getan habe. Ich bin müde."

Ein Wink zum Wächter an der Tür, ein Eimer Wasser, ein forscher Schwung und schon ergoss sich eine eisige Wasserflut über Nurgüls Kopf. Alles war nass, ihr Gesicht, die Kleider, die Füße, alles nass und kalt.

„Geht's wieder?"

Nurgül funkelte die Männer fassungslos mit verschwommenem Blick an. Alles tropfte. Sie wusste gar nicht, ob sie empört oder verängstigt sein sollte. Sie wusste überhaupt nicht mehr, wie ihr geschah. Irgendwie schien die Welt aus den Fugen geraten zu sein. Das konnte alles doch gar nicht wahr sein. Sie hatte Tee für Barat kochen und mit ihm frühstücken wollen. Etwas anderes hatte sie nie gewollt. Und nun saß sie hier den ganzen Tag lang und ließ sich mit kaltem Wasser übergießen!

Die beiden Männer erhoben sich von ihren Stühlen und verließen den Raum. Der Wächter stand schon wieder stocksteif und mit leerem Blick vor sich hin starrend auf seinem Platz an der Tür. Nurgül fielen die Augen zu. Sie schwankte. Gleich werde ich vom Hocker fallen, dachte sie, als plötzlich zwei andere Männer erschienen. Und wieder fing alles von vorn an. Wieder die gleichen Fragen, wieder die gleichen unbefriedigenden Antworten. Wieder ein Eimer Wasser.

Von Zeit zu Zeit bekam sie ein wenig Wasser zu trinken, einmal wurde sie von zwei Frauen zur Toilette geführt, aber schlafen durfte sie nicht. Sie saß so aufrecht, wie sie konnte, auf dem kleinen, wackeligen Holzhocker und versuchte, den endlosen Fragen standzuhalten. Sobald sie umzufallen drohte, kam der nächste Schwall Wasser über sie und irgendwann gab sie zu, dass sie Schüsse gehört hatte und irgendwann gestand sie auch, dass sie Leichen gesehen hatte. Sie wussten es doch sowieso. Wieso fragten sie immer wieder? Sie mussten wohl ziemlich dumm sein, diese Männer. Männer, die sich mächtig fühlen, aber schwer von Begriff... Doch im Grunde war es ja sowieso egal. Alles war egal. Sollten sie doch mit ihr machen, was sie wollten. Was bedeutete das schon? Ihren Sohn hatte sie jedenfalls nicht mit in die Sache hineingezogen und ihrer Schwester in Schweden konnte man nichts anhaben, weil sie keine chinesische Staatsbürgerin mehr war. Barat ging es hoffentlich gut. Ach, hätte sie nur auf Barat gehört und wäre im Haus geblieben! Wieder fielen ihr die Augen zu und wieder kam ein Eimer Wasser. Nass ist nass, dachte sie, was soll's? Aber was für eine unsinnige Wasserverschwendung!

Sie wusste es nicht, aber sie hatte beinahe zweiundsiebzig Stunden lang auf einem Hocker gesessen und Fragen beantwortet. Oder auch nicht beantwortet, denn manche Fragen konnte sie ja gar nicht beantworten, weil sie überhaupt nicht verstand, worum es ging. Nun fand sie sich auf einer unbequemen Holzpritsche in einer Gefängniszelle wieder und rieb ihre brennenden Augen. Sie hatte geschlafen. Sie wusste nicht, wie lange sie geschlafen hatte, aber Hunger verspürte sie und einen schrecklichen Durst.

„Ist hier jemand?"

Als sich nichts regte, nickte Nurgül wieder ein und fiel erneut in einen schweren, unruhigen Schlaf. Wirre, beklemmende Träume quälten sie. Sie träumte von Krieg und Wasserfluten,

hörte Gewehrfeuer, Todesschreie und sinnlose Fragen. Von Zeit zu Zeit schreckte sie auf und blickte verwirrt um sich. War das hier ein Gefängnis? Hatte man sie in eine Gefängniszelle gesperrt? Nichts war zu hören.
„Ist jemand da?"
Nichts.
Plötzlich entdeckte sie, dass in der Ecke neben dem Toilettenloch ein Wasserhahn aus der Wand ragte. Mühsam wälzte sie sich von ihrem Lager hoch. Alle Knochen schmerzten, die Beine waren steif, der Rücken schien sich krumm verwachsen zu haben, im Kopf brummte und dröhnte es so laut wie ein Hubschrauber, der vom Himmel fällt. „Nein!", schrie sie laut auf. „Nein, nicht schon wieder! Bitte..."
Sie tastete sich langsam an der Wand entlang in Richtung Wasserhahn, als plötzlich das Türschloss zu knarren begann und sich die Zellentür quietschend einen Spalt weit öffnete. Eine Frau steckte den Kopf herein und fragte:
„Ist alles in Ordnung, Nummer 88?"
Nurgül schaute zur Tür und staunte: Eine Frau! Eine Nummer 88. Eine Frau fragte, ob bei Nummer 88 alles in Ordnung ist... Sie blickte sich um, aber da war niemand außer ihr im Raum und deshalb sagte sie:
„Ich will zum Wasserhahn, ich habe Durst."
„Ach, wenn Sie jetzt wach sind, bringe ich Ihnen noch schnell das Abendessen."
Nurgül nickte. Das war jetzt wirklich verwirrend, fand sie. Die Frau war Chinesin, vermutlich eine Gefängniswärterin, denn dieses kleine Kabuff konnte nichts anderes sein als eine Gefängniszelle. Wahrscheinlich war sie irgendwann unter den vielen Fragen und Wassereimern ohnmächtig umgefallen und hierher verfrachtet worden. Wenn es aber schon Abendessen gab, wie lange hatte sie dann geschlafen?
Wieder knarrte es im Schloss und die Frau trat mit einem Tablett ein.

„So, es ist leider nicht viel übrig, aber Sie werden Hunger haben."
„Danke."
„Haben Sie endlich ausgeschlafen?"
Nurgül zuckte mit den Schultern. Sie wusste es nicht. Vielleicht hatte sie ja gar nicht geschlafen, sondern in einer Ohnmacht gelegen. Sie fühlte sich zumindest nicht wie ausgeschlafen, eher wie gemartert. Aber ein Schluck Wasser tat gut und dann nahm sie auch das Tablett mit ein wenig Brot und Reissuppe entgegen.
„Ich komme morgen früh wieder und hole das Tablett", lächelte die Frau ihr aufmunternd zu. „Gute Nacht, Nummer 88. Schlafen Sie ruhig weiter, das wird Ihnen guttun."
Wieso war diese chinesische Frau so freundlich und wieso sprach sie immerzu von Nummer 88?
„Das ist Ihre Häftlingsnummer. Sie sind die Gefangene Nr. 88. Wir haben hier nicht so viele weibliche Gefangene, müssen Sie wissen, bei den Männern sind die Zahlen sehr viel höher."
„Ach so, hier bin ich nicht Nurgül Mammat, sondern Nr. 88."
„Freuen Sie sich", meinte die Wärterin vergnügt, „denn die Acht ist eine chinesische Glückszahl und eine doppelte Acht bringt sicher besonders viel Glück."
Nun, wenn man auch nicht gerade von Glück sprechen konnte, so hatte sie doch jetzt wenigstens etwas zu essen und zu trinken und niemand quälte sie mehr mit Fragen.

Am siebten Tag kam ein Mann aus Peking.
„Wir haben Sie in eine Einzelzelle gelegt", erklärte er, „weil Sie mit niemandem über das sprechen dürfen, was Sie gesehen haben. Das dürfen Sie auch weiterhin nicht tun, haben Sie mich verstanden? Sie dürfen mit niemandem darüber sprechen, auch nicht mit ihrem Mann. Und vor allem nicht mit Ihrer Schwester in Schweden. Sie dürfen niemandem etwas davon erzählen. Vergessen Sie einfach alles. Wenn Sie mir das versprechen, werden wir Sie freilassen."

Dieser Fremde war sehr viel freundlicher als die Männer, die sie verhört hatten, obwohl er doch auch Chinese war. Vielleicht lag es an seinem Rang? Er schien ein hoher Beamter zu sein, vor dem die anderen strammstanden. Nurgül hatte in der letzten Woche viel nachgedacht. Eigentlich mochte sie gar nichts mehr denken und er hätte es ihr auch gar nicht zu sagen brauchen: Sie wollte nichts lieber als all das Geschehene vergessen. Für immer und in alle Ewigkeit vergessen. Aber trotzdem hatte sie sich jede Minute in diesen Tagen gefragt, warum es geschehen war. Warum wurden Menschen erschossen? Niemand sollte einen anderen Menschen töten. Hatten die Toten etwas Böses getan? Hatten sie die Polizeistation überfallen? Warum aber gab es überhaupt diese Aggressionen? Warum konnten nicht alle zusammen friedlich miteinander leben, ob sie nun Chinesen oder Uiguren waren, Moslems, Buddhisten oder Atheisten, Beamte oder Bauern? Konnte man sich nicht einfach gegenseitig achten und respektieren? Und warum hatte man ihr tagelang immer wieder die gleichen dummen, quälenden Fragen stellen müssen, obwohl sie gar nichts mit der Sache zu tun hatte? Sie wusste, dass ihr Sohn eine Antwort auf all ihre Fragen hätte, aber diese Antwort wollte sie gar nicht hören. Sie wollte nur noch vergessen.

Nurgül war nicht mehr die fröhliche, ausgeglichene Frau, die das beschauliche Leben in ihrem Dorf liebte. Sie war schweigsam und schreckhaft geworden, zuckte bei jedem lauten Geräusch zusammen und ging nur noch ungern aus dem Haus.
Wenn sie jemand fragte, wo sie die ganze Woche gewesen sei, sagte sie: im Krankenhaus. Wenn ihre Schwester anrief, sagte sie, sie könne nicht sprechen, weil sie eine Halsentzündung habe. Man habe ihr im Krankenhaus ein Medikament gegeben, aber es wirke noch nicht. Wenn Barat fragte, wie er ihr helfen könne, sagte sie: Es geht mir gut. Wenn die Kinder zu Besuch kamen, kochte und buk sie, wie sie es immer getan hatte, aber

sie lächelte nicht mehr. Ihr glückliches Lachen war für immer verstummt. Sie hatte alle Erinnerung an die furchtbaren Tage im Gefängnis in sich eingeschlossen. Sie hatte eine unsichtbare Mauer um sich gebaut, war ängstlich und still geworden – viel stiller als eine Frau in einem stillen uigurischen Dorf sein sollte.

Rozihan

Draußen waren Stimmen zu hören und das große Hoftor knarrte in seinen Fugen, als die schweren Flügel geöffnet wurden. Das Tor war schon sehr alt, aber es war eines der schönsten Hoftore der ganzen Straße, verziert mit kunstvollen Schnitzereien und in unterschiedlichen Blautönen gestrichen. Offenbar hatte Metkurban jemanden hereingelassen, denn die Stimmen wurden lauter und Schritte kamen näher.

Rozihan ging es schlecht. Sie lag auf ihrer Matte auf der mit dicken Filzteppichen ausgelegten Supä, zugedeckt mit der wärmsten Wolldecke, die sie besaßen, und schlief einen unruhigen Schlaf. Das Herz hatte ihr am Morgen wieder Probleme gemacht. Sie war einer Ohnmacht nahe gewesen, aber nun ruhte sie sich aus und es würde ihr sicher bald besser gehen. Die drei Mädchen saßen mit ihrer Großmutter auf der anderen Seite des Raumes und lauschten auf die sanfte Stimme, die ihnen alte Lieder und Reime vorsang.

Alle schreckten auf, als harte Männerschritte die drei Stufen zum Haus heraufkamen und Metkurban den Vorhang beiseiteschob. Zwei fremde Männer traten ein.

„Rozihan Menssur?", rief der ältere von ihnen. „Wir müssen Sie mitnehmen."

Rozihan setzte sich auf und sah ihren Mann und die beiden Fremden verwirrt an.

„Wir bringen Sie ins Nurluq-Krankenhaus."

„Ach, es wird schon wieder", gab sie unsicher zurück. „Es war nur eine Schwäche, ein kleiner Anfall. Morgen geht es mir bestimmt wieder gut."

Metkurban wurde unruhig, wollte etwas sagen, aber der Beauftragte der Bezirksregierung kam ihm zuvor:

„Es wird ein Schwangerschaftsabbruch vorgenommen."

Rozihan starrte ihn fassungslos an. Sie brachte keinen Ton heraus und ihre Augen begannen von einem zum anderen zu irren, ohne einen Halt oder auch nur einen Funken von Trost zu finden. Metkurban schien in einen Schockzustand gefallen zu sein. Sie suchte seinen Blick, aber er war nicht da. Seine Augen waren leer, sein Gesicht hatte jeden Ausdruck verloren. Erst nach einer Ewigkeit, so schien es ihr, fand er mit einem plötzlichen Ruck der Entschlossenheit in die Wirklichkeit zurück und sagte:

„Nein!"

Die beiden Fremden schauten ihn mit missbilligenden Blicken an.

„Wir haben die Anweisung der Bezirksregierung, Ihre Frau ins Krankenhaus zu bringen. Sie haben bereits drei Kinder und das ist schon mehr als erlaubt."

„Nein!"

„So ist das Gesetz."

„Nein, das ist nicht richtig. Wir sind Uiguren und hier auf dem Lande dürfen wir nach dem Gesetz drei Kinder haben."

„Aber nicht vier."

„Unsere drei Kinder sind Mädchen. Wir brauchen einen Jungen, der später den Hof übernehmen kann."

„So steht es nicht im Gesetz."

„Aber so ist die Realität!"

„Suchen Sie nicht nach Ausflüchten! Rozihan, machen Sie sich jetzt fertig, wir müssen gehen!"

Rozihan hatte sich auf ihrer Matte zusammengekrümmt und weinte lautlos in die Kissen. Die drei Mädchen waren auf den Schoß ihrer Großmutter gekrochen und schauten verängstigt zu den fremden Männern herüber. Keines von ihnen rührte sich.

„Meiner Frau geht es heute sehr schlecht", versuchte Metkurban zu erklären, „Sie hatte am Morgen einen leichten Herzanfall. Es war nicht das erste Mal, ihr Herz ist schwach und sie muss sehr vorsichtig sein, hat der Arzt gesagt. Sie dürfen sie jetzt nicht mitnehmen. Bitte! Einen Eingriff würde sie nicht überleben."

Die beiden Männer sahen einander an.

„Nun gut", entschied der ältere der beiden Männer nach längerem Überlegen, „lassen wir ihr ein wenig Ruhe. Kommen Sie, Ablikim, gehen wir ins Nachbardorf und holen zuerst die andere Frau."
Ohne Gruß verließen sie das Haus.

Für einen Augenblick herrschte Totenstille im Raum. Die ganze Familie fühlte sich wie gelähmt. Es war, als hätten sie alle einen Schlag auf den Kopf bekommen oder als hätte ein schwarzer Sandsturm sie in todbringende Finsternis gehüllt. Rozihan weinte nicht mehr. Metkurban stand wie erstarrt neben ihrem Lager und keines der Kinder wagte sich zu regen oder eine Frage zu stellen. Sie wussten auch so, dass etwas Furchtbares würde.

„Sie werden wiederkommen, Metkurban."
„Vielleicht. Vielleicht nicht. Vielleicht lassen sie uns in Ruhe, wegen deiner Herzschwäche."

„Ihr müsst weg", kam es aus der Ecke des Zimmers, wo Metkurbans Mutter mit ihren Enkelinnen saß. „Ihr müsst euch verstecken, bis eine Abtreibung nicht mehr möglich ist."

„Wir können dich doch nicht mit Vater und den Kindern allein lassen. Vater ist krank und braucht Pflege. Nigarä ist zwar alt genug, um ein wenig zu helfen, aber die Zwillinge sind noch klein. Das schaffst du nicht allein. Und der Hof... die Tiere... Das ist ausgeschlossen, Mutter. Außerdem machen sie manchmal noch im achten Monat eine Abtreibung, habe ich gehört. Nein, das hat doch keinen Sinn. Und wohin sollten wir auch gehen?"

„Mahire aus der Nachbarschaft hat erzählt, dass es einer ihrer Nichten gelungen ist. Ihr Mann hatte sie zu Verwandten in ein anderes Dorf gebracht, bis das Kind geboren war. Und nun ist es da und niemand kann es mehr umbringen."

„Lass uns bis morgen warten, Mutter. Rozihan ist heute viel zu schwach. Wenn sie jetzt stundenlang auf dem Eselkarren fahren müsste, wäre das Kind sowieso verloren... und sie wahrscheinlich auch."

Rozihan war im sechsten Monat schwanger. Obwohl sie schon sechsunddreißig war, verlief die Schwangerschaft problemlos, es war nur das Herz, das nicht ganz gesund war. Vielleicht hätte eine Operation helfen können, aber eine Operation kam nicht in Frage, weil sie unbezahlbar war, und außerdem meinte der Arzt, es sei nicht sehr schlimm. Wenn sie bei der Arbeit vorsichtig wäre und sich nicht zu viel zumutete, könnte sie mit ihrem Herzen hundert Jahre alt werden.

Natürlich wussten Rozihan und Metkurban, dass sie offiziell nur drei Kinder haben durften, aber ein ungeschriebenes Gesetz besagte, dass Familien auf dem Lande das Recht auf einen Sohn zustand und bisher hatte man in solchen Fällen immer auf Nachsicht zählen können. Beispiele gab es genug und bisher hatten es deswegen nie Schwierigkeiten gegeben. Metkurban hatte sich immer einen Sohn gewünscht, nicht nur weil es immer der Stolz jedes Vaters war, einen Sohn zu haben, sondern auch aus praktischen Gründen: Er war Bauer. Er hatte ein paar Felder, auf denen Mais und Weizen angepflanzt wurde, eine Kuh, ein paar Hühner und Schafe. Sein Vater hatte noch die Mao-Zeit miterlebt, als alles Land in Kommunen zusammengefasst gewesen war und alle Bauern schlimme Jahre ihres Lebens unter der unerbittlichen Aufsicht von Parteifunktionären schuften mussten. Nicht einen einzigen Maiskolben, der auf einem Feld reifte, das früher einmal seiner Familie gehört hatte, durfte er damals für seine Kinder mit nach Hause nehmen, weil alles, was geerntet wurde, der Kommune gehörte und so aufgeteilt oder verkauft wurde, wie es die Parteioberen für richtig hielten. Oft hatten die Familien hungern müssen, obwohl das Land fruchtbar war und obwohl sie härter arbeiteten als je zuvor. Später, als Mao gestorben und die Kulturrevolution vorüber war, hatten die Bauern ihr früheres Land oder zumindest einen Teil davon wieder zur eigenen Bewirtschaftung zurückerhalten. Das Land selbst gehörte Metkurban zwar nicht, sondern weiterhin dem Staat, aber er durfte die Felder bewirtschaften und selbst über die Erträge verfügen. Deshalb brauchte er einen Sohn, der helfen und später, wenn er alt war, den Hof übernehmen konnte. Die Mädchen würden heiraten und zu anderen Familien ziehen.

Von Zeit zu Zeit hörte man, dass ein Mädchen wenige Stunden nach der Geburt gestorben war, und oft vermuteten dann die Leute, dass dies nicht ein trauriger Schicksalsschlag gewesen war, sondern dass sich die Eltern die Option einer neuen Schwangerschaft offenhalten wollten. So etwas wäre für Rozihan und Metkurban undenkbar gewesen. Ihre kleinen Töchter waren ihnen ein kostbarer Schatz. Nie im Leben hätten sie auf eine von ihnen verzichten mögen und deshalb hatten sie auf Allah vertraut und es ihm überlassen, ob er ihnen noch einen Sohn schenken würde oder nicht.

Rozihan streichelte über ihren Bauch. Sie fühlte eine Beule unter den Händen, die bei der Berührung wegrutschte und an anderer Stelle wieder auftauchte. War es ein Fuß? Oder der Kopf? In jeden Fall war es ihr Kind und es lebte. Es wollte in wenigen Monaten auf die Welt kommen und zusammen mit den drei Mädchen aufwachsen und fröhlich sein. Vielleicht ein Sohn, auf den Metkurban so sehr hoffte.

Wieder herrschte Schweigen im Haus. Alle hatten das Gefühl, durch das Aussprechen ihrer Ängste das Unheil erst recht heraufzubeschwören. Nur von draußen her, von dem überdachten Vorbau neben dem Hauseingang war ein leises Stöhnen zu vernehmen. Metkurban eilte hinaus zu seinem Vater. Sie hatten ihm dort sein Lager bereitet, damit er an der frischen Luft freier atmen konnte. Der Vater litt seit langem an einer schweren Krankheit und war auf die Pflege seiner Schwiegertochter angewiesen. Er hatte nicht verstanden, weswegen die beiden

Männer gekommen waren, aber als es jetzt so ungewohnt still im Haus wurde, fühlte er eine unbestimmte Unruhe in sich aufsteigen.

„Es ist nichts, Vater", sagte Metkurban. „Sie wollten nur nach Rozihan sehen und fragen, ob sie einen Arzt braucht."

„Sie soll sich ausruhen. Achte darauf, Metkurban, dass sie sich ausruht. Wir wollen doch, dass es ein gesunder, kräftiger Junge wird, nicht wahr?"

Ablikim lächelte zufrieden und sank zurück auf seine Kissen. Ja, auch er wünschte sich einen Jungen in der Familie, einen Enkel, der das Land, das schon seine Vorväter bestellt hatten, eines Tages übernehmen würde. Sein Vater und sein Großvater hatten ihm früher viel erzählt über die Zeit, als sie ihre Felder so bestellt hatten, wie es seit Urzeiten in dieser Oase üblich gewesen war: mit ihrer Hände Arbeit und im Einklang mit der Natur. Nur mit Grauen dachte er zurück an die Zeit seiner eigenen Jugend, als alles Land den Volkskommunen gehörte und alle Bauern zu rechtlosen, der Willkür unwissender Parteifunktionäre ausgelieferten Landarbeitern wurden. So viele sinnlose Vorschriften! So viel Leid! Zeitweise hatten die Männer getrennt von ihren Familien in Schlafbaracken hausen müssen. Sie wurden in Dorfkantinen beköstigt, liefen zu den Feldern, zu Versammlungen, zur Kantine, zur Baracke und vergeudeten so wertvolle Zeit, die sie nutzbringender auf den Feldern hätten einsetzen können. Daher waren die Erträge natürlich auch nicht besser geworden, sondern schlechter, aber dennoch hieß es jedes Jahr, dass die Sollzahlen erfüllt, ja sogar übertroffen worden seien. Lächerlich, hatten die Bauern insgeheim gedacht. Man kann die Natur nicht mit Planvorgaben und politischen Diktaten bezwingen. Man muss auf sie hören, sie lieben und aus jahrhundertelanger Erfahrung wissen, wie man mit ihren Tücken umzugehen hat. Es war doch nicht zu ändern, dass ihr Land in einer Wüstenregion lag und dass es selten regnete. Man musste mit dem Wasser haushalten. Zwar konnte man immer tiefere Brunnen bohren und Grundwasser pumpen, aber würde es denn immer und ewig ausreichend Grundwasser geben? Die Wasserverschwendung hatte mit dem Ende der Kulturrevolution nicht aufgehört, erinnerte sich Ablikim betrübt. Es gab jetzt riesige staatliche Baumwollplantagen, verwaltet von Han-Chinesen, die darin nur lukrative Wirtschaftsunternehmen sahen und auf dem Rücken der Natur zu immer höheren Erträgen antrieben. Baumwolle verbraucht Unmengen von Wasser. Das wussten die Bauern und hatten lieber Weizen und Mais angebaut. Aber nun wollte man Baumwolle haben, um sie an die Textilindustrie oder ins Ausland zu verkaufen. Man macht das Land kaputt, sinnierte Ablikim weiter. Unser Land.

Das Grübeln ermüdete den alten Mann, die Augen fielen im zu. Wie gut, dass ich einen guten Sohn habe, der das Land versteht, tröstete er sich, und bald wird auch ein Enkel da sein. Alles wird gut. Und dann schlummerte er zufrieden ein.

In dieser Nacht konnten nur die Kinder in den Schlaf finden. Die Erwachsenen wälzten sich unruhig unter ihren Decken, jeder verfolgt von seinen eigenen Sorgen und Ängsten.

Rozihan konnte nicht schlafen, weil sie eine schreckliche Angst quälte. Sie hatte schon von Zwangsabtreibungen gehört, zwar nicht in ihrem Dorf oder in der nahen Kreisstadt Keriya, aber manche Frauen erzählten über Fälle, die sich irgendwo in China zugetragen hatten. Die Ein-Kind-Politik galt ja nicht nur in Xinjiang und für die Uiguren, sondern überall in der Volksrepublik, aber hier auf dem Lande, am Rande der Wüste Taklamakan, hatte niemand ernstlich mit so strengen Maßnahmen gerechnet. Ihre beiden jüngeren Mädchen waren Zwillinge, also war sie ja nur zweimal schwanger gewesen und deshalb könnte man ihr doch die Chance auf einen Sohn lassen, versuchte sie sich zu rechtfertigen. Ob die Männer wohl wiederkommen würden? Sie hatten gesagt, dass sie aus einem Nachbardorf auch eine Frau abholen müssten. Vielleicht wollte man jetzt im Bezirk von Hotan strenger auf die Einhaltung dieses grausamen Gesetzes achten? Sie versuchte, nicht weiter daran zu denken, aber die Angst blieb. Sie umfasste ihren Bauch mit beiden Händen und tröstete das kleine Wesen, das sich darin rührte. Ich werde dich beschützen, so gut ich kann, Kleiner, flüsterte sie. Aber ich weiß nicht, ob ich es wirklich kann. Die Regierung ist stärker als ich. Sie können machen, was sie wollen. Tränen schossen ihr über die Wangen und nur mit Mühe konnte sie ein lautes Schluchzen unterdrücken.

Metkurban dachte: Warum tun Männer so etwas? Sie sind Uiguren wie wir, aber sie wollen uns unsere Kinder nehmen. Warum arbeiten sie für eine Regierung, die von Han-Chinesen geführt wird? Im fernen Peking machen sie Gesetze und zwingen sie uns auf. Selbst hier in unserem Land, das sich Autonomes Gebiet nennt, lassen sie nicht zu, dass wir über uns selbst bestimmen. Es sind immer die Chinesen, die das Sagen haben, und wir sind ihre Handlanger. Aber warum sind wir das? Warum stellen sich einige Leute in den Dienst einer Regierung, die gar nicht das Wohl unseres Volkes anstrebt, sondern nur Macht, Gewinn und Ausbeutung? Warum tun sie das? Metkurban warf sich auf die andere Seite und stieß dabei mit dem Knie gegen den kleinen Tisch, den er vergessen hatte wegzuräumen. Mist, entfuhr es ihm. Alles Mist! Sie machen alles kaputt! Unser Land, unsere Kultur, unsere Traditionen! Und nun kommen sie sogar, um uns unser Kind zu nehmen. Was ist nur aus uns geworden? Was sind wir für ein Volk, wenn einige von uns gegen uns sind? Wir müssten doch zusammenhalten und alles daransetzen, um gegenüber der chinesischen Vorherrschaft unsere Identität zu wahren. Wütend wälzte sich Metkurban wieder zurück auf die andere Seite und sah, dass seine Frau weinte. Er legte einen Arm um sie, aber tröstende Worte hatte er nicht.

Metkurbans Mutter dachte: Wie können Menschen überhaupt an so etwas denken? Jedes Kind ist ein Geschenk

Allahs und kein Mensch hat das Recht, es zu töten. Auch nicht im Mutterleib. Das ist grausam. Das ist ein Gesetz gegen die Natur. Und Rozihan ist schon beinahe im siebten Monat schwanger, das Kind ist kein winziger Fötus mehr, sondern ein richtiger kleiner Mensch mit allen seinen Gliedern und Sinnen und allem, was man zum Leben braucht. Das ist grausam. Vielleicht ist es auch für die Mutter gefährlich. Was würden wir ohne Rozihan tun? Die Kinder, mein Mann, die Felder... Vielleicht gibt es ja in den riesigen Städten Ost-Chinas nicht genug Platz und Essen für immer mehr Kinder, aber hier brauchen wir sie. Wir Bauern können unsere Kinder ernähren und hier haben sie genug Platz zum Spielen. Ein Bauer braucht einen Sohn und unser Volk braucht Kinder.

Metkurbans Vater schlief auch nicht mehr. Seitdem sein Sohn ihn vor dem Abendessen ins Haus gebracht hatte, spürte er, dass etwas nicht in Ordnung war. Am Nachmittag im Freien hatte er sich wohl gefühlt und war glücklich gewesen, dass er es noch miterleben durfte, seinen Enkel und Stammhalter zu sehen. Das würde ihm neue Kraft geben und dann könnte er bald wieder aufstehen und Metkurban bei leichten Arbeiten helfen. Sein Sohn hatte so viel zu tun, seitdem er selbst bettlägerig war. Hatte man ihm etwas verschwiegen? Hatte es vielleicht mit den beiden Männern zu tun, die am Nachmittag hier gewesen waren? Ablikim hatte das Gefühl, dass eine unsichtbare Bedrohung über dem Haus schwebte, und machte sich große Sorgen.

Die Sonne schien, der Himmel war blau, und wenn der Dunst in der Ferne nicht gewesen wäre, hätte man die hohen Berge des Kunlun-Gebirges sehen können. Leider verhinderten oft Dunst oder Staub den Blick auf diese schneebedeckten Giganten, hinter denen weit in der Ferne Tibet lag. Metkurban liebte es, wenn sich das Weiß des Schnees auf dem höchsten der Berge, der „Göttin des Kunlun", gegen einen tiefblauen Himmel abzeichnete. Doch heute hätte vermutlich nicht einmal diese Göttin seine Stimmung aufheitern können. Er fühlte sich wie gerädert nach einer schlaflosen Nacht, gepeinigt von ohnmächtiger Wut und großer Sorge.

Eigentlich war alles wie an jedem Morgen. Nigarä und ihre Großmutter räumten die Betten auf und deckten den Frühstückstisch, die beiden kleinen Mädchen sprangen fröhlich im Hof umher und Rozihan bereitete das Essen zu. Sie war aufgestanden, obwohl sie sich noch schwach fühlte, aber das Herz hatte sich beruhigt und sie wollte nicht alle Arbeit allein ihrer Schwiegermutter überlassen.

„Apa, Apa", kamen die Zwillinge atemlos in die Küche gesprungen. „Apa, ich hab Hunger!"

„Ich hab auch Hunger", zwitscherte die Schwester und hüpfte auf einem Bein um ihre Mutter herum.

„Was kochst du?"

„Maissuppe und Lammfleisch mit Kartoffeln."

„Mmm, Maissuppe."

„Mmm, Kartoffeln", plapperten beide vergnügt.

„Es dauert noch einen Augenblick, Kinder. Schaut mal, ob Großvater schon fertig ist."

Die beiden kleinen Mädchen rannten ausgelassen in den Hof, um zu sehen, ob ihr Vater und der Großvater vom Toilettengang zurück waren.

„Na, meine kleinen Prinzessinnen", lächelte Metkurban ihnen entgegen, obwohl ihm nicht zum Lächeln zumute war. Denn als er diese zwei hübschen, gesunden Menschlein sah, stürzte erneut all das durch seine Seele, was ihn die ganze Nacht gequält hatte. „Ihr wartet wohl schon mit dem Frühstück?"

„Jaaaa!", jubelten sie im Chor.

„Komm, Großvater. Komm, ich helfe dir." Eines der Mädchen fasste die Hand des alten Mannes und sprang ein paar Schritte vor ihm her.

„Warte, Kindchen, so schnell kann ich nicht. Ohne den starken Arm deines Vaters geht es nicht mehr."

Als die Familie mit dem Frühstück beinahe fertig war, hörten sie ein Auto auf der Straße, das vor dem Hoftor anhielt. Eine Wagentür wurde zugeschlagen, dann noch eine. Jemand rief in befehlendem Ton, dann klopfte es gegen das Tor.

Rozihan glaubte, ihr Herz zerspringen zu hören. Metkurban zuckte wie von einem plötzlichen Blitzschlag getroffen zusammen und blieb regungslos sitzen, als hätte ihm dieser Blitz all die Kraft seines Lebens genommen. Seine Mutter starrte entsetzt zu ihrem Mann hinüber und Ablikim blickte verwirrt von einem zum anderen und fragte:

„Ihr wisst, wer da kommt?"

Sie sahen ihn hilfesuchend an.

„Wer ist das? Was ist los?" Ablikim wurde von Unruhe gepackt. „Metkurban, was verschweigt ihr mir?

Es klopfte wieder. Fordernd. Laut.

„Antworte!" Der alte Mann wurde zornig vor Sorge.

Metkurban antwortete nicht, aber er raffte sich auf und schlurfte wie ein alter Greis über den Vorhof.

„Aufmachen!" Jetzt hämmerten zwei ungeduldige Fäuste gegen das große, schöne Tor.

Metkurban schob den Riegel zur Seite und zog den einen Flügel der schweren Holztür nach innen.

Die beiden Männer, die gestern hier gewesen waren, traten ein und wandten sich ohne Gruß an Rozihan.

„Rozihan Menssur, packen Sie ein paar Sachen zusammen und kommen sie mit. Wir bringen Sie jetzt ins Nurluq-Krankenhaus."

„Ich kann nicht..."

„Sie dürfen sie nicht..."

„Was ist...?"

„Sie wissen, warum wir sie mitnehmen müssen. Sparen Sie sich Ihre Ausreden!", schnitt der ältere der Männer alle Einwände ab. „Wir tun nur, was man uns aufgetragen hat."

„Aber meine Frau..."
„Sie kennen das Gesetz!"
„Dann gehe ich mit!"
Die beiden Männer tauschten einen fragenden Blick. Eine Vorschrift, nach der es dem Ehemann verboten war, seine Frau zu begleiten, kannten sie nicht. Daher schwiegen sie, als Metkurban Rozihan am Arm nahm und mit ihr zusammen zum Tor ging. Sie hörten noch, wie der alte Mann im Hof schimpfte und zeterte, dann schoben sie die schwangere Frau in den Wagen und fort ging es über die holperige Sandstraße, durch eine schattige, von Pappelreihen gesäumte Allee und anschließend über eine staubige Landstraße nach Keriya.

Das Auto hielt vor dem Krankenhaus. Die Männer brachten Rozihan in ein Arztzimmer und gingen dann fort. Sie hatten ihren Auftrag erledigt. Metkurban wurde angewiesen, sich auf eine Bank im Flur zu setzen und zu warten. Er wartete lange. Er hoffte noch immer, mit dem Arzt sprechen und ihn überzeugen zu können, dass eine Abtreibung nach sechs Monaten Schwangerschaft zu gefährlich für seine herzkranke Frau war. Oder er würde die Zahlung einer Strafgebühr anbieten, obwohl er wusste, dass er dafür gar nicht genug Geld besaß. Aber versuchen könnte er es. Er hatte zweimal an die Tür geklopft und um Einlass gebeten, war aber jedes Mal abgewiesen worden. Jetzt öffnete sich die Tür und Rozihan kam mit einer Krankenschwester heraus.

„Wir bringen Ihre Frau jetzt zu ihrem Bett. Wenn Sie möchten, können Sie dort warten. Oder aber Sie fahren wieder nach Hause, denn es macht nicht viel Sinn zu warten. Es dauert mindestens vierundzwanzig Stunden."

„Was dauert mindestens vierundzwanzig Stunden?" Metkurban starrte die Krankenschwester fassungslos an. „Was machen Sie mit ihr? Sie können doch nicht wirklich das Kind abtreiben! Es ist schon groß. Meine Frau ist krank! Das können Sie nicht tun, das dürfen Sie nicht tun! Um Himmels Willen, Rozihan, was machen sie mit dir!"

Die Stimme wollte ihm versagen, Tränen der Wut und Trauer ließen sich kaum noch zurückhalten. Da packte er seine Frau am Arm und riss sie fort.

„Komm, komm schnell, wir verschwinden!"

„Niemand verschwinden hier!", donnerte eine gebieterische Stimme. Der Arzt war zur Tür geeilt und gab Anweisung: „Schwester Bahar, Sie bringen diese Frau augenblicklich in den Kreißsaal! Und Sie", wandte er sich an den Ehemann, „wenn Sie unbedingt hierbleiben wollen, dann verhalten Sie sich still und warten, bis es vorüber ist."

Und ehe er die Tür hinter sich schloss, fügte er noch hinzu: „Wenn wir auch nur noch einen Mucks von Ihnen hören, werden Sie in der Tat verschwinden. Aber allein! Verstanden?"

Metkurban folgte den beiden Frauen hilflos und verzweifelt. Rozihan ist wie ein Schaf, das man zum Viehmarkt bringt, dachte er bei sich. Oder wie ein Schaf, das geschoren werden soll. Nein, das ist nicht richtig, denn Wolle wächst nach. Eher wie ein Opferschaf, dass zum Kurban-Fest geschlachtet werden soll. Nein, das ist auch nicht richtig, denn das hat ja einen Sinn. Das ist ein Geschenk an Allah und Nahrung für viele hungrige Menschen. Unser Kind, vielleicht unser Sohn, wird für nichts geopfert. Für ein Gesetz. Ein Gesetz, das nicht wir Uiguren gemacht haben! Für ein grausames Gesetz aus dem fernen China!

Die Krankenschwester schloss die Tür und ließ Metkurban davorstehen wie einen Hund, den man nicht ins Haus lässt. Ihm war erbärmlich zumute. Er konnte nichts tun. Er hätte die Tür eintreten mögen. Kräftig genug war er und die hilflose Wut in seinem Inneren hätte sich nur allzu gern Luft gemacht, aber er wusste, dass es sinnlos war. Man würde ihn nach Hause schicken oder ins Gefängnis sperren. Er hätte auch den Arzt und alle Pfleger niederschlagen können, aber irgendwann wäre er von der Polizei überwältigt und verhaftet worden und dann würde man ihn vielleicht nie wieder frei lassen. Nein, es blieb ihm keine Möglichkeit mehr, um seinen Sohn zu kämpfen. Er musste zusehen, wie man ihn tötete.

Die Krankenschwester half Rozihan aus ihren Kleidern und legte sie aufs Bett. Sie sprach die ganze Zeit beruhigend auf sie ein, während ihre Patientin nicht aufhören konnte zu weinen. Rozihan hatte keine Kraft mehr sich zu wehren. Sie wusste ebenso wie Metkurban, dass sie diesen Leuten ausgeliefert war. Es gab ein Gesetz, sie hatte dagegen verstoßen und musste die Konsequenzen tragen. So hatte der Arzt gesagt. Sie hatte von den Zwillingen gesprochen und dass ein Bauer einen Sohn braucht, aber davon hatte der Arzt nichts wissen wollen.
„Wir haben unsere Anweisungen", hatte er gesagt. „Wir entscheiden nicht über diese Dinge, das ist Sache der Bezirksregierung und die haben in den letzten Tagen schon mehrere Frauen zu uns geschickt. Wir tun nur, was wir tun müssen. Es tut mir leid."
Rozihan war sich nicht ganz sicher gewesen, ob es ihm wirklich leidtat. Sie hatte eher den Eindruck gehabt, dass er wie ein gewissenhafter Arbeiter seine Aufgabe erledigte und sich danach auf einen ruhigen Feierabend freute.
Die Schwester legte ihr eine Schlinge um die rechte Hand.
„Ich muss Sie jetzt festbinden", sagte sie."
Rozihan durchfuhr eine panische Angst. Festbinden? Am Bettgestell festbinden, wie auf einem Folterbrett? Was würde man mit ihr machen? Sie versuchte zu schreien und die Hand wegzuziehen, aber dem kräftigen Griff war nicht zu entkommen. Dann die andere Hand, dann die Beine.
„Keine Angst, gute Frau", versuchte die Krankenschwester sie zu beruhigen. „Es tut nicht weh. Wir machen das nur zu Ihrer eigenen Sicherheit. Sie brauchen wirklich keine Angst zu haben. Nur ein winziger Piecks und schon ist es vorbei."
Sie kam mit einer Spritze und schon war es tatsächlich vorbei.

Vorbei mit der Hoffnung auf einen Sohn. Aber noch nicht vorbei mit dem Leiden.

„Wir werden alle paar Stunden nach Ihnen sehen", versprach die Schwester, als könnte das ein Trost sein. „Soll ich Ihren Mann jetzt hereinlassen?"

Sie brauchte nicht auf eine Antwort zu warten, denn Metkurban war schon durch die Tür geschlüpft, als sich der erste Spalt geöffnet hatte. Er beugte sich über seine Frau und, als ob es noch immer einen Funken Hoffnung geben könnte, fragte er: „Wie geht es dir, Rozihan?"

Müde erwiderte sie: „Mir geht es gut, ich fühle nichts, aber ich glaube, sie hat das Baby totgespritzt."

„Sorgen Sie dafür, dass Ihre Frau sich ruhig verhält. Das ist das Beste für sie."

Metkurban und Rozihan verbrachten Stunde um Stunde hilflos wartend, erschöpft und verzweifelt.

„Was hat sie gesagt, was wird jetzt passieren?", fragte Metkurban nach einer Weile, obwohl er genau wusste, was passieren würde.

„Sie hat gesagt, es kann den ganzen Tag lang dauern."

Wut begann erneut in ihm zu aufzubrodeln. Wenn es eine Spritze zum Töten gibt, dachte er, dann muss es doch auch ein Mittel geben, um das arme Ding aus dem Mutterleib zu holen. Soll Rozihan hier jetzt vierundzwanzig Stunden lang an ein Bett gefesselt liegen und seelische Höllenqualen leiden? Er sprang auf und lief im Zimmer auf und ab. Und wenn wir jetzt heimlich fliehen? Ob es schon zu spät ist?

Die Krankenschwester trat ohne zu klopfen ein.

„Nun, wie fühlen Sie sich", fragte sie Rozihan. „Geht es schon los?"

„Was?"

„Die Wehen."

„Wird das Kind denn geboren?" Plötzlich war da wieder dieser sinnlose kleine Hoffnungsschimmer.

„Na, es muss ja raus. Oder etwa nicht?", lächelte sie verächtlich über diese dumme Frau. Auch ein totes Kind muss ja schließlich irgendwie heraus aus dem Bauch. „Haben Sie nur noch etwas Geduld, es wird nicht mehr lange dauern."

Und damit ging sie wieder.

„Rozihan, vielleicht wird es nicht so schlimm wie bei einer richtigen Geburt", überlegte Metkurban, „weil das Kind ja noch klein ist. Ich meine, kleiner als unsere Töchter es waren."

Seine Frau gab keine Antwort. Sie wollte weinen, aber sie konnte nicht mehr weinen, denn da waren keine Tränen mehr in ihr. Wenn sie das Kind schon nicht haben durfte, weil die Regierung es so bestimmt hatte, dann wollte sie wenigstens nach Hause und nicht hier stundenlang herumliegen, während die Kinder vielleicht nach ihr weinten und der alte Mann ihre Hilfe brauchte.

„Können wir nicht einfach weglaufen?" Sie musste innehalten, denn in diesem Augenblick krampfte sich ihr ganzer Leib zusammen, ein stechender Schmerz durchfuhr ihren Körper, ein erstickter Schrei rang sich aus ihrer Kehle und sie versuchte, sich zusammenzukrümmen, aber die Beine waren noch immer am Bett festgebunden.

„Hol die Schwester", keuchte sie und Metkurban rannte auf den Gang und brüllte nach Hilfe.

„Na, hab ich's nicht gesagt?", frohlockte die Krankenschwester gutgelaunt „Jetzt ist es bald geschafft. Jetzt kann ich Sie wieder losbinden, Weglaufen geht sowieso nicht mehr."

Metkurban saß am Bett seiner Frau, hielt ihre Hand und sprach ihr Mut zu, wenn wieder eine Wehe kam. Mut hatte er eigentlich selbst nicht mehr. Er war zu Tode erschöpft, müde, hilflos, leer. Vollkommen leer. Leer wie ein ausgetrocknetes Flussbett in der Wüste, ein Brunnen ohne Wasser.

Eine Geschichte ohne Worte, ein Lied ohne Töne.

Die Stunden vergingen. Eine nach der anderen. Eine Geburt ist immer schwer für die Frau, sagte er sich. Aber irgendwann hat das Leiden ein Ende, und wenn das Neugeborene den ersten Schrei ausstößt, ist alles vergessen. Doch dieses Mal würde es keinen erlösenden Schrei geben.

Er hatte es nicht mehr ertragen können. Er hatte es einfach nicht mehr ertragen können zu sehen, wie seine Frau litt. Diese Qual war viel schlimmer als bei den anderen Geburten. Die Wehen waren nicht weniger heftig, die Schmerzen nicht erträglicher und es dauerte auch nicht vierundzwanzig Stunden, sondern noch viel länger. Das tote Kind konnte ja nicht helfen wie ein lebendes Kind, das selbst darauf drängt, endlich das Licht der Welt zu erblicken.

Irgendwann in den frühen Morgenstunden hatte Metkurban seine Frau allein gelassen. Sie hatte fast unaufhörlich geschrien, hatte seine Gegenwart schon lange nicht mehr wahrgenommen, hatte seine Hand abgeschüttelt wie eine zusätzliche Tortur. Alles hatte sie von sich abgewehrt, hatte mit den Armen um sich geschlagen und mit den Beinen gewütet. Sie war gar nicht bei sich gewesen. Sie war in der Hölle.

Ein Arzt war gekommen und wieder gegangen. Eine Hebamme hatte nach ihr gesehen und war wieder gegangen. Die Qual musste Rozihan ganz allein ertragen.

Wie konnte eine Regierung so etwas zulassen, fragte sich Metkurban zum hunderttausendsten Mal, als er in einer dunklen Ecke des Flurs hockte und sich die Ohren zuhielt. Wenn es denn wirklich sein muss, dass die Geburtenrate gesetzlich geregelt wird, um einer Übervölkerung des Staates entgegenzuwirken, und wenn man wirklich keine einzige Ausnahme zulassen kann, dann müsste man doch wenigstens dafür Sorge tragen, dass eine Abtreibung zu Beginn der Schwangerschaft durchgeführt wird und nicht, wenn das Kind schon beinahe lebensfähig ist. Was Rozihan jetzt durchmacht, ist ja schlimmer als eine Hinrichtung. Besser eine Kugel in den Kopf und Schluss als diese endlosen Stunden qualvollen Schmerzes!

Es dauerte mehr als dreißig Stunden, ehe das tote Kind geboren war. Der Arzt war nicht noch einmal gekommen. Die Hebamme hatte es genommen und fortgebracht. Metkurban hatte sie mit einem Bündel weggehen sehen. Jetzt war eine Krankenschwester im Raum und wusch die Patientin. Zaghaft näherte sich Metkurban. Rozihan lag reglos auf dem Bett. Ihr Gesicht hatte keinen Ausdruck, die Haut war schlaff und so bleich wie das Laken, auf dem sie lag, ihr Haar wirr und verklebt. Seine schöne Frau glich einer Leiche, aber sie lebte. Wenigstens das Herz hat mitgemacht, dachte er, um überhaupt irgendetwas zu denken, was nicht bloße Verbitterung war. Sein Kummer war so unermesslich groß, so grenzenlos und abgrundtief, dass er wie betäubt war und nur tatenlos neben dem Bett stehen konnte.

„Sie können dann gehen", sagte die Krankenschwester beiläufig, während sie die Waschsachen zur Seite stellte. „Sobald Ihre Frau sich ein wenig ausgeruht hat und aufstehen kann."

Eine Woche später.

Rozihan erholte sich nur langsam. Sie brauchte viel Zeit, um wieder zu Kräften zu kommen, denn nicht nur ihr Körper war geschunden, sondern auch ihre Seele. Das Herz hatte die Tortur physisch überlebt, aber es hatte einen Sprung bekommen und der wollte nicht heilen. Wahrscheinlich würde er niemals vollständig heilen, aber das Leben hatte weiterzugehen. Die Mädchen brauchten sie. Metkurban musste den Hof versorgen, der alte Mann war krank und stand kaum noch von seinem Lager auf. Die Schwiegermutter hatte alle Hände voll zu tun. Sie war auch schon alt und Rozihan durfte sich nicht tagelang wehleidig ins Bett legen und ihr all die Hausarbeit überlassen. Sie wusste, dass sie nicht die Einzige war, die unter dem Geschehen litt. Alle waren traurig und bedrückt. Metkurban arbeitete jeden Tag bis zur Erschöpfung in der heißen Sonne, um seinen Gefühlen zu entfliehen, und wälzte sich jede Nacht schlaflos durch die Dunkelheit.

Einmal, als er bemerkte, dass Rozihan neben ihm auch wach lag, fragte er so leise, dass sie es kaum hören konnte:

„Hast du es gesehen?"

Langes Schweigen. Dann antwortete sie ebenso leise: „Ja, sie haben es neben mich aufs Bett gelegt. Vielleicht als Strafe, ich weiß nicht. Vielleicht wollten sie, dass ich sehe, was ich angerichtet habe. Dass ich mir das alles selbst zuzuschreiben habe, weil wir nicht aufgepasst... weil wir gegen das Gesetz verstoßen haben. Dann hat die Hebamme ein Tuch genommen und es darin eingewickelt und ist fortgegangen, ohne mir noch einmal ins Gesicht zu sehen."

Rozihan spürte, dass Metkurban noch etwas wissen wollte, obwohl er nicht zu fragen wagte.

„Es war ein Junge."

Und nach einer langen Pause: „Er hatte schon ganz viele Haare."

Nigarä kam aufgeregt ins Haus gelaufen: „Vater, du musst kommen. Ich glaube, Großvater geht es nicht gut. Er ist so komisch."

Metkurban stand auf und ging hinaus. Ablikim liebte es, im Freien zu liegen, aber in den vergangenen Tagen, hatte ihm die frische Luft keine Linderung mehr gebracht. Die Nachricht vom gewaltsamen Tod seines Enkelkindes hatte ihm die letzte Kraft und den Lebenswillen genommen. Er hatte es zuerst gar nicht glauben wollen. Er hatte immer wieder gesagt: „So etwas tut die Partei nicht. Das kann nicht sein. Ich habe einmal an die Ideologie der Partei geglaubt. Ich weiß, dass vieles nicht richtig ist, und ich weiß, dass viele Beamte mehr für sich selbst als für das Wohl des Volkes tun, aber so etwas Grausames können sie nicht zulassen. Ein Kind zu töten... nein!" Das mochte er nicht glauben.

Ablikim schaute seinen Sohn an, als dieser sich neben die Kissen hockte. Er wollte etwas sagen, aber ihm fehlte die Kraft. Nigarä streichelte seine faltige Hand. Die beiden Frauen und die kleinen Mädchen kamen auch hinzu und knieten sich ebenfalls neben das Lager des alten Mannes.

„Es ist gut, Vater", sagte Metkurban sanft. „Mach dir keine Sorgen um uns. Wir schaffen es. Du hast uns immer gelehrt, dass man das Leben so nehmen muss, wie es ist. Weißt du noch? Es ist nicht alles gut, hast du gesagt, aber man muss das Beste daraus machen. Nach jedem Sandsturm kommt die Sonne, nach der Hitze des Tages die Kühle der Nacht. Sorge dich nicht, Vater. Sorge dich nicht um uns."

Er strich dem alten Mann zärtlich über das wetterzerfurchte Gesicht und den langen, weißgrauen Bart.

„Aber es war ungerecht!", flüsterte Ablikim kaum hörbar.

Dort, wo du jetzt hingehst, Vater, gibt es keine Ungerechtigkeit, dachte Metkurban, aber er sagte es nicht, sondern fuhr ein letztes Mal über die erloschenen Augen seines Vaters.

1979 wurde in China die Ein-Kind-Politik eingeführt. Der Grundgedanke hatte sicher seine Berechtigung, denn seit Gründung der Volksrepublik war das Bevölkerungswachstum rasant angestiegen, weil Mao davon ausgegangen war, dass viele Kinder, also viele Arbeitskräfte zu viel wirtschaftlichem Wachstum führen. Später musste man jedoch befürchten, dass es eines Tages nicht genug Platz und Nahrung für alle Menschen geben könnte und dass man durch ein langsameres Bevölkerungswachstum möglicherweise den Lebensstandard für die Masse erhöhen könnte. Nur hatte man nicht bedacht, dass viele junge Paare lieber einen Sohn als Stammhalter haben wollten als ein Mädchen, und dass daher viele ungeborene oder neugeborene Mädchen keine Chance auf ein Leben bekamen. Man hatte auch nicht bedacht, dass es dadurch eines Tages sehr viele junge Männer und sehr wenige junge Frauen geben würde, und dass diese Einzelkinder nicht nur von ihren Eltern, sondern auch von zwei Großelternpaaren verwöhnt werden würden, und dass diese Kinder, wenn sie erwachsen sind, für ihre Eltern und Großeltern sorgen müssten. Das staatliche Rentensystem deckt nicht die gesamte Bevölkerung ab und ist auf die Dauer wohl auch kaum finanzierbar, da es immer mehr alte und immer weniger junge Menschen gibt. Nach der chinesischen Verfassung sind Kinder verpflichtet, für ihre Eltern zu sorgen. Zwar gebietet auch die alte konfuzianische Tradition, seinen Eltern selbstlos zu helfen, aber wer weiß schon, inwieweit die alten Traditionen den kapitalistischen Kommunismus Chinas überleben können.

Die ursprüngliche Ein-Kind-Politik sah vor, dass ein in einer Stadt lebendes Ehepaar nur ein Kind haben durfte. Ein auf dem Lande lebendes Paar durfte zwei Kinder haben. Zu dieser Zeit konnte jemand, der in einer Stadt registriert war, nicht aufs Land umziehen, und jemand, der auf dem Land registriert war, blieb für immer dort registriert.

Für ethnische Minderheiten, einschließlich der Uiguren, galten die folgenden Bestimmungen: Ein Paar, das in einer Stadt lebte, durfte zwei Kinder haben, ein Paar auf dem Lande drei.

Das Gesetz wurde bald geändert und erlaubte ein zweites Kind, wenn beide Elternteile Einzelkinder waren, damit geschwisterlose Paare nicht einmal vier Elternteile und möglicherweise acht Großeltern zu unterstützen hätten. Im Jahr 2013 erlaubte eine weitere Änderung auch ein zweites Kind, wenn nur ein Elternteil Einzelkind ist. Das Gesetz wurde 2015 erneut geändert, so dass nun alle Paare zwei Kinder und ethnische Minderheiten drei Kinder haben dürfen. Auf „unerlaubte" Schwangerschaften stehen aber weiterhin strenge Strafen.

Es gibt Ausnahmen von der Regel: Wenn ein Paar reich genug ist, kann es sich durch die Zahlung einer hohen Geldstrafe den Luxus eines weiteren Kindes „erkaufen". Auch können die lokalen Regierungen theoretisch die Vorschriften an die örtlichen Gegebenheiten anpassen, und bezüglich des Zeitpunkts, zu dem eine Zwangsabtreibung vorgenommen werden kann, gibt es keine klare Regelung.[1]

---

1   http://www.rfa.org/english/news/uyghur/abortions-01132014185518.html

Abdurahman

s war ein Samstagabend im April. Männer standen an der Straße, die aus Kelpin hinaus nach Yurchi führt. Motorräder, Krankenwagen, Polizisten. Eine seltsam bedrückende Stille lag über der Unfallstelle und keiner der Männer wagte sich nach dem genauen Hergang zu erkundigen. Sie sprachen leise miteinander und schauten bestürzt auf etwas, was unter einem dunklen Tuch am Boden lag. Kelpin ist eine kleine Stadt im Bezirk Aksu und gewöhnlich passieren hier keine aufregenden Dinge. Daher musste dieser kleine Menschenauflauf etwas Ungewöhnliches zu bedeuten haben.

„Ein Junge", hörte der alte Mann jemanden sagen.

„Auf dem Motorrad dort", meinte ein anderer und wies auf einen umgestürzten Motorroller.

„Er ging noch zur Schule."

„Nein", meinte der Erste, „er hat die Schule abgebrochen. Er kommt aus Qum'eriq."

„Aber die beiden anderen waren auf der Oberschule. Die kenne ich."

„Was ist passiert? Ein Motorradunfall?", fragte der alte Mann.

Die anderen Männer wandten sich um und sahen ihn bedeutungsschwer an.

„Ja, ja, die jungen Leute und diese Motorräder...", murmelte der Alte leise.

„Es war kein Unfall!"

„Ach."

Diejenigen, die schon länger hier gestanden hatten, machten sich mit gewichtigem Eifer daran, dem alten Mann zu erklären, was geschehen war, und zwar jeder auf seine Weise. Jeder in anderen Worten und jeder so, wie er glaubte, dass es passiert sein musste. Denn mit eigenen Augen gesehen hatte es keiner von ihnen.

Wirklich gesehen hatte es nur einer und der befand sich bereits im Gewahrsam der Polizei. Er hatte laut aufgeschrien, als es passierte, so dass die Beamten auf ihn aufmerksam geworden waren und ihn sofort mitgenommen hatten. Auch er war Schüler und hatte bis vor kurzem mit Abdurahman die gleiche Klasse besucht. Nun war er fort, verhaftet.
„Er ist tot", sagte ein bärtiger Mann.
„Wer?"
„Der Junge. Sie haben ihn erschossen."
„Erschossen... Erschossen? Wer hat einen Jungen erschossen?"
„Die Polizei."
Der alte Mann brauchte eine Weile, um nachzudenken. Er war sich nicht ganz klar darüber, was er von der Lage halten sollte: Da lag ein kaputter Motorroller am Straßenrand, Krankenwagen fuhren davon, Polizisten liefen hin und her und die Leute standen dabei und sprachen von Erschießen. Nein, natürlich muss es ein Unfall gewesen sein. Die jungen Leute fahren immer viel zu schnell mit diesen modernen Dingern. Früher mit einem Eselkarren passierten keine Unfälle, höchstens bockten die Tiere einmal oder ein Rad brach entzwei, aber zu schnell waren sie nie.
„War er zu schnell?"
„Er hat ein Rotlicht überfahren. Die Polizei wollte ihn stoppen, und als er weiterfuhr, sind sie hinter ihm her und haben geschossen."
„Auf das Motorrad?"
„Auf die drei Jungen. Es saßen drei drauf. Zwei sind verletzt und einer ist tot."
Der alte Mann sah die Männer verständnislos an. Zwar hatte er jetzt verstanden, was passiert war, aber richtig begreifen konnte er es trotzdem nicht. Früher hatte es keine Ampeln und keine Kontrollposten in der Stadt gegeben und früher fuhr man auch nicht so schnell, aber jetzt, mit all den vielen Autos und Motorrädern brauchte man natürlich Ampeln. Das war

nur richtig so. Und er fand es auch richtig, dass sich jeder an die entsprechenden Verkehrsregeln zu halten hatte. Das musste so sein. Bei einer roten Ampel muss man anhalten. Das ist wichtig, weil man sonst andere gefährdet. Aber war es recht, jemanden zu erschießen, wenn er es einmal nicht tat? Durfte man einen Menschen töten, weil er eine Verkehrsregel missachtet hatte? Der alte Mann blieb lange an der Straße stehen und beobachtete, was weiter geschah. Die anderen Leute gingen nach und nach ihrer Wege, jemand bettete den Toten mit seiner dunklen Decke in einen Wagen, das Motorrad wurde auf einen Pick-up gehievt, Polizisten streuten Sand auf einige Stellen des Asphalts und dann fuhren auch die Polizeiwagen fort. Am Ende stand der alte Mann ganz allein an der Unfallstelle, die ein Tatort war, und grübelte noch lange vor sich hin. Er fragte sich, was denn mit dieser Welt geschehen sei. Mit dieser Welt, in der Jungen von ihren Motorrädern geschossen werden.

Die Nachricht vom Tod des siebzehnjährigen Abdurahman Ablimit verbreitete sich schnell. Noch in der Nacht wussten alle in Kelpin und den Dörfern der Region, dass er von der Polizei erschossen worden war. Warum und wie genau es dazu gekommen war, das konnte niemand sagen. Rekip, der möglicherweise Zeuge des Geschehens gewesen war, saß im Gefängnis und die beiden Jungen, die hinten auf Abdurahmans Motorroller mitgefahren waren, lagen verletzt und streng bewacht im Krankenhaus. Auch ein Bauer, der in der Nähe bei Mondlicht seine Pflanzen begossen hatte und möglicherweise etwas beobachtet haben könnte, war vorsorglich festgenommen worden. Und drei andere Jungen, die ebenfalls auf dem Heimweg gewesen waren, hatten sich sofort, als sie die Polizei bemerkten, bei einer Tankstelle versteckt, von wo aus sie kaum etwas sehen konnten.

Überall in Kelpin und den umliegenden Dörfern entfachte die Nachricht von Abdurahmans Tod eine ungekannte Wut.

Denn immer häufiger hörte man in letzter Zeit von Vorfällen, bei denen Uiguren von Sicherheitskräften ungerechtfertigt verhaftet, misshandelt oder sogar getötet worden waren. Razzien nahmen zu. Verdächtigungen wegen kleiner Nebensächlichkeiten. Die offiziellen Stellen behaupteten dann immer, es habe sich um terroristische oder separatistische Aktivisten gehandelt, man müsse die Sicherheit des Staates schützen. Doch dieser junge Mann, der sich mit seinen Freunden auf dem Basar von Kelpin getroffen hatte, der hatte ganz gewiss nichts mit Politik zu tun und nicht das geringste Interesse an separatistischen Ideen. Er hatte nur ein Verkehrsgebot überschritten.

Am Morgen versammelten sich Hunderte Menschen, um in einem Protestmarsch zur Kreisverwaltung zu ziehen. Sie hüllten Abdurahmans Leiche in ein weißes Tuch und trugen sie auf einer einfach gezimmerten Holzbahre mit sich. Immer mehr Leute schlossen sich dem Zug an. Verwandte, Freunde, Nachbarn und andere Dorfbewohner, die der zunehmenden Gewalt im Land überdrüssig waren, zogen schweigend mit. So wuchs der Protestmarsch auf beinahe fünfhundert Personen an, mehr als je zuvor hier zusammengekommen waren, und es machte die Obrigkeit unruhig. Mit wachsender Sorge beobachtete sie, wie der Zug immer länger wurde.

„Was wollen sie?"

„Es ist wegen des Toten von gestern Abend."

„Das ist eine Demonstration. Wir müssen sie stoppen!"

Die Beamten und die Polizei waren sich schnell einig, dass ein derartiger Protestzug nicht zugelassen werden durfte. So viele Menschen, meist uigurische Männer mit ihrer traditionellen Doppa auf dem Kopf, die bedrohlich schweigend die Straße entlangmarschierten, das konnte nur Gefahr bedeuten: Aufruhr, Terror, Gefährdung der Staatssicherheit. Es musste sofort etwas unternommen werden!

Die Menschen, die langsam und in ernstes Schweigen gehüllt der Bahre folgten, bewegte vieles: die einen weinten um einen

Freund, einen Bruder, einen Sohn; andere trauerten um einen jungen Mann aus der Nachbarschaft, den sie beinahe täglich mit seinem Motorroller auf der Straße gesehen hatten. Viele litten noch unter dem Schock einer so grausamen, sinnlosen Tat und wieder andere sorgten sich verzweifelt um ihre Söhne oder Freunde, die bei der Schießerei verletzt worden und seitdem verschwunden waren. Sie alle gemeinsam trieb Trauer und Wut. Sie hatten sich zusammengeschlossen, um von der Kreisverwaltung zu verlangen, die Umstände, die zu der Schießerei geführt hatten, sorgfältig zu untersuchen und dafür zu sorgen, dass der Polizist, der den tödlichen Schuss abgegeben hatte, dem Gesetz entsprechend bestraft würde.

Wenigstens diese eine Gerechtigkeit wollten sie erzwingen.

Die Beamten erkannten in dem Aufmarsch jedoch keinen Wunsch nach Gerechtigkeit, sondern einen Aufstand. Rebellion. Diese Menschen mussten auf der Stelle auseinandergetrieben werden. Unter gar keinen Umständen durften sie ihr Ziel erreichen!

Sofort erhielten die Polizisten ihre Anweisungen. Sie stellten sich dem Trauerzug in den Weg, zwangen die Leute mit Schlagstöcken auseinander und wichen nicht von der Stelle. Aber so brutal sie auch vorgingen, die Protestierenden fanden sich wieder zusammen, und als sie erkannten, dass es unmöglich war, die Kreisverwaltung zu erreichen, bogen sie ab und marschierten in Richtung Yurchi.

Der alte Mann war wieder an die Straße gekommen, als er die vielen Menschen nahen sah. Er schaute zu, wie sie schweigend an ihm vorüberzogen. Auch er trug jetzt seine Doppa, und den guten langen Mantel hatte er angezogen, weil Sonntag war. Nach seinem Glauben war zwar Freitag der wichtige Feiertag, aber seitdem man den Sonntag zum Feiertag gemacht hatte, zog er an beiden Tagen, freitags und sonntags, den guten Mantel an, wenn er auf die Straße ging. Er strich sich bedächtig über den weißgrauen Bart. Unzählige Falten durchzogen sein sonnengegerbtes Gesicht und gaben ihm einen Ausdruck von tiefer, unerschütterlicher Erdverbundenheit. Sein ganzes Leben hatte er auf den Feldern verbracht. Er hatte gesät, gepflanzt und die Ernte auf seinem Eselkarren zum Basar gefahren, hatte die Esel gehätschelt und Schafe gehütet. Er hatte Kinder und Enkel erlebt und er wusste, dass das Leben heute nicht mehr so war wie früher. Er wusste, dass die alten Traditionen ihre Bedeutung zu verlieren drohten und immer mehr moderne Technik die alltäglichen Arbeiten ersetzte, und er wusste auch, dass er mit diesen neuen Dingen nicht mehr mithalten konnte. Er wusste, dass er ein alter Mann war und die Jungen ohne ihn auskamen. Er war deswegen nicht traurig, denn so war das Leben nun einmal: Die einen sind alt und die anderen jung. An Geduld und Verständnis fehlte es ihm nicht. Man lernt vieles, wenn man beinahe neunzig Jahre lang das Geschehen der Welt beobachtet hat, selbst wenn es nur die eigene kleine Welt war. Er verstand sehr gut, dass die jungen Leute es liebten, auf schnellen Motorrädern durch die Straßen zu rasen, dass sie es hier und da nicht so ernst nahmen mit den guten alten Sitten, dass sie manchmal übermütig wurden. Ja, ja, auch er war einmal übermütig gewesen. Belustigt und zufrieden schmunzelte er in seinen Bart. Seine Augen begannen zu leuchten, erfüllt von seligen Erinnerungen. Ja, damals...

„Halt!"

Der Zug war zum Stehen gekommen. Einige Männer kamen zurückgerannt, hielten sich den Kopf oder einen verletzten Arm und schrien den anderen in panischer Hast zu:

„Zurück! Sie schlagen alles kurz und klein!"

„Sie versperren auch die Straße nach Yurchi."

Wie eine unsichtbare Welle breitete sich Verunsicherung, Zweifel, Empörung, Unruhe unter den vielen Menschen aus. Ein schwelender Zorn konnte jeden Augenblick ausbrechen. Unentschlossen sahen sich die Leute an. Die einen drängten weiter voran, die anderen zurück. In der Ferne waren

Blaulichter zu erkennen, Rufe zu hören, Schreie von Wut und Verzweiflung. Der alte Mann schaute mit ungläubigen Augen auf das, was sich vor ihm abspielte. ‚Was hatte das nun wieder zu bedeuten?', fragte er sich verwundert. Langsam ging er am Straßenrand weiter auf die Spitze des Leichenzuges zu, aber ehe er sie erreicht hatte, wurde er wieder zurückgedrängt.

Solch einen Aufruhr und solch eine verstörende Angst hatte er seit damals in der Kulturrevolution, als junge Randalierer als Rote Garden die friedlichen Bürger verschreckt hatten, nicht mehr erlebt. Das war sehr lange her. Zum Glück Vergangenheit.

„Sie haben Abdurahmans Leiche mitgenommen!"

„Sie haben seinen Onkel verhaftet."

„Sie haben Burhanidin niedergeschlagen."

„Sie haben schon mindestens ein Dutzend Männer abgeführt."

„Sie haben alle Straßen abgeriegelt."

„Sie haben die Mutter des Jungen angeschrien, sie solle endlich mit ihrem Geheule aufhören."

„Sie sind Wüstlinge!"

Sie sind die Polizei, sagte sich der alte Mann und fuhr nervös mit der Zunge um den letzten Zahn, den er noch im Oberkiefer hatte. Erschrocken blieb er stehen, denn beinahe hätte ihn einer der Zurückeilenden überrannt.

„Stimmt es", wollte er fragen, „dass sie den Leichnam..."

Der Mann hörte ihn nicht mehr.

„Stimmt es, dass sie den Leichnam mitgenommen haben?", fragte er aufs Geratewohl in die Menge hinein.

„Jawohl, ja!", erwiderte einer, der von vorn kam. „Ja, und ob das wahr ist! Es ist unglaublich!"

Es ist unglaublich, murmelte auch der alte Mann. Es ist wirklich unglaublich, was Menschen anderen Menschen antun. Er stand da, abseits der Straße und ganz allein, unbeachtet von der aufgeregten Menge, die sich allmählich zu zerstreuen begann. Er stand da wie am Abend zuvor und wusste nicht, was mit dieser Welt geschehen war.

Mit dieser Welt, in der Müttern ihre toten Söhne gestohlen wurden.

Am folgenden Tag herrschte wieder Ruhe. ‚Alles unter Kontrolle', hieß es von Regierungsstellen. Doch wirklich ruhig war es nicht. Die Atmosphäre blieb in der gesamten Umgebung angespannt. Auf den Straßen patrouillierten Sicherheitskräfte, fuhren Polizeiwagen auf und ab und verkündeten unmissverständlich, dass jedes weitere Aufmucken wegen dieser unangenehmen Sache schwerwiegende Konsequenzen nach sich ziehen würde.

Aber vor allem in den Herzen der Menschen brodelte es. Jeder wollte wissen, was genau geschehen war, und niemand wusste es. Vielleicht wussten es nicht einmal die Behörden, aber sie ließen verlautbaren, dass der junge Motorradfahrer eine rote Ampel und einen Kontrollposten durchfahren hatte. Er habe nicht auf Zurufe reagiert und sei mit hoher Geschwindigkeit geflohen. Als dann ein Polizist Warnschüsse in die Luft abgegeben hatte, habe er diesen angegriffen, sich auf ihn gestürzt, ihm seine Waffe entrissen und ihn bedroht. Folglich habe der Polizist in Notwehr gehandelt.

Aber in Wirklichkeit war Abdurahman von hinten erschossen worden. Der Arzt konnte anhand der Schusswunden eindeutig feststellen, dass der tödliche Schuss von hinten gekommen war. Auch fand man viele Patronenhülsen am Boden, mindestens achtzehn. Abdurahman war nach dem Haltebefehl der Polizei weitergefahren – wieso hätte er zurückkommen sollen, um einen Polizisten anzugreifen? Außerdem wurde er ja von sieben oder acht Polizisten verfolgt. Die Jungen, die sich bei der Tankstelle versteckt hatten, berichteten, dass die beiden Beifahrer abgesprungen seien, als die ersten Schüsse fielen, und vermuteten, dass Abdurahman dann entweder die Kontrolle über seinen Roller verloren hatte oder noch im Fahren von der tödlichen Kugel getroffen worden war.

Überall wurde in den folgenden Tagen gerätselt, warum der Junge nicht angehalten hatte. Hatte er das Rotlicht übersehen oder absichtlich überfahren? Hatte er vielleicht seine Ausweispapiere vergessen und wollte einem Bußgeld entgehen? Der Familie ging es finanziell nicht gut, das wussten alle, denn der Vater war vor Jahren bei einem Arbeitsunfall ums Leben gekommen und Bakhtigul, die Mutter, hatte sich und die Kinder mühsam als Haushaltshilfe durchbringen müssen. Deshalb hatte Abdurahman ja auch die Schule abgebrochen: Er wollte lieber arbeiten und seiner Mutter helfen, Geld zu verdienen. Die Familien der beiden anderen Jungen, die nun im Krankenhaus oder Gefängnis waren, machten sich furchtbare Sorgen, denn niemand gab ihnen Auskunft. Niemand sagte, wo sie waren und was man ihnen vorwarf.

Auch wo Abdurahmans Leichnam abgeblieben war, konnte niemand in Erfahrung bringen, denn die Behörden verweigerten jede Auskunft.

„Ich habe kein Grab für meinen Sohn und ich kann nicht einmal eine Trauerfeier abhalten, weil alle Verwandten eingesperrt sind", klagte Bakhtigul. Denn in den zwei Wochen nach Abdurahmans Tod wurden in Qum'eriq und Umgebung mehr als fünfzig Personen verhaftet: Verwandte und andere Dorfbewohner, die beschuldigt wurden, maßgeblich an dem Protest beteiligt gewesen zu sein. Jeden Tag kam die Polizei und jeden Tag nahm sie jemanden mit.

Der alte Mann saß vor seinem Haus und verfolgte das friedliche Dorfgeschehen, das, so schien es ihm, nicht mehr so unbeschwert und friedlich war, wie zuvor. Etwas war anders geworden. Ein Schatten oder eine unsichtbare Wolke hatte sich über die alten Lehmhäuser gelegt und eine seltsam bedrückende Stille kroch durch die staubige, von Pappeln gesäumte Straße. Das Wasser in den Bächen am Fuße der Pappelreihen war versiegt, denn es hatte schon lange nicht mehr geregnet. Unser

Wasser wird immer knapper, dachte er, unsere Gärten vertrocknen, weil das Grundwasser für die großen Felder der Staatsfarmen abgeleitet wird. Früher hatten wir Weintrauben vor dem Haus, erinnerte er sich, und die Kinder spielten im Frühjahr unter blühenden Aprikosenbäumen. Es ist alles so anders geworden... Und er begann müde zu werden von der schweren Last der Erinnerungen.

Die Augen fielen ihm zu. Doch dann tauchte plötzlich vor seinem inneren Auge das Bild dieses dunklen Tuches auf der Landstraße auf, das jemand über die Leiche eines toten Jungen gelegt hatte. Nicht nur die Erde verdorrt, sondern auch die Herzen der Menschen, ging es ihm durch den Kopf. Nein, nein, das kann nicht sein, widersprach er sich schnell. Das darf nicht sein. Wir müssen unsere Herzen beschützen. Damit sie nicht verkümmern in dieser neuen Zeit, in der es immer nur um Fortschritt geht und nicht um unsere alten Werte und Traditionen. Früher war das Leben ausgewogen. Früher wussten wir uigurischen Bauern, wie man mit der Erde umgeht und trotz des trockenen Wüstenklimas Ernten einbringt. Wir haben auf die Natur gehört und sie nicht kaputt gemacht. Und wir haben auch auf einander gehört. Wir Uiguren haben immer fest zusammengehalten und jeder hat den anderen geachtet. Bis die Chinesen kamen.

Eine furchtbare Frage schreckte ihn auf. Er hatte sie an jenem Abend nicht gestellt, weil ohnehin niemand genau wusste, wie sich alles zugetragen hatte, aber nun stand sie plötzlich übermächtig vor ihm und legte sich so erdrückend auf sein Herz, dass ihm beinahe die Luft zum Atmen ausblieb. So sehr fürchteteer sich vor der Antwort. Er schaute die Straße entlang, aber es war niemand da, den er hätte fragen können. So strich er bedächtig über seinen Bart und ließ sich leise zurückgleiten in die einsamen Erinnerungen an eine vergangene Zeit.

Damals, als die Chinesen kamen, hatte sich vieles verändert. Sie hatten Unruhe mitgebracht, hatten alles neu ordnen wollen.

Bestimmungen, Befehle, Vorschriften. Die Bauern hatten nicht mehr wie seit Urzeiten ihre Felder bewirtschaften dürfen, weil alles Land zu Kommunen zusammengefasst und von chinesischen Parteifunktionären geleitet werden sollte. Es war eine schlimme Zeit gewesen, manchmal hatten sie gehungert. Er hatte zusammen mit anderen Männern in Arbeitsbrigaden schuften und in Schlafbaracken hausen müssen, während seine Frau und die Kinder im Dorf für andere schwere Arbeiten eingesetzt waren. Seit diesen Tagen hegte er einen geheimen Groll gegen die Chinesen und auch so etwas wie Verachtung, denn sie hatten das Land nicht verstanden. Es war das Land seiner Vorfahren, aber sie hatten nur an die Regeln ihrer Partei und an Profit gedacht. Schon damals hatten sie angefangen, die Natur zu zerstören.

Ja, und dann waren eines Tages die Roten Garden gekommen und hatten Angst und Schrecken unter der friedlichen Bevölkerung verbreitet. In seinem Dorf waren sie zwar nicht gewesen, aber aus den Städten hörte man furchtbare Geschichten. Nun, in den letzten Jahrzehnten war die Politik offenbar zur Ruhe gekommen, aber es waren trotzdem viel mehr Chinesen da als je zuvor. Sie bestimmten über alles: die Landwirtschaft, die Industrie, die das Land verschmutzte, die Verwaltung, die Polizei... Er wusste, dass auch viele Uiguren in der Verwaltung und bei der Polizei arbeiteten, weil sie ja irgendwie ihren Lebensunterhalt verdienen mussten. Und schon war sie wieder da, diese Frage.

„Guten Morgen, Großväterchen", sagte eine Stimme und riss ihn aus seinen Gedanken.

Er blickte auf. Nachbar Hashimjan setzte sich neben ihn.

„Guten Morgen, Hashimjan."

„Wie geht es? Du siehst müde aus."

„Ich bin nicht müde, ich denke nach."

„Aha."

Beide blickten eine Weile versonnen auf ihre Füße.

„Es wird warm werden."
„Ja."
„Nachts ist es immer noch recht frisch, findest du nicht?"
„Ja."
„Bald wird es wieder heiß. Der Sommer naht."
„Ja."
„Geht es dir gut, Großväterchen?"
Der alte Mann antwortete nicht. Er betrachtete weiter gedankenvoll seine Füße und der Nachbar verfiel ebenfalls in Schweigen.
So saßen sie lange Zeit nebeneinander vor dem alten Lehmhaus und schwiegen gemeinsam. Nach einer Weile brach der alte Mann die Stille und fragte:
„Hashimjan?"
„Ja?"
„Warst du an der Straße?"
„Meinst du bei dem Unfall... bei dem...?"
„Ja."
„Nein, ich hatte nichts gehört. Aber die Leute im Dorf sprechen über nichts anderes."
„Was weißt du?"
„Alle Männer aus Abdurahmans Familie sind verhaftet worden."
„Warum? Was haben sie getan?"
„Nichts."
„Dann ist es nicht richtig, dass sie verhaftet wurden."
„Nein, natürlich nicht. Aber die Behörden sagen, sie hätten eine Demonstration angezettelt, und das ist verboten."
Der alte Mann verfiel erneut in langes Schweigen. Dann sagte er leise:
„Ich habe den Leichenzug gesehen. Die Leute verhielten sich ganz ruhig."
„Es waren zu viele", erwiderte Hashimjan. „Die Polizei hatte Angst. Sie haben immer furchtbare Angst, wenn viele Uiguren

zusammenkommen. Sie denken dann gleich, wir wollen das ganze Land umstürzen. Ein Putsch, eine Revolution oder so etwas. Fünfhundert friedliche, unbewaffnete Uiguren, und sie fürchten, der ganze Staat bricht auseinander!"

Der Nachbar, der um zwei oder drei Jahrzehnte jünger war als der alte Mann, hatte sich in Rage geredet und hätte noch vieles mehr gesagt über Dummheit, Angst und Ungerechtigkeit, über die Macht der Beamten, der Polizei und des Militärs, wenn er nicht gerade jetzt seinem alten Nachbarn in die Augen geschaut hätte.

„Was ist mit dir, Großväterchen?"

Er fasste ihn am Arm und streichelte behutsam die knochige, sonnengebräunte Hand. Sie zitterte. Der alte Mann schien von einer tiefen inneren Unruhe gepackt zu sein.

„Hashimjan, ich muss es wissen..."

„Was, Großväterchen?"

Der alte Mann zögerte. Es fiel ihm plötzlich schwer, die Frage zu stellen, die ihn seit Tagen bedrückte, weil die Antwort möglicherweise noch viel schlimmer war als die unbeantwortete Frage. Aber wissen musste er die Wahrheit trotzdem. Sonst würde er nie zur Ruhe kommen.

„Hashimjan?"

„Ja?"

„Der Polizist, der geschossen hat, war er Uigure?"

„Ist es das, was dich beunruhigt?"

„Ja."

Der jüngere Mann tätschelte die dürre alte Hand, die er noch immer hielt, und für einen Moment glaubte er, von einem Chaos aus Mitgefühl und Verbitterung, Rührung und Zorn überwältigt zu werden. Der Alte hatte ja Recht: Es war eine der schlimmsten Wahrheiten überhaupt, dass sich so viele Uiguren dazu hergaben, Handlanger der Han-Chinesen zu sein. Es war ja gar nichts dagegen einzuwenden, dass sie zusammenarbeiteten. Das war nur recht, da Xinjiang zu China gehörte und beinahe die Hälfte der Bevölkerung Chinesen waren. Aber es konnte nicht recht sein, dass Uiguren gegen Uiguren standen. Es war wichtig, dass sie an der Leitung der Regierung, der Behörden und Wirtschaftsunternehmen beteiligt waren – laut Verfassung müssten sie sogar immer die höchste Position einnehmen –, aber es durfte nicht sein, dass sie angeheuert wurden, um ihre eigenen Landsleute zu verfolgen und zu demütigen. Es gab junge Kerle, so hörte man, denen es nichts auszumachen, alten Männern den Bart abzuschneiden oder Frauen den Schleier vom Kopf zu reißen, weil es ihre chinesischen Vorgesetzten so wollten. Hashimjan brauchte einen Augenblick, um seiner Gefühle Herr zu werden, und streichelte sanft über die Hand des alten Mannes, die ein Leben lang bei Sonne und Kälte auf den Feldern seiner Ahnen gearbeitet hatte und nun unter der Last der Jahre und der Angst um sein Volk zitterte.

„Die Jungen", begann er dann ruhig und bestimmt zu erklären, „die drei Jungen, die hinter Abdurahman auf ihren Motorrollern herfuhren und sich dann bei einer Tankstelle versteckt hielten, hatten im Licht des Vollmonds deutlich erkennen können, dass alle acht Polizisten, die Abdurahman verfolgten, Chinesen waren."

Der alte Mann atmete hörbar erleichtert auf.

„Ist das wahr?"

„Ja. Keiner der Polizisten war Uigure."

„Ich hätte es nicht ertragen..." Verlegen zupfte er sich am Bart und brummte etwas Unverständliches. Dann wandte er sich zu seinem Nachbarn um und lächelte ihm ein wenig traurig und ein wenig müde zu.

„Danke, Hashimjan."

Zu sich selbst sagte er: Es ist schlimm, dass man einen Menschen totschießt, nur weil er den Warnruf eines Polizisten missachtet hat. Das ist schlimm, furchtbar schlimm, aber wenn es ein Mann unseres Volkes gewesen wäre, dann wäre meine

Welt zusammengebrochen. Wir müssen doch zusammenhalten. Was wird aus uns werden, wenn wir uns gegenseitig zerfressen?

Gülmirä

„Ramila fehlt schon wieder", hörte Gülmirä eine Mitschülerin der Nachbarin zuflüstern. „So wird sie nie die Prüfung bestehen." Die beiden Mädchen, die auf der Bank hinter Gülmirä saßen, tuschelten noch etwas, was sie nicht verstehen konnte, und kicherten dann über die Abwesende. Das machte Gülmirä böse, denn Ramila war ihre Freundin und sie wusste, dass sie krank war und nicht aus Faulheit den Unterricht schwänzte. Sie wusste auch, dass Ramila sehr traurig war, weil sie so oft fehlen musste, denn sie hatte mehr als alle anderen Mädchen der Klasse den Wunsch, eine gute Krankenschwester zu werden. Da sie selbst kränklich war, wollte sie Krankheiten bezwingen oder wenigstens lernen, sie erträglicher zu machen. Das war ihr großer Traum, und obwohl sie sich oft schwach fühlte und ihr Körper wenig Kraft und Ausdauer besaß, setzte sie alles daran, die besten Noten zu bekommen und alle Aufgaben mit Fleiß und Sorgfalt zu erfüllen. Ihre geistige Stärke blieb ungebrochen und dafür bewunderte Gülmirä ihre Freundin.

Im ersten Studienjahr hatte sie Ramila wenig beachtet, weil sie so still und zurückhaltend war. Sie war klein und zerbrechlich und so blass, als sei sie nie in der Sonne gewesen, aber ihr schwarzes, leicht welliges Haar umschmeichelte das zarte Gesicht mit den großen Augen, die jeden Blick freundlich erwiderten. Erst jetzt in der Abschlussklasse der Krankenpflegeschule hatte Gülmirä einen Platz neben Ramila gefunden und sich mit ihr befreundet.

Es war in Gülmiräs Familie nie üblich gewesen, über Gefühle zu sprechen, aber mit Ramila konnte sie es und das war das Besondere an dieser Freundschaft. Ramila verstand alles, was sie sich selbst nicht erklären konnte. Sie kannte sich mit Gefühlen besser aus als jeder andere Mensch, denn da sie als Kind nicht mit anderen Kindern im Freien umhertoben, nicht durch den warmen Wüstensand springen oder in kalten Bächen schwimmen durfte, hatte sie sich mit ihrer Krankheit zurückgezogen und die Seele der Menschen zu ergründen versucht.

Gülmirä war genau das Gegenteil. Sie war lebhaft und gesund, ihr rundes Gesicht strahlte eine fröhliche Wärme aus, die Augen verschwanden fast zu Schlitzen, wenn sie lächelte, und das tat sie fast immer. Dann sehe ich aus wie eine Chinesin, ärgerte sie sich, und außerdem fand sie sich zu dick. Doch an beidem war nichts zu ändern, denn sie mochte für ihr Leben gern kochen und essen.

Mit der Zeit waren Gülmirä und Ramila die besten Freundinnen geworden und verbrachten viel Zeit miteinander. Sie lernten zusammen und teilten ihre Träume: Sie wollten beide Krankenschwester werden und leidenden Menschen helfen. Sie wollten beide einen wunderbaren Mann finden, in den sie sich verlieben konnten. Sie würden später eine Familie gründen, aber sie würden sich auch dann niemals aus den Augen verlieren, schworen sie. Sie würden sich immer ihre geheimen Freuden und Sorgen anvertrauen. Genau wie jetzt.

Daher traf es Gülmirä wie ein böser Schlag, als sie an diesem Nachmittag erfuhr, dass Ramila nicht nur kränklich war, sondern unheilbar krank. Am Morgen hatte der Arzt zum ersten Mal offen und sehr ausführlich mit Ramila und ihren Eltern über die Krankheit gesprochen. Niemand könne Genaues über die Ursache sagen, hatte er erklärt. Es gäbe weltweit Forschungen dazu und immer neue Erkenntnisse. Unter anderem vermutete man, dass nukleare Strahlung Leukämie verursachen könne, und gerade hier in dieser Gegend wäre es durchaus denkbar, dass dies zutreffe, aber wissenschaftlich bewiesen sei es nicht und er rate ihnen auch ernstlich, dem nicht allzu viel Gewicht beizumessen, denn es sei ein äußerst heikles Thema. Dann hatte er über die verschiedenen Formen der Leukämie gesprochen, ihren Verlauf und die geringen Chancen einer

Heilung. Man wisse zwar heute vieles über die unterschiedlichen Krankheitsbilder, die Phasen, über Zytostatika, Strahlentherapie und über Stammzelltransplantation. In Ramilas Fall sei diese leider ausgeschlossen, da es hier keine Möglichkeit dafür gebe und sie außerdem unbezahlbar teuer wäre. Fazit war, dass Ramila praktisch keine Überlebenschance hatte. Wie viel Zeit ihr noch blieb? Das vermochte er nicht zu sagen.

Früher hatte es nie Fälle von Leukämie in dieser Region am Nordrand der Taklamakan gegeben. Viele Leute sagten, dass Krebserkrankungen hier so gut wie unbekannt gewesen seien. Die müssten ebenso wie die häufigen Missbildungen bei Neugeborenen und andere unerklärliche Krankheiten und Lähmungserscheinungen auf die radioaktive Emissionen aus dem Atomwaffentestgebiet von Lop Nor zurückzuführen sein. Dafür gebe es keinerlei Beweise, wehrte die Regierung ab. Es seien stets alle nötigen Vorsichtsmaßnahmen getroffen worden und seit 1980 würden ohnehin nur noch unterirdische Versuche vorgenommen. Aber die Anwohner fragten sich trotzdem, wie denn sonst die ungewöhnlich vielen mysteriösen Krankheiten zu erklären sein sollten. Und was waren das überhaupt für Vorsichtsmaßnahmen gewesen! Ihre Dörfer und Städte lagen nur zwei- oder dreihundert Kilometer vom Testgebiet entfernt und wie weit reicht Radioaktivität? Auch überdauerte sie nicht nur ein paar Jahre, wie man ihnen glauben machen wollte, sondern Tausende, vielleicht sogar Millionen von Jahren, sagten einige Leute, die es wissen mussten. Konnte es da wirklich ausreichen, während des Knalls die Türen und Fenster geschlossen zu halten oder, wenn man es nicht rechtzeitig nach Hause geschafft hatte, sich auf die Erde zu kauern und den Kopf mit beiden Händen zu schützen? Die einfachen Leute hatten sich nicht viele Gedanken darüber gemacht und später, als das Versuchsgelände nicht mehr genutzt und abgesperrt worden war, gingen sie hin, kletterten über den Zaun und suchten nach brauchbaren Gegenständen, die die Arbeiter zurückgelassen hatten. Manches davon könne man noch benutzen oder verkaufen, fanden sie. Auf dem Basar fand man Abnehmer für alles und diese Dinge sahen noch sehr gut aus, nicht schmutzig, nicht kaputt.

Doch dann waren immer häufiger diese rätselhaften Krankheiten aufgetreten, für die die Mediziner keine Ursache feststellen konnten. Mit der Zeit zweifelte außer der Regierung niemand mehr daran, dass es einen direkten Zusammenhang zwischen der Strahlung und den Erkrankungen gab.

Gülmirä war zu Tode erschrocken, als sie die Nachricht hörte. Sie sah Ramila lange Zeit ungläubig an. Sie sah das vertraute, zarte Gesicht, die schwarzen Locken, die ordentlich zu einem Zopf zusammengeflochten waren, und die großen, dunklen Augen, die geweint hatten.

„Das kann nicht wahr sein, Ramila. Es gibt doch immer neue Forschungen und Therapien, das haben wir doch vor kurzem erst gelernt. Erinnerst du dich nicht? Auch gegen Krebs kann man etwas tun."

„Gegen diesen nicht."

„Doch bestimmt! Du darfst dich nicht aufgeben, Ramila!"

„Ich glaube, Dr. Wang hat es getan."

Ramila starrte krampfhaft auf ihre verschlungenen Hände, damit ihre Freundin die Tränen nicht sah, die ihr in den Augen standen. Aber natürlich spürte Gülmirä sie und wusste ebenso wie ihre Freundin, dass es jetzt unmöglich war, die gemeinsamen Tränen zurückzuhalten. Sie umarmten sich mit all ihrer Liebe und weinten, bis es keine Tränen mehr gab.

„Eigentlich wollte ich dir heute auch eine Neuigkeit berichten, aber ich glaube, das geht jetzt nicht."

„Warum nicht?"

„Sie würde dich noch trauriger machen."

„Unsinn, ich liebe Neuigkeiten."

Gülmirä zögerte. Als sie vorhin gekommen war, hätte sie vor Glück übersprudeln können. Sie hatte es die ganzen Schulstunden lang kaum erwarten können, der Freundin vom vergangenen Abend zu erzählen, von ihrer großen, unglaublich wichtigen Neuigkeit, aber nun war plötzlich alles anders. Ihr eigenes Glück war hinter Ramilas Unglück bedeutungslos geworden. Wie durfte sie sich freuen, wenn Ramila sterbenskrank war? Wie durfte sie auf eine wundervolle Zukunft hoffen, wenn Ramila überhaupt keine Zukunft mehr hatte? Wie konnte sie von ihrer ersten Liebe erzählen, wenn Ramila sich auf den Tod vorbereitete?

„Nun sag schon, Gülmirä, was ist passiert?"

„Ich sag's dir ein anderes Mal."

„Nein, bitte, erzähl es mir jetzt. Nichts kann mich noch trauriger machen als ich schon bin, und wenn du etwas Schönes erlebt hast, dann ist das für mich wie Medizin."

„Also gut", begann Gülmirä feierlich und setzte sich auf den Bettrand. Sie räusperte sich ein wenig verlegenen und erzählte dann mit gewichtiger Miene: „Ich war gestern bei meinem Onkel, dem Professor. Er hatte einige Studenten zu sich zum Abendessen eingeladen und mich gebeten, zusammen mit meiner Cousine Bahar und einigen anderen Mädchen bei den Vorbereitungen zu helfen."

Salim und sein Freund Halmurat waren zu einem Abendessen bei Professor Kasim eingeladen. Ein nettes kleines Beisammensein, hatte der gesagt, um sich auf die bevorstehenden Prüfungen vorzubereiten und sich ein wenig besser kennenzulernen.

„Wir könnten noch Hilfe in der Küche gebrauchen", begrüßte der Professor seine Gäste, als er Salim und Halmurat die Tür öffnete. „Kennt sich einer von euch mit der Zubereitung von Tügüre aus?"

„Ja, ich kann das", meldete sich Salim bereitwillig.

„Sehr gut, hier ist die Küche. Lass dir von den Mädchen sagen, was zu tun ist."

Salim ging in die Küche, während Halmurat dem Lehrer ins Gastzimmer folgte und es sich auf den Kissen, die um den niedrigen Tisch herum lagen, bequem machte. Der Tisch war bunt gedeckt mit einem Berg von Nan-Broten, Sangza, kleinem Gebäck, Rosinen, Nüssen, Obst und allerlei bunten Süßigkeiten. Dazwischen standen viele kleine Schalen und mehrere Teekannen.

Salim war es recht, dass er zuerst in die Küche geschickt wurde, denn hier ging es mit Sicherheit viel ungezwungener zu als bei den seriösen Gesprächen am Gästetisch. Es waren schon einige junge Leute bei der Arbeit. Hamut stand an einem großen Topf, in dem die Nudeln gekocht wurden, die ein junges Mädchen zu langen, dünnen Schnüren zog. An einem winzigen Tisch saßen zwei andere Mädchen. Eines rollte Teig zu kleinen runden Plättchen aus, das andere füllte diese Plättchen mit einer Hackfleischmischung und faltete sie kunstvoll zu halbmondförmigen Taschen zusammen. Dann rief sie:

„Kamil, wir haben schon ganz viele Tügüre fertig. Kocht dein Wasser noch nicht?"

„Doch, gleich. Du kannst sie mir geben", antwortete dieser. Und zu Salim gewandt:

„Hallo, Salim, gut dass du da bist. Kennst du schon Bahar und Gülmirä?"

„Hallo. Ässalam aleykum, Bahar und Gülmirä. Wie kann ich helfen?"

„Wealeykum ässalam. Kannst du Tügüre falten?", fragte Gülmirä und schaute ihn neugierig an.

Salim setzte sich zu den beiden jungen Frauen an den kleinen Tisch und begann mit der Arbeit.

„Du machst das gut. Woher kannst du das? Du bist doch ein Junge."

„Ein Junge?"

„Na ja, ein Mann. Ich dachte, Männer können nicht kochen. Mein Vater ist sein Lebtag nie in einer Küche gewesen, glaube ich", neckte Gülmirä.

„Aber ich koche gern. Außerdem finde ich, dass man nicht verallgemeinern sollte: Die Frauen machen dies, die Männer machen das. Man kann doch auch gemeinsam etwas tun. Oder nicht?"

Die beiden Mädchen schauten sich an. Dann lächelte Gülmirä und sagte:

„Interessant!"

Schweigend falteten sie eine Weile die kleinen dünnen Teigscheiben zu Halbmonden und setzten sie nebeneinander auf einen Teller. Sie arbeiteten schnell, Bahar kam kaum noch mit dem Ausrollen nach und stöhnte:

„Also, ehrlich. Zusammen seid ihr viel zu schnell für mich. Ihr seid ein echt gutes Team."

„Kamil, ist die erste Portion noch nicht fertig?", versuchte Gülmirä abzulenken, weil sie spürte, wie ihr das Blut in die Wangen schoss. Ein wenig unbeholfen stand sie auf, nahm Kamil einen Teller mit dampfenden Tügüre ab und trug ihn zu den Gästen ins andere Zimmer.

Salim ließ sich nichts anmerken, sondern arbeitete unbeirrt weiter, aber er fühlte sich befangen und wagte nicht, Bahars Blicken zu begegnen. Warum blieb Gülmirä nur so lange fort?

„Du heißt Salim?", unterbrach Bahar seine Gedanken. „Bist du Student bei Professor Kasim?"

„Ja, ich studiere Wirtschaftswissenschaften. Und was machst du?"

Eigentlich interessierte es ihn gar nicht, was Bahar machte. Es interessierte ihn einzig und allein, wann Gülmirä zurückkam und mit ihm Teigtaschen faltete. Wenn es sein musste, die ganze Nacht.

Gülmirä saß jedoch auf ihrem Kissen und lauschte den Gesprächen der Studenten und dachte bei sich: Der Junge ist nett, er kann kochen und sieht wirklich gut aus. Was er wohl von mir denkt? Ich würde so gern wieder in die Küche gehen, aber das fände Onkel Kasim bestimmt unhöflich. Er hat ja gesagt, ich soll mich zu ihm setzen. Unruhig rutschte sie auf ihrem Kissen von einer Seite zur anderen und versuchte so zu tun, als interessiere sie sich für die Theorien und Erklärungen der anderen Gäste, bis endlich der Teller leer war und sie einen Grund fand aufzustehen.

Salim sah von seiner Arbeit auf und suchte ihren Blick. Sie lächelte. Und von diesem Augenblick an war es um sein Herz geschehen.

Für den Rest des Abends saßen Salim und Gülmirä beieinander, sprachen oder schwiegen, ließen die Welt ihren Lauf gehen und sahen nichts anderes als zwei leuchtende Augen auf sich ruhen. Als der Professor Musik einschaltete und die jungen Leute aufforderte zu tanzen, nahmen sie sich an der Hand und folgten dem Rhythmus, ohne auf den Takt oder ihre Schritte zu achten. Sie waren gar nicht da, sie waren weit fort in der Unendlichkeit der Gefühle.

Salim wusste am Ende des Abends nicht, wie die Zeit vergangen war, was sie gesprochen oder getan hatten. Ihn interessierte nur noch die Antwort auf seine Frage:

„Darf ich dich nach Hause bringen?"

„Ja, gern", antwortete Gülmirä verlegen.

Gülmiräs Eltern wohnten nicht weit in einer der Nebenstraßen.

„Warum wohnt ihr so nah?"

„Das ist nun einmal so."

„Komm, wir gehen noch ein Stück weiter und dann bringe ich dich wieder zurück."

Salim lauschte gebannt auf alles, was Gülmirä über ihre Familie, über ihre Ausbildung und dieses und jenes erzählte. Er hörte aufmerksam zu, aber eigentlich hörte er nur sein Herz, das so laut pochte, dass es alles andere übertönte. Er wollte alles über Gülmirä wissen, aber eigentlich wollte er nur wissen, ob sie ihn ebenso gern hatte wie er sie.

Ehe Gülmirä ihre kranke Freundin verließ, bat Ramila: „Sag bitte niemandem etwas über meine Krankheit. Ich komme nächste Woche wieder zur Schule. Ich lebe ja noch, vielleicht lebe ich noch ein paar Jahre, wer weiß das schon? Ich muss unbedingt den Abschluss schaffen und mein Zeugnis in Händen halten. Selbst wenn ich später nicht mehr lange als Krankenschwester arbeiten kann, will ich unter allen Umständen die Ausbildung abschließen. Das war schon immer mein Traum, und wenn ich nicht einmal dieses Ziel erreiche, dann hätte mein ganzes Leben ja überhaupt keinen Sinn gehabt."
„Ich verspreche es."
„Ich will nicht, dass sie mich bemitleiden, verstehst du? Ich will ganz normal leben und lernen, solange es geht." Und mit einem verschmitzten Augenzwinkern fragte sie:
„Wirst du ihn wiedersehen?"
Gülmirä umarmte ihre Freundin und hielt sie lange fest umschlungen.
„Ich glaube, ja", flüsterte sie ganz leise. „Und was denkst du? Wird er sich wieder melden?"
„Natürlich! Natürlich wird er das. Er muss! Ich möchte ja schließlich die Fortsetzung deiner Geschichte hören."

Mit einem Mal war alles anders. Es war, als drehte sich die Welt in eine andere Richtung. Salim ging abends nicht mehr zum Sport, sondern mit Gülmirä spazieren. Basketball und Tischtennis interessierten ihn kaum noch, er verbrachte seine freie Zeit nicht mit Freunden beim Bier oder Kebab, sondern wartete auf Gülmirä. Sie kam immer zu spät. Er immer zu früh. Ihm war, als wartete er überhaupt nur noch: am Tage, dass es endlich Abend wurde, und am Abend, dass Gülmirä endlich erschien. Er wusste, dass es so üblich war: Mädchen mussten immer zu spät kommen. Sie müssen ihren Verehrer warten lassen, damit ihm klar wird, wie schwer es ist, ihr Herz zu erobern, dass sie nicht leicht zu haben sind und dass sich ein Mann viel Mühe geben muss, wenn er ihre Zuneigung gewinnen will.

Wenn sie dann schließlich da war, dann gingen sie ins Kino oder spazierten durch einen Park und die dunklen Straßen der Stadt und manchmal berührten sich dabei wie zufällig ihre Hände. Es wäre ungehörig gewesen, in der Öffentlichkeit zu zeigen, dass man verliebt ist. Das schickte sich nicht. Nach außen hin musste man sich verhalten wie zufällige Bekannte, auch wenn es innen noch so brodelte.

Ramila kam bald wieder zum Unterricht. Nachmittags saßen die Freundinnen zusammen und Gülmirä erzählte von ihren Erlebnissen, während Ramila aufmerksam zuhörte und ungeduldig auf jede Fortsetzung einer wunderbaren Liebesgeschichte wartete, die sie selbst nie erleben würde. Die beiden Mädchen lachten und planten und lernten jeden Tag, bis Ramila zu müde wurde und sich ausruhen musste.

Die Wochen vergingen. Salim hatte sein Examen bestanden und eine Arbeit gefunden, doch den Mut, Gülmirä seine Liebe zu gestehen, den hatte er noch nicht gefunden. Er wollte keinen Fehler machen. Er fürchtete, etwas Falsches zu sagen, was später nicht wieder gutzumachen wäre, denn wenn er jetzt auch wusste, wie man mit Zahlen und Finanzen umgeht, so wusste er doch nicht, wie man sich in diesen sensiblen Dingen des Lebens richtig verhält.

Eines Tages gingen sie wieder im Stadtpark spazieren. Es war kühl, Wolken zogen auf und dann fielen die ersten Tropfen.

„Es fängt an zu regnen", klagte Gülmirä. „Was sollen wir tun?"
„Wir könnten einen Schirm kaufen."

Sie erstanden einen billigen Klappschirm. Er würde nicht lange halten, sicherlich keinen Gewittersturm überstehen, aber für heute war er gut genug. Der Park war menschenleer. Keine spielenden Kinder mehr, keine Spaziergänger. Sie waren ganz allein. Unter ihrem kleinen Schirm war es nicht zu vermeiden, dass sich ihre Ellenbogen berührten. Salim wurde unruhig. Wie sollte er das dumme Ding am besten halten, damit Gülmirä nicht nass wurde? Ob er vielleicht den Arm um ihre Schulter legen könnte? Oder wäre das zu aufdringlich? Er könnte sie auch ganz nahe zu sich ziehen, so dass der Schirm für sie beide ausreichte. Das Regenwasser tropfte ihm auf den Rücken und seine Jacke war schon durchnässt. Oder er könnte stehen bleiben, sie ganz fest umarmen und küssen... Sie wird das unverschämt finden. Sie wird es wollen. Sie wird sich wehren. Nein, sie wäre enttäuscht, wenn ich es nicht täte. Es ist ja kein Mensch hier, weit und breit niemand zu sehen... Sie wird sich bei ihren Eltern beschweren. Oder bei ihrem Onkel, dem Professor, und dann wird er mir Vorwürfe machen und ich müsste mich schämen bis in alle Ewigkeit. Aber ich glaube, sie hat mich auch gern. Wieso hätte sie mich sonst vorhin so angeschaut? Oder hab ich das nur so gesehen, weil ich es so sehen wollte?

„Es regnet gar nicht mehr, Salim."

Verwirrt klappte er den Schirm zusammen und schaute sie unsicher an. Ein erwartungsvoller Blick. Ein zärtlicher Blick. Oder nicht? Ob zärtlich oder nicht... weitere Gedanken brauchte er sich nicht zu machen, denn der Schirm war plötzlich wie von selbst zu Boden gefallen und wie von selbst hatten sich seine Arme geöffnet und Gülmirä fest umschlungen. Wie hatte er nur zweifeln können? Sie gehörten zusammen. Das war ganz doch selbstverständlich. Vollkommen einfach. Warum hört man nicht immer gleich auf seine Gefühle anstatt auf tausend vernünftige oder unvernünftige Überlegungen?

Ramila weinte. Sie weinte vor Freude über Gülmiräs Glück, aber sie weinte auch ein bisschen, weil sie traurig war. Sie selbst würde nicht mehr zu Feiern gehen oder Spaziergänge unter einem Regenschirm machen können und sie würde überhaupt niemals einen Mann wie Salim treffen und sich verlieben. Sie hatte sich mit ihrem Schicksal abgefunden. Sie hoffte nicht auf Wunder, aber sie hatte noch einen Wunsch, einen einzigen, riesengroßen Wunsch, nämlich ihre Ausbildung zur Krankenschwester erfolgreich abzuschließen, um wenigstens diese eine Sache in ihrem Leben geschafft zu haben. Sie gönnte ihrer Freundin alles Glück der Welt und war nicht neidisch, aber sie hoffte inständig, dass sie noch genug Kraft haben würde, um die letzten Wochen bis zu den Prüfungen durchzustehen.

Eines Tages fehlte Ramila wieder im Unterricht. Sie sei im Krankenhaus, hieß es, habe eine schlimme, unheilbare Krankheit: Leukämie.

„Sie wird sterben", sagten die Lehrer.

„Sie darf nicht sterben, ehe sie ihr Studium abgeschlossen hat", sagte Gülmirä. „Es ist ihr größter Traum, einen Abschluss als Krankenschwester zu haben. Kann sie es schaffen?"

„Ausgeschlossen. Sie wird das Krankenhaus vielleicht nie mehr verlassen können."

Gülmirä suchte den Schulleiter auf und fragte, ob man in Ramilas Fall eine Ausnahme machen und ihr schon vorzeitig ein Zeugnis ausstellen könne. An ihren Leistungen sei kein Zweifel, sie würde ohne Schwierigkeiten alle Prüfungen bestehen, die theoretischen und die praktischen, wenn sie nur die körperliche Kraft dazu hätte. Der Schulleiter besprach sich mit dem Kollegium und stellte am Ende tatsächlich ein Abschlusszeugnis aus, mit dem Siegel der Schule und mit allen Unterschriften.

An einem der folgenden Nachmittage gingen Gülmirä und einige ihrer Mitschülerinnen ins Krankenhaus.

„Wie nett von euch", freute sich Ramila. „Ich freue mich, dass ihr gekommen seid."

„Wie geht es dir?"

„Ich fühle mich immer müde, aber ich glaube, es wird schon besser. Ich möchte so gern bald wieder zum Unterricht kommen, ehe die Prüfungen beginnen. Hab ich viel verpasst?"
„Es geht. Eigentlich sind wir fast fertig, es dauert ja nicht mehr lange und unsere Zeugnisse sind schon in Vorbereitung. Mach dir deswegen keine Sorgen. Und sieh mal, was wir mitgebracht haben: Da du ja noch hierbleiben musst und sowieso in allen Fächern die besten Noten hast, bekommst du deines schon heute. Schau her!"
Gülmirä hielt das amtliche Schreiben mit Stempel, Unterschriften und Ramilas Namen in großen Lettern feierlich in die Höhe.
„Mein Zeugnis?!"
Tränen schossen ihr in die Augen. Sie starrte abwechselnd auf die Urkunde und die Mädchen, die um ihr Bett standen. Halb schluchzend und halb freudestrahlend stammelte sie:
„Heißt das, ich bin jetzt eine richtige Krankenschwester? Heißt das, ich kann im Krankenhaus arbeiten, sobald ich gesund bin?"
„Ja, natürlich. Dies ist dein Abschlusszeugnis. Herzlichen Glückwunsch!"
Ramila legte den Kopf in die Kissen und schloss die Augen, erschöpft vor Freude.
Sie strich über das kostbare Dokument in ihren Händen, ließ es auf die Bettdecke sinken und sagte leise:
„Danke, dass ihr es mir schon jetzt gebracht habt. Ich hatte nämlich große Angst, dass man mir das letzte Semester nicht anerkennt, weil ich so oft gefehlt habe. Aber nun ist alles gut."
Als Ramila fest eingeschlafen zu sein schien, schlichen sich die Mädchen vorsichtig aus dem Krankenzimmer und ließen Ramila allein zurück mit ihrem glücklichen Traum.

Für Ramila hatte sich ihr größter Wunsch erfüllt: Sie besaß ein Zeugnis als diplomierte Krankenschwester. Ausüben jedoch konnte sie ihren Beruf nicht mehr, denn sie hatte nur noch wenige Wochen zu leben.

Auch für Gülmirä war ein Traum in Erfüllung gegangen: Sie hatte einen Mann gefunden, der sie liebte und mit dem sie durch ein langes, glückliches Leben gehen wollte.

Und China hatte Maos großen Traum von einem jederzeit einsatzbereiten Atomwaffenarsenal verwirklicht.

Ein Lied

مېھمان
ئۇيغۇر خەلق ناخشسى

مېھمان باشلىدىم ئۆيگە،
ئاستىغا سېلىپ كۆرپە،
ئەمدى مەن كىرەلمىدىم،
ئۆزەم ياسىغان ئۆيگە.

مېھماننى قىلىپ ئىززەت،
ئۆيدىن ئايرىلىپ قالدىم،
باغلاردىن ئۇرۇن تەگمەي،
چۆلگەكە پىلەرسالدى.

چۆللەرنى قىلسام بوستان،
مېھمانلار تولۇپ كەتتى،
شىخنى يىرىپ قويماي،
مېۋىسىنى ئېلىپ كەتتى.

مېھمان باشلىدىم ئۆيگە،
ئاستىغاسىلىپ كۆرپە،
ئۆزى تۆرگە چىقۇبلىپ،
بولدى خوجايىن بىزگە.

Gäste

Ich lud Gäste zu mir ein,
ließ sie auf weichen Kissen ruhen.
Jetzt kann ich nicht mehr hinein
in das Haus, das einst war mein.

Ich schenkte meinen Gästen Respekt
und verlor meine Heimat, denn für mich
ist kein Platz mehr in meinem Garten.
Ich muss durch die Wüste irren.

Ich verwandelte die Wüste in eine Oase und
viele Gäste kamen, um bei der Ernte zu helfen.
Sie brachen die Zweige der Bäume ab
und nahmen die Früchte mit sich fort.

Ich lud Gäste zu mir ein,
ließ sie auf weichen Kissen ruhen.
Jetzt haben sie alles an sich gerissen
und sind Herr über mich geworden.

Als nach den vielen Jahren kultureller Einengung während des Mao-Regimes in den 1980er Jahren eine vorsichtige Aufbruchstimmung, ein Hauch von Freiheit in China aufkam, begeisterte der uigurische Sänger Köresh Kösen sein Publikum mit Liedern, die genau die Dinge ansprachen, die alle Uiguren bewegten: Sie hatten die chinesischen Kommunisten willkommen geheißen, weil sie sich Frieden und Gerechtigkeit von der neuen Regierung erhofft hatten, doch stattdessen wurden sie verachtet und beiseite gedrängt. Sie verloren ihr Land, ihre Arbeit und fürchteten um ihre Kultur. Köresh wurde schnell über die Grenzen Xinjiangs hinaus berühmt, gewann Preise und unternahm mit seinem Ensemble Tourneen durch das ganze Land. Nachdem jedoch am 4. Juni 1989 mit der Niederschlagung der Demonstration auf dem Platz des Himmlischen Friedens jede Hoffnung auf Meinungsfreiheit und geistige Offenheit niedergewalzt worden war, begann das Kulturministerium in Urumchi seine Konzerte bis in jedes Detail zu überwachen. Mit diesem Lied – einem Lied, das alle Uiguren schon lange als eine Art Volkslied kannten – endete abrupt eine Tournee durch die Dörfer der Hotan-Oase. Alle weiteren Auftritte wurden ihm und seinem Ensemble verboten.

Seine Karriere als Musiker konnte Köresh erst Jahre später, als ihm nach einem längeren Gefängnisaufenthalt die Flucht gelungen war, in der Türkei, in Kasachstan und Kirgisistan fortsetzen. Als es auch dort nach Gründung der Shanghaier Organisation für Zusammenarbeit gefährlich für ihn wurde, bat er in Schweden um Asyl. Mit seiner Musik versuchte er, den Menschen in Skandinavien und ganz Europa die uigurische Kultur und die traurige Situation der Uiguren in China bekannt zu machen. Er starb 2006 im Alter von siebenundvierzig Jahren an plötzlichem Herzversagen.

In der Kultur der Uiguren wird Gastfreundschaft seit alters her als ein hohes, im Islam begründetes Gut geachtet. Eine Verletzung des Gastrechts ist für sie ebenso undenkbar wie ein Missbrauch durch den Gast.

Yanar

Dort, wo der See gewesen war, in dem er schwimmen gelernt hatte, stand jetzt eine Reihe von Einfamilienhäusern. Der Bach, in dem er als Junge gespielt hatte, war zu einer Straße geworden. Sie führte zu einem Neubauviertel mit modernen Wohnblocks und bunten Blumenrabatten, die Tag und Nacht gewässert wurden, damit sie nicht vertrockneten. Der Fluss, in dem er mit seinen Freunden Dämme gebaut hatte, obwohl das Wasser im Frühjahr mitunter so reißend war, dass es einmal sogar eine Brücke mit sich fortgerissen hatte, war zu einem dürftigen Rinnsal geworden, das in seinem viel zu großen Bett traurig und verloren dahinplätscherte.

Yanar stand auf der Brücke und schaute hinab in das, was einmal ein Fluss gewesen war. Wenn der Schnee in den Bergen des Tianshan zu schmelzen begann, dann hatte er rauschend und schäumend seine Fluten vor sich hergetrieben und im Sommer, wenn das Wasser nicht mehr gar so wild und kalt war, hatte man sich herrlich von den Strudeln treiben und herumwirbeln lassen können oder man konnte versuchen, von einem Stein zum anderen zu springen.

Jetzt lag das breite Flussbett trist und trocken unter ihm.

Wo war das viele Wasser geblieben? Natürlich wusste Yanar, wo es geblieben war, denn das war ein Problem, das alle kannten und das von Jahr zu Jahr bedrohlicher wurde. Und dennoch tat niemand etwas dagegen. Man sah mit offenen Augen zu, wie die schönen alten Wohngebiete der Uiguren verdorrten, wie das Leben langsam erstarb. Langsam und leise, aber unaufhaltsam. Eine schleichende Gefahr, die niemand sehen wollte: die einen nicht, weil sie sie nicht abwenden konnten, und die anderen nicht, weil es für sie wichtigere Dinge zu tun gab.

Wichtiger war es zum Beispiel, das Wasser schon weit vor der Stadt abzuzweigen, da die riesigen Staatsfarmen und immer mehr neue Industrieanlagen es brauchten. Das wenige, das dann übrigblieb, wurde für die moderne Innenstadt benötigt, für chinesische Kaufhäuser und Hotels, für Parks mit wunderschönen Blumen und exotischen Bäumen, die regelmäßig abgeduscht werden mussten, weil ihre Blätter sonst unter dem Wüstenstaub nicht mehr genügend Licht bekamen und kein Chlorophyll bilden konnten. Ja, und die gepflegten Rasenflächen würden vertrocknen, wenn sie nicht vierundzwanzig Stunden am Tag ausreichend Wasser bekämen. Aber da es in allen Großstädten Chinas Parks mit Rasenflächen gab, durfte auch eine kleine Wüstenstadt nicht darauf verzichten, wenn ihr Parteisekretär etwas auf sich hielt. Das Wasser aus den Quellen der Berge reichte für diesen großartigen Fortschritt schon lange nicht mehr aus. Es hatte zweitausend Jahre lang ausgereicht und die Oase von Turpan zu einem der fruchtbarsten Gebiete Xinjiangs, vielleicht sogar ganz Chinas gemacht. Es war durch das uralte Karez-System unterirdischer Kanäle bis zu den Feldern und Dörfern geleitet worden. Aber nun war es nicht mehr genug und man musste das Grundwasser zu Hilfe nehmen, so dass sein Spiegel an manchen Stellen bereits auf zweihundert Meter unter der Erde gesunken war.

Yanar ging ein Stück weiter die Straße entlang, auf der er früher mit anderen Kindern gespielt hatte. Kein Mensch war zu sehen, kein Vogel zu hören. Die alten Pappeln standen noch da und spendeten ihm Schatten, doch manche von ihnen hatten ihr Leben bereits verloren und starrten mit kahlen, weißlich vertrockneten Ästen in den blauen Himmel. Früher, so erinnerte er sich, war hier immer Leben gewesen. Ob Sommer oder Winter, Nachmittag oder Abend, wir Kinder waren immer draußen zum Spielen. Uns haben Hitze und Kälte nicht gestört. Und die alten Leute saßen vor ihrem Hoftor und schauten uns zu oder warteten darauf, dass jemand vorbeikam und mit ihnen plauderte. Wir spielten und sprachen miteinander. Manchmal hat uns ein Großvater alte Geschichten erzählt und wir Kinder hockten um ihn herum und lauschten verzaubert. Oder wir saßen abends am Tonur, wenn er vom Brotbacken noch warm war, und fantasierten über unsere eigenen Märchen und Heldenträume.

Wo waren die Menschen jetzt? Seine Eltern waren schon vor einigen Jahren in eine kleine Stadtwohnung gezogen. Der Nachbar, der mit den vielen Tieren, so hatten sie erzählt, war auch fort, weil es nicht mehr genug Wasser für die Tiere gab und er sie alle hatte verkaufen oder schlachten müssen. Die Leute, die noch in dieser Gegend wohnten, konnten in ihren Gärten kein Gemüse und keine Weintrauben mehr ziehen wie früher, und die Obstbäume trugen keine Früchte mehr.

Am Morgen war er auf der anderen Seite der Stadt gewesen, dort, wo sich die flache, öde, graue Sai-Wüste bis zu den fernen Bergen hin erstreckte, diese Wüste, die aus Steinchen und ein wenig Erde besteht, so dass sie einigen genügsamen Pflanzen ein Überleben erlaubt. Wenn es einmal regnet, dann kann sich diese Sai-Wüste plötzlich in einen weiten grünen Teppich verwandeln. Aber jetzt reihten sich dort Tankstellen und Geschäfte für Bagger und Baumaschinen aneinander und abseits davon lagen künstlich bewässerte Baumwollplantagen, soweit das Auge reichte. Und ganz in der Ferne, das wusste er, wühlten stählerne Ungeheuer die Erde auf, um nach neuen Erdölvorkommen und anderen kostbaren Bodenschätzen zu suchen, die das ferne China reich und das Land der Uiguren kaputt machten. Eines Tages wird nichts als die geschundene Erde zurückbleiben, dachte er im Stillen. Sie war nichts wert, wird man sich rechtfertigen, es war doch nur Wüste.

Yanar setzte langsam seinen Weg fort, bis die Straße immer schmaler wurde und sich allmählich im Sand verlor. Vor ihm lagen nun die Dünen, die atemberaubend schönen Sanddünen der großen Wüste Taklamakan, sanft und wundervoll geschwungen, vom ewigen Wind aufgetürmt und immer wieder zu neuen Formationen modelliert. Das Herz wurde ihm weit. Sorge, Trübsinn und Zorn lösten sich auf wie eine flüchtige Wolke, die sich in der trockenen Hitze nicht länger am stahlblauen Himmel halten kann.

Vorsichtig tat er einen ersten Schritt auf den Sand. Er wusste, wie feinkörnig und weich er war, so weich wie Samt und noch viel weicher als alle Sandstrände der Welt, die er in den letzten Jahren kennengelernt hatte. Dies war seine Wüste. Hier war er aufgewachsen, und obwohl sie die lebensfeindlichste Landschaftsform ist, die man sich vorstellen kann, weil keine Wurzel Halt findet und kein Tier Nahrung, hier hatte er das Leben kennengelernt. Denn auch die Wüste lebt, hatte sein Onkel immer gesagt, und er hatte dieses Leben fühlen können. Vielleicht war es eine andere Art von Leben, nicht das Leben, das man mit dem Verstand verstehen kann, sondern eines, das nur die Seele sieht, und vielleicht auch nur die Seele eines Kindes, das am Rande der Wüste groß geworden ist.

Yanar spürte dieses Leben auch jetzt wieder und er begann, den Hang einer Düne hinaufzusteigen. Schritt für Schritt. Sein Schuh zertrat die Rillen, Wellen und Muster, die der Wind gezeichnet hatte. Ein kleines Tier war vor ihm hier gewesen und hatte eine zierliche Spur quer durch diese Rillen, Wellen und Muster hinterlassen. Auf der anderen, der windabgekehrten Seite der Düne, war die Oberfläche des Sandes so glatt wie ein unbeschriebenes Blatt Papier, auf das man Bilder malen könnte. Hier jedoch war das Gehen schwieriger, weil seine Füße tief im Sand versanken.

Trotzdem, noch eine Düne weiter und noch eine, immer ein bisschen höher hinauf. Ganz oben war der Dünengrat beinahe so scharf wie die Schneide eines Messers. „Wie ist das möglich", hatte Yanar damals seinen Onkel gefragt. „Sand besteht doch aus winzigen einzelnen Körnchen, wie können sie eine so feste Fläche bilden?" „Der Sand hat eine Haut", hatte der Onkel geantwortet und zärtlich über die makellos glatte Fläche gestrichen. Ja, vielleicht hat Sand tatsächlich eine Haut, dachte Yanar. Auch wenn man sie nicht sehen kann.

Die Zeit war wie im Flug vergangen und schon stand die Sonne tief über dem Horizont. Sie warf lange Schatten von einer Düne zur nächsten, so dass sich die sanft geschwungenen Linien noch deutlicher abzeichneten als zuvor. Sogar die Rillen, Wellen und Muster wirkten jetzt noch ausdrucksvoller und Yanar konnte seinen Blick kaum von ihnen lösen.

Ein letztes Mal schaute er in die Ferne: Zu drei Seiten hin war nichts als ein Meer von Dünen zu sehen, still, friedlich und endlos. Nur im Norden, jenseits der Stadt, hinter den Parks, den Wohnblocks und Baumaschinenläden, dort ragten winzig kleine Bohrtürme auf, die wie Nadeln in die Erde stachen.

Gedankenverloren stieg Yanar den Hang herab. Er machte sich Sorgen um sein Land.

Das Schaf

Ich bin ein Schaf. Einen Namen habe ich nicht, aber mein Herr, also der Bauer, dem ich gehöre, der heißt Abdureni und wir leben in einem kleinen Dorf am Rande der großen Sandwüste. Es gibt auf unserem Hof noch ein zweites Schaf, das mein Herr „das Braune" nennt, weil sein Kopf und seine Beine braun sind, während ich „das Helle" bin, weil nicht nur meine Wolle, sondern alles an mir hell ist. Ich finde, dass sieht sehr viel schöner aus, aber das Braune meint, ich sei hässlich, weil mein Hinterteil zu groß und dick ist. Der Bauer allerdings schätzt das sehr, weil es ein Zeichen meiner speziellen Rasse ist. Solche Schafe wie mich, nämlich die Fettschwanzschafe oder Mäkit-Schafe, wie die Uiguren sagen, gibt es nirgendwo sonst in China. Ich bin also etwas ganz Besonders. Und außerdem gebe ich gute Milch, mein Fleisch ist sehr zart und mager und das Fett in meinem Fettschwanz besonders weich und nahrhaft für die Menschen – aber daran will ich lieber nicht denken, denn ich möchte ja noch viele Jahre leben. Das Braune prahlt dagegen mit seiner Wolle, weil sie besser ist als meine. Das ist natürlich gut für den Bauern, weil er sie für Geld verkaufen kann, aber trotzdem hat er mich auch sehr gern. Das weiß ich, das sehe ich an seinen Augen.

Abdureni ist schon alt. Sein Gesicht ist zerfurcht von tiefen Falten und sein zotteliger, grauer Bart reicht ihm bis auf die Brust. Auf dem Kopf trägt er immer eine weiße Stoffkappe, die Shapaq, und wenn er ausgeht, darüber eine Doppa. Das ist der hübsche viereckige, mit einem weißen Muster bestickte Hut, wie ihn fast alle uigurischen Männer tragen. Manche haben auch andersfarbige und sehr kunstvoll bestickte Doppas, aber mein Herr hat nur diese eine und ich finde, er sieht sehr fein aus, wenn er sie trägt.

Seine Frau, die alte Amine, hat immer ein buntes Tuch um den Kopf gebunden und trägt ein langes Kleid. Manchmal streichelt sie mir liebevoll über den Kopf, wenn sie mich sieht, aber meistens kümmert sie sich um die Hühner und den Garten und natürlich hat sie viel im Haus zu tun. Sie muss ja kochen und für alles im Haushalt sorgen. Ihre Kinder und Enkel leben nicht mehr hier. Sie sind in die Stadt gezogen, aber von Zeit zu Zeit kommen sie zu Besuch. Und dann ist hier was los, kann ich euch sagen!

Gerade vor kurzem waren sie einige Tage bei uns. Der kleine Junge, ich glaube er hieß Abdul, wollte mich immerzu fangen und mit mir herumtoben und kämpfen. Das mag ich nicht. Ich mag viel lieber allein sein und in Ruhe mein Heu fressen und ab und zu mit dem Braunen ein Mäh wechseln. Solche wilden Spiele liebe ich überhaupt nicht. Ich habe immer versucht, ihm wegzulaufen, aber manchmal hat er mich doch erwischt und an den Ohren gezogen und in mein Hinterteil gezwickt. Dann hat er sich kaputtgelacht, weil ich so komisch aussehe, und mich am Hals herumgerissen, so dass ich umgefallen bin. Zum Glück hat mein Herr das gesehen und mich in den Stall zurückgebracht.

Im Stall bin ich gern. Er ist ein bisschen zu groß für den Braunen und mich, weil Abdureni früher mehr Schafe hatte, aber es ist trotzdem sehr angenehm hier. Der Boden ist mit Stroh ausgelegt, das regelmäßig gewechselt wird, so dass es immer trocken und sauber ist. Über uns ist eine Zwischendecke eingezogen und in dem Raum dort oben über unseren Köpfen wird das Heu für den Winter gelagert.

Heu ist gut und nahrhaft, aber noch besser ist natürlich frisches Gras. Wenn sie Zeit hat, rupft uns Amine ein wenig an den Feldrändern oder am Weg, aber es fällt ihr jetzt schwer, weil sie so alt ist. Früher hat sie die Kinder zum Grasrupfen geschickt, aber nun sind keine Kinder mehr da und auch dem Bauern schmerzt der Rücken, sagt er, und geht nur noch selten Gras sammeln.

Früher war ich einmal in den Bergen – das war vielleicht schön! Ein unvergessliches Erlebnis. Ein Hirte kam aus der Nachbarschaft und hat alle Schafe aus dem Dorf mitgenommen und in die Ausläufer des Kunlun-Gebirges geführt, dorthin, wo es richtige Wiesen gibt. Riesige Flächen vollbewachsen mit Gras und Kräutern. Und das duftet, kann ich euch sagen! Herrlich! So etwas Schönes gibt es in der Nähe unseres Dorfes nicht. Hier ist es fast immer trocken und staubig. Die Wüste ist nah, und selbst wenn es regnet, wächst hier nicht viel Gras. Die Bauern sind auf tiefe Brunnen angewiesen, um ihre Felder bewässern zu können. Das ist ja wichtig, damit sie etwas zum Leben haben. Also, wir sind damals den ganzen Sommer über in den Bergen geblieben. Es war eine wunderschöne Zeit, aber am Ende habe ich mich doch wieder nach meinem Herrn und meinem Stall gesehnt und deshalb ist mir der lange Rückweg nicht so schwergefallen. Es war nämlich kein leichter Weg. Wir mussten tagelang durch die öde, flache Sai-Wüste wandern, das ist eine sehr unwirtliche Landschaft. Da gibt es nur trockene Erde und kleine Steine und ab und zu einen dürren Tamariskenbusch oder einen Strauch mit Dornen. Da wir Schafe aber gewohnt sind, immer und überall nach Nahrung zu suchen, haben wir selbst an diesem dürren Gesträuch noch ein paar fressbare Blättchen gefunden. Sie waren zwar staubig, weil da alles staubig ist, aber wir sind ja sehr genügsame Tiere. Wir mäkeln nicht am Essen, wie es die Menschen manchmal tun.

Habt ihr einmal einen Sandsturm erlebt? Nein? Zum Glück gab es damals, als wir durch die Wüste zogen, keinen, denn das wäre richtig gefährlich geworden. Da gibt es ja keinen Schutz, wo man sich unterstellen könnte, nur die paar kleinen Sträucher, sonst ist da nichts weit und breit, viele Kilometer weit. Aber wir hatten Glück, es gab keinen Sandsturm. Ich glaube, dass die Hirten sich mit dem Wetter gut auskennen und vorsichtig sind. Ich habe großes Vertrauen zu den Menschen.

Als wir dann endlich wieder zu Hause waren – damals waren wir noch sechs Schafe auf dem Hof – haben wir uns alle über unseren warmen, sauberen Stall gefreut. Nachts hatte es nämlich in der letzten Zeit schon angefangen, kühl zu werden, und später im Winter wäre selbst unsere dicke Wolle nicht dick genug, um draußen überleben zu können.

Ja, so ist es, wenn man ein Schaf ist.

Und wisst ihr, was auch gut ist an dem Leben zu Hause im Stall? Da bekommen wir nicht nur Heu oder Gras zu fressen, sondern auch die Reste aus der Küche. Amine kocht jeden Tag und alle Gemüseabfälle sammelt sie und wirft sie uns am Abend in den Trog. Das ist eine sehr gute, abwechslungsreiche Nahrung und deshalb vermisse ich die Ausflüge zu den saftigen Bergwiesen nicht so sehr. Ab und zu bekommen wir Melonenschalen und die liebe ich besonders. Sie werden in kleine Stücke geschnitten und mit Weizenspreu bestreut, so dass sie wie eine richtige appetitliche Mahlzeit aussehen und wunderbar schmecken. Wenn wir Melonenschalen zum Abendfressen bekommen haben, schlafe ich immer besonders gut und träume von duftenden Wiesen und fruchtbaren Feldern.

Leider sind die Felder meines Herrn nicht mehr fruchtbar. Sie sind zu trocken. Die Bäche führen kaum noch Wasser und die Brunnen sind nicht mehr tief genug. Der Grundwasserspiegel sinkt Jahr für Jahr. Der Ernteertrag reicht gerade noch zum eigenen Leben aus, aber zum Verkaufen auf dem Basar ist es nicht genug. Abdureni und Amine sind deshalb oft traurig und besorgt. Gestern Abend war ein Nachbar hier und die beiden Männer haben lange miteinander gesprochen. Sie saßen auf einer Bank vor unserem Stall. Ich konnte natürlich nicht genau verstehen, was sie sagten, aber ich habe sehr wohl herausgehört, dass sie sich große Sorgen machen. Das Wasser wird bald nicht einmal mehr ausreichen, um Tiere zu tränken, obwohl wir Schafe sehr anspruchslos sind. Doch ganz ohne

Wasser können auch wir nicht auskommen. Mein Herr hat gesagt, dass er uns verkaufen muss.
„Es hat keinen Sinn mehr", hat er zu seinem Nachbarn gesagt.
Und der hat geantwortet:
„Ja, ich weiß. Es ist hart, aber es geht einfach nicht mehr."
Dann haben sie lange Zeit geschwiegen.
„Ich gehe morgen", hat mein Herr dann plötzlich entschieden.
Und der andere sagte:
„Ja, tu das."
Dann haben sie wieder geschwiegen.
„Es tut mir weh."
„Ja, mir hat es auch wehgetan."
Wieder war es still. Das Braune und ich haben uns angesehen. Was soll aus uns werden, wenn wir nicht mehr hierbleiben können? Ich habe mein ganzes Leben hier verbracht und mein Herr und seine Frau waren immer gut zu mir. Ich bin schon hier geboren worden. Damals waren sie sehr stolz auf mich, weil ich ein besonders kräftiges, gesundes Lämmchen war, und deshalb hab ich die beiden auch sehr gern. Ich möchte für immer hierbleiben. Wer weiß, wie andere Menschen sind. Sicher sind nicht alle so gut und freundlich oder sie haben kleine Kinder, die mit mir herumtoben wollen und mich in den Fettschwanz pieken. Und erst recht nicht möchte ich von jemandem gekauft werden, der Schafe schlachtet. Oh, nein. Das wäre furchtbar! Ich bin jetzt zwar kein Lamm mehr, aber ich bin auch noch nicht alt und möchte gerne weiterleben.

Als es schon ganz dunkel war, sagte der Nachbar:
„Nun gut."
„Es muss wohl sein."
„Ja."
„Früher gab es genug Wasser für alle Tiere."
„Früher hatten wir sogar eine Kuh, erinnerst du dich?"
„Natürlich erinnere ich mich. Unsere hieß Adile. Amine kam immer angelaufen, wenn ich nach Adile rief", kicherte

Abdureni leise in seinen zotteligen Bart. „Und die Kinder haben wir zum Sammeln der Kuhfladen geschickt."

„Das war gutes Brennmaterial, ja."

„Heute müssen wir Holz oder Kohle kaufen, das kostet viel Geld. Früher haben unsere Kühe für das Feuer im Herd gesorgt."

„Früher war alles einfacher."

„Unsere Kinder hatten immer einen Riesenspaß, wenn wir die Kuhfladen zum Trocknen an die Schuppenwand geworfen haben."

„Ja, meine Kinder auch", erinnerte sich der Nachbar.

„Und wenn sie trocken waren, haben wir sie auf einen Stapel geschichtet, so dass Amine immer, wenn sie Feuer machte, etwas davon holen konnte."

„Ja, ja."

Für eine Weile schienen die beiden Männer in ihre Erinnerungen versunken zu sein. Es war ganz still draußen. Die Kuh Adile habe ich nicht kennengelernt, vielleicht war sie schon vor meiner Geburt verkauft worden, denn seitdem die Kinder und Enkel nicht mehr hier wohnen, wird wenig Milch gebraucht.

„Kommst du morgen mit zum Viehmarkt?"

„Ich gehe jede Woche zum Viehmarkt."

„Ja, natürlich. Da ist immer was zu sehen."

„Und es gibt immer Neuigkeiten. Alle Männer vom Dorf gehen hin, ob sie nun kaufen, verkaufen oder sich nur umsehen wollen."

„Ich gehe mit den Schafen", seufzte Abdureni traurig.

„Gut, dann bis morgen."

„Gute Nacht."

In dieser Nacht haben das Braune und ich sehr schlecht geschlafen.

Heute gehen wir zum Viehmarkt. Ich weiß, dass mein Herr und seine Frau schon oft überlegt haben, ob sie das Braune und mich verkaufen oder nicht. Es war eine schwere Entscheidung, denn sie haben uns gern und sie haben ihr ganzes Leben lang Schafe besessen. Aber nun gibt es so wenig Wasser, dass sie kaum noch Heu für uns machen können, und auf dem Basar Heu zu kaufen, ist teuer. Sie müssen manchmal sogar Gemüse für sich selbst einkaufen, weil der Garten so trocken ist, dass die Pflanzen verdorren. Ich sehe, dass sich die beiden alten Leute Sorgen machen. Das tut mir furchtbar leid, aber ich mache mir auch Sorgen um mich selbst. Ich habe sogar schreckliche Angst.

Es ist noch früh am Morgen, aber die Sonne wärmt schon kräftig und der Himmel strahlt in ungetrübtem Blau. So ist es hier im Sommer jeden Tag. Es regnet fast nie und die Erde trocknet aus, wenn man kein Wasser hat, um sie zu bewässern. Die kleinen Bauern der Oase haben kein Wasser mehr, weil es weit vor ihren Höfen für die staatlichen Baumwollplantagen abgeleitet wird, und deshalb sind sie arm geworden. Und deshalb müssen wir heute auf den Viehmarkt gehen, um verkauft zu werden.

Abdureni trägt seine Doppa und eine graue Jacke über dem weißen Leinenhemd. Er kommt zu uns in den Stall und bindet ein Seil um unseren Hals, während er die ganze Zeit beruhigend auf uns einredet, na ja, ich glaube eigentlich, er spricht eher zu sich selbst, denn ich sehe genau, wie bedrückt er ist.

Amine geht heute nicht mit. Wahrscheinlich möchte sie nicht dabei sein, wenn ihre Schafe von fremden Männern fortgeführt werden, und so ziehen das Braune und ich allein mit dem alten Bauern davon, die lange Straße entlang zum Dorf, wo einmal in der Woche der Viehmarkt stattfindet.

Als wir näherkommen, begegnen wir vielen Leuten. Manche begrüßen meinen Herrn und mustern uns Schafe mit fachkundigem Blick. Mir wird klar, dass wir heute keine Tiere sind, sondern Waren. Heute geht es nicht um unser Wohl, sondern um den Preis, den wir erzielen. Oh, das tut weh! Ich schaue an unserem Herrn vorbei zu dem Braunen hinüber: Es trottet mit gesenktem Kopf dahin und scheint gar nichts zu denken. Aber so ist es nun einmal, das Braune, und schließlich kann es ja nichts dafür, dass es nicht so ein kluges Schaf ist wie ich. Trotzdem habe ich Mitleid mit ihm, weil es nur ein normales Schaf ist und nicht so ein besonderes wie ich, denn für mich wird unser Herr bestimmt sehr viel Geld bekommen.

Endlich sind wir irgendwo angekommen, wo wir stehen bleiben müssen und an einen Holzpflock gebunden werden. Rundherum sind überall Schafe, viel mehr als ich zählen kann – ehrlich gesagt, ich kann überhaupt nicht zählen –, aber es sind eben sehr, sehr viele Schafe da, solche wie ich und andere dunkle und helle, dicke und dünne. Abdureni spricht mit den Männern. Er spricht sehr ernst, manchmal aufgeregt, manchmal traurig, manchmal ärgerlich. Natürlich muss er hart verhandeln. Alle Männer tun das. Sie reden und feilschen und reden und lachen und schimpfen und reden und irgendwann zieht einer von ihnen ein Bündel Geldscheine aus der Tasche und überreicht sie dem Verkäufer. Dann drängen sich alle anderen Männer heran und gucken zu, wie der Verkäufer die Scheine zählt und am Ende in seiner Tasche verschwinden lässt. Danach reichen sich Käufer und Verkäufer die Hand und alle Zuschauer nicken zufrieden und geben kluge Kommentare.

Die meisten Männer sind überall dort versammelt, wo größere Gruppen von Schafen zum Kauf angeboten werden. Da wir nur zwei sind, ist es ein bisschen still um uns und Abdureni hockt sich auf die Erde und wartet. Der Nachbar von gestern Abend kommt vorbei und fragt:

„Na, wie läuft's?"

„Nun ja."

„Schöne Tiere hast du."

„Ja, es sind gute Tiere. Ich gebe sie nicht gern weg."

„Das verstehe ich gut, Nachbar. Mir hat auch das Herz geblutet, als ich meine letzten Tiere verkaufen musste. Aber es ging nicht anders."

Sie stehen da und scharren gedankenvoll mit den Füßen im Sand.

„Sie wären verdurstet."

„Ja, es fehlt an Wasser. Es ist nicht mehr wie früher."

„Nichts ist wie früher." Und nach einer Pause fährt er fort: „Nichts ist wie früher! Und seien wir nur froh, Abdureni, dass wir hier in unserem kleinen Dorf leben und nicht so viel mit Politik zu tun haben. Was mein Sohn aus der Hauptstadt erzählt, na, ich kann dir sagen... Nein, ich verstehe das alles nicht mehr."

„Ja, es gibt schlimme Dinge, das habe ich auch gehört."

„Verkaufen Sie das hier?", werden die beiden plötzlich in ihrem Gespräch unterbrochen. „Wie viel?"

Mir wird schwindelig. Ein fremder Mann betrachtet mich mit fachmännischen, abschätzenden Blicken, durchwühlt mein Fell und fummelt mir an den Ohren und meinem schönen, dicken Hinterteil herum.

„Ein bisschen dünn, nicht wahr?"

So eine Frechheit!

„Ein wunderbares Tier", widerspricht der Nachbar. „Kein bisschen zu dünn, gerade richtig. Und sehen Sie mal hier... Aber lassen Sie nur. Ich würde es sofort nehmen. Für den Preis! Das ist ja fast geschenkt."

Der Fremde sieht ihn ärgerlich an und raunt ihm zu:

„Das sehe ich selbst, aber treiben Sie doch nicht den Preis unnötig in die Höhe!"

Der Nachbar geht ein paar Schritte zur Seite und lässt den Fremden allein mit Abdureni verhandeln. Ich kann nicht hinsehen und möchte auch gar nichts hören. Es geht um mich! Stellt euch vor: Es geht darum, wie viel Geld mein Herr für mich bekommen kann. Für mich, sein treues Schaf! Ich würde weinen, wenn Schafe weinen könnten, aber ich glaube, das geht nicht. Ich weiß nicht, wie man Tränen macht. Aber ich bin so unglücklich wie noch nie in meinem Leben. Könnte ich sprechen, dann würde ich meinem Herrn sagen, dass ich in Zukunft nur noch staubige Tamariskenblätter fressen werde, dass ich auf alle Melonenschalen der Welt verzichten kann und nur einen einzigen Tropfen Wasser am Tage brauche, aber leider kann ich die Sprache der Menschen nicht sprechen.

Das Braune sieht mich die ganze Zeit über neugierig an. Ich glaube, jetzt begreift es endlich, worum es geht, nämlich um meine Zukunft, und wahrscheinlich bald auch um seine.

Mir wird ganz schlecht vor Angst und Aufregung, während die Männer miteinander sprechen. Andere sind hinzugekommen, denn offenbar ist es so üblich, dass sich, sobald irgendwo verhandelt wird, immer ganz schnell eine Menge von Zuschauern versammelt, die genau wissen wollen, worum es geht, wie hoch der Preis sein wird, wer warum seine Tiere verkauft, und ob es ein gutes oder ein schlechtes Geschäft ist. Dieses ganze Gerede scheint für die Männer ein wichtiges Ereignis im Dorfleben zu sein.

Für mich ist es auch ein wichtiges Ereignis, aber ein furchtbares. Ich wäre freiwillig nie zum Viehmarkt gegangen, um zuzusehen, wie Tiere verschachert werden, denn ich sehe mich nicht als Handelsware, sondern als ein Lebewesen, das Gefühle hat. Aber ich bin ja nur ein Schaf und habe nichts zu entscheiden.

Nachdem sich Abdureni mit dem fremden Mann endlich einig geworden ist, löst er mein Seil vom Pflock und reicht es ihm. Mir streichelt er sanft über den Kopf und ich spüre, wie seine Hand am liebsten weinen würde, wenn sie es könnte, aber Hände können ebenso wenig weinen wie Schafe.

Ich sehe mich nicht um, als ich mit dem Fremden, meinem neuen Herrn, fortgehe.

Aber vielleicht schauen mir ja mein alter Herr, der schlaue Nachbar, der zumindest noch ein paar mehr Yuan für mich herausgeschlagen hat, und mein Freund, das Braune, nach, jeder mit seinen eigenen Gedanken. Ich selbst habe keine Gedanken mehr. Ich bin ganz leer.

Traurig und leer.

Filorä

„Filorä Shukur."
Filorä glaubte zu träumen, als sie plötzlich ihren Namen hörte.
„Filorä erhält einen Preis für ihre ausgezeichneten Leistungen im Fach Musik... Kommst du bitte auf die Bühne, Filorä?"
Das Mädchen mochte noch immer nicht ihren Ohren trauen, denn sie war doch erst seit vier Monaten an der Schule, und überhaupt war sie erst seit vier Monaten in Amerika und hatte zuvor kein einziges Wort Englisch sprechen können. Und nun sollte sie bei der Schulabschlussfeier einen Preis überreicht bekommen, einen Preis für besonders gute Leistungen! Das konnte doch gar nicht möglich sein. Sie musste sich verhört haben.
„Filorä, bitte!"
Die Nachbarin gab ihr mit dem Ellenbogen einen Stups, Filorä stand auf, strich ihr langes, schwarzglänzendes Haar zurück und ging mit großen Schritten nach vorn. Sie hatte sich gefasst, stieg die Stufen zur Bühne hinauf und schaute dem Schulleiter mutig in die Augen, während er ihr die Hand entgegenstreckte.
„Herzlichen Glückwunsch, Filorä! Du bist erst seit kurzem bei uns, aber du hast sehr schnell Anschluss gefunden und dich großartig eingearbeitet. Wir gratulieren dir von ganzem Herzen und wünschen dir Glück und Erfolg für die Zukunft."
Eltern klatschten Beifall und Filorä tappte ein wenig verlegen zurück auf ihren Platz.
Irgendwo im Publikum, irgendwo zwischen den Eltern und Verwandten der Schüler und Schülerinnen, die an diesem Tag mit dem Ende der Grundschulzeit ihre Zulassung zur Junior High School erhielten, saß eine kleine, dunkelhaarige Frau und weinte Tränen in ihr Taschentuch, die gar nicht zu strömen aufhören wollten. Sie war so stolz auf ihre

Tochter! Sie war so glücklich. Aber sie musste auch an die lange Zeit denken, an all die vielen Jahre, in denen sie ihr kleines Mädchen allein gelassen hatte. Filorä war erst sechs Jahre alt gewesen, als sie, Minawar, ihre Heimat China verlassen musste. Sie hatte damals ihrem Bruder helfen wollen, der aus politischen Gründen nach Kasachstan geflohen war. Damals hatte sie ihr Möglichstes getan, hatte mit kasachischen Behörden, mit Korruption, Unverständnis und Fanatismus gekämpft, aber dann hatte es Probleme, Verstrickungen, Ungeheuerlichkeiten gegeben, so dass ihr am Ende nichts anderes übriggeblieben war, als die UNO um Hilfe zu bitten. So hatte sie schließlich in Amerika Asyl gefunden. Ihrem Mann war es wenig später gelungen, zusammen mit dem kleinen Sohn nach Schweden auszureisen, aber Filorä hatte bei der Großmutter und einer Tante zurückbleiben müssen, weil ihr die Behörden keinen Pass ausstellen wollten.

Deshalb hatte sie fünf Jahre lang dort eine chinesisch-uigurische Schule besucht.

An diese Schule musste Filorä jetzt denken, als sie wieder auf ihrem Platz saß.

Da in Urumchi die Mehrheit der Bewohner Han-Chinesen sind, hatte es an dieser Schule für jeden Jahrgang fünf chinesische Klassen und nur eine uigurische Klasse gegeben. Filorä war zwar zuerst in Kucha eingeschult worden, einer kleineren Stadt zwischen den hohen Bergen des Tianshan und der Wüste Taklamakan, wo ihre Großeltern früher zu Hause gewesen waren, aber an diese Zeit konnte sie sich nur noch schwach erinnern. An die Jahre in Urumchi jedoch erinnerte sie sich sehr gut und in den vergangenen vier Monaten hatte sie sich gar nicht oft genug über die schier unglaublichen Unterschiede zwischen ihrer jetzigen Schule in New York und der im fernen Xinjiang wundern können.

Einen größeren Kontrast konnte man sich gar nicht vorstellen.

In Urumchi hatte sie eine hässliche, kratzige Schuluniform und das rote Halstuch der jungen Pioniere tragen müssen, hier war jede Kleidung erlaubt.

In Urumchi hatten sich die uigurischen Schüler zur dritt oder viert auf eine Bank zwängen müssen, hier hatte jedes Kind einen Tisch und einen Stuhl für sich allein.

In Urumchi saßen alle Schüler artig und aufrecht auf ihren Plätzen, hielten die Hände vor sich auf dem Pult und lauschten mucksmäuschenstill auf das, was der Lehrer vortrug. Von Zeit zu Zeit mussten sie alle gemeinsam im Chor etwas nachsprechen. Hier in Amerika durfte jeder sitzen, wie er wollte, die Lehrer sprachen die Schüler persönlich an, stellten Fragen und antworteten geduldig, wenn auch ein Kind eine Frage hatte.

In Urumchi hingen in jedem Klassenzimmer Bilder von Mao und den derzeitigen Führern der Kommunistischen Partei. Hier schmückten bunte Kunstwerke der Schüler die Wände.

In Urumchi hatten die Kinder selbst ihre Klassenräume reinigen müssen. Hier machten es Putzkolonnen.

In manchen Schulen mussten im Winter jeweils zwei Schüler morgens vor dem Unterricht den Ofen beheizen und nachmittags die Asche entsorgen. Hier gab es Zentralheizung und niemand brauchte zu frieren.

In Urumchi hatten alle Kinder mittags nach Hause zu gehen, egal wie weit ihr Heimweg war. Hier gab es eine Kantine und warmes Mittagessen für alle.

Und was der allergrößte Unterschied war und weswegen Filorä Amerika liebte, das waren die Hausaufgaben. In Urumchi bekam man jeden Tag so viele Hausaufgaben auf, dass nie Zeit zum Spielen blieb. Wie oft hatte sie bis in die Nacht arbeiten müssen, auch wenn sie schon schrecklich müde gewesen war! Aber ohne Hausaufgaben in die Schule zu kommen, das war... Ja, das war schlimmer als alles, was sich ein amerikanisches Kind nur vorstellen konnte. Das war die Hölle.

Einmal war es ihrer besten Freundin passiert. Aygül war ein stilles, fleißiges Mädchen. Sie erledigte ihre Aufgaben immer gewissenhaft und vergaß nie etwas. Fast nie jedenfalls, denn eines Tages war es doch passiert, nicht mit Absicht natürlich, nicht aus Faulheit oder Müdigkeit. Das wäre ihr nie und nimmer in den Sinn gekommen, denn sie wollte alles gut machen und die Angst vor der Lehrerin und den Eltern wäre für sie unerträglich gewesen. Also, sie hatte es wirklich nicht gewollt, aber es war einfach passiert: Sie kam am Morgen ohne Mathematikhausaufgabe zum Unterricht, und als sie es bemerkte, war es zu spät. Sie hatte keine Chance mehr, dem Unheil zu entkommen.

Die Lehrerin war zornesrot im Gesicht.

„Aygül!"

Für einen Augenblick herrschte Totenstille im Klassenzimmer. Aygül machte gar nicht erst den Versuch, sich eine Entschuldigung auszudenken. Sie blieb mit hängenden Armen und gesenktem Kopf neben dem Pult stehen und wartete auf das, was kommen würde.

„Ich weiß gar nicht, was in dir vorgegangen ist. Wie kannst du dir erlauben, den Ruf unserer Schule aufs Spiel zu setzen, indem du es an Fleiß und Disziplin mangeln lässt?"

Was sollte man darauf antworten?

„Antworte!"

„Ich weiß nicht... ich hab's einfach vergessen", stotterte Aygül leise. „Es tut mir leid."

„Dafür ist es nun zu spät! Leid tut es uns allen, dass wir solch eine nachlässige Schülerin wie dich unter uns haben. Schämen sollst du dich!"

Aygül liefen die Tränen übers Gesicht, aber sie rührte sich nicht. Sie verzog keine Miene, sondern ließ die Tränen einfach auf den Boden tropfen.

„Reiß dich zusammen, Aygül! Putz die Nase und komm nach vorn."

Filorä schob ihrer Freundin mit angstbebenden Händen ein Taschentuch zu.

„Bring dein Heft mit nach vorn und hock dich hier auf den Boden!"

Aygül tat, wie ihr befohlen.

„So, und nun machst du deine Hausaufgaben, auf dem Fußboden und vor den Augen deiner Mitschüler. Sie sollen alle sehen, wie es einem nichtswürdigen Faulpelz wie dir ergeht."

Filorä konnte in dieser Stunde kaum dem Unterricht folgen. Sie mochte nicht nach vorn zu dem armen Mädchen sehen, das ihre beste Freundin war und auf dem schmutzigen Boden saß, um Matheaufgaben zu lösen. Diese Erniedrigung erschien ihr so grausam, so unbarmherzig und sinnlos. Aygül war eine fleißige Schülerin und hatte zum ersten und einzigen Mal in ihrem Leben etwas vergessen. Es war einfach ungerecht! Es war gemein! In ihr kochten Wut, Angst und Hilflosigkeit in einem heillosen Gewitter von Gefühlen. Hätte die Lehrerin sie jetzt aufgerufen, so hätte sie keine Antwort gewusst. Vielleicht hätte sie dann in der Ecke stehen oder auf einen Zettel schreiben müssen, dass sie eine unaufmerksame, disziplinlose Schülerin ist, und dann hätte sie diesen Zettel hinten an die Wand heften müssen, damit es alle lesen konnten. Bestrafungen gab es oft. Vielleicht musste es ja so sein, überlegte Filorä, damit Kinder ordentlich lernen, aber Aygüls Strafe war viel zu hart gewesen. Da war sie sich ganz sicher.

Filorä schüttelte die Erinnerung von sich und ließ ihren Blick durch die festlich geschmückte Aula der amerikanischen Schule wandern. Hier war alles so schön. So einfach. Nie wurde ein Kind gedemütigt oder geschlagen. Sonst wären die Eltern gekommen und hätten sich beim Schulleiter beschwert.

In Amerika durfte man sich über Ungerechtigkeiten beschweren. Hier war so vieles anders.

Hart gearbeitet hatte sie auch jeden Tag, seitdem sie in New York lebte. Auch hier hatte sie nachmittags zu Hause gebüffelt, aber sie hatte es gern getan. Sie musste ja Englisch lernen. Sie wollte Englisch lernen, damit sie auch dem Unterricht in den anderen Fächer folgen konnte. Am Anfang hatte sie kein Wort verstanden, hatte im Klassenraum gesessen und sich über die sorglos auf ihren Stühlen lümmelnden Mitschüler gewundert, die wild mit den Fingern schnipsten, wenn sie eine Antwort wussten. Es waren ein paar schwarze Kinder darunter, zwei Latinos und ein chinesisches Mädchen und sie schienen alle gut miteinander auszukommen. Sie lachten zusammen und schäkerten sogar manchmal mit der Lehrerin.

Filorä hatte vom ersten Schultag an jeden Vormittag Einzelunterricht in Englisch bekommen, so dass sie schnell Fortschritte machte und die anderen Schüler schon nach wenigen Wochen in Mathematik überflügelte. Was die hier in der fünften Klasse lernten, hatte sie schon in der ersten oder zweiten Klasse durchgenommen. Das Einmaleins hatte sie bereits als kleines Kind im Schlaf aufsagen können, denn schließlich waren chinesische Schulkinder ans Auswendiglernen gewöhnt – selbst wenn sie nicht chinesische, sondern uigurische Schulkinder waren. Und da sie auch an endlose Hausarbeiten gewöhnt war, machte es ihr nicht das Geringste aus, bis in den Abend hinein zu lernen.

Früher einmal, so erinnerte sich Filorä, als sie in der ersten Klasse gewesen war, hatte sie als Hausaufgabe das Alphabet abschreiben müssen, fünfmal, von Anfang bis Ende. Die Buchstaben der uigurischen Schrift sind für eine ungeübte Kinderhand nicht leicht zu schreiben, weil die kleinen Bogen, Kringel und Punkte alle genau an der richtigen Stelle stehen müssen. Man muss sehr sorgfältig sein, wenn sie ordentlich aussehen sollen. Es war schon spät am Abend gewesen, beinahe Mitternacht.

„Ins Bett mit dir!", hatte die Mutter gerufen.

„Ich bin noch nicht fertig." Und schon standen Tränen in den müden Augen.

„Was machst du denn noch so spät? Vergiss nicht, dass du morgen früh zur Schule musst."

„Ich kann das nicht, Mama, aber ich muss es unbedingt zu Ende schreiben", schluchzte Filorä verzweifelt. „Ich muss das machen, sonst schimpft Frau Mahire."
„Zeig mal her."
„Es ist ganz schlimm, wenn wir ohne Hausaufgaben kommen."
„Ich weiß, aber es ist furchtbar spät, Kind, du musst ins Bett und schlafen."
Jetzt weinte Filorä rückhaltlos. Sie war so müde! Sie konnte diese blöden Zeichen gar nicht mehr voneinander unterscheiden. Sie sahen alle gleich aus. Die vielen Punkte und Kringel verschwammen zu einem wilden Durcheinander vor ihren Augen und Tränen tropften aufs Papier.
„Lass nur, ich mach's. Geh und putz dir die Zähne!"
Am nächsten Tag konnte Filorä alle fünf Seiten mit Buchstaben vorzeigen, aber die Lehrerin bemerkte sofort, dass die letzten Zeilen von einer anderen Hand geschrieben worden waren. Sie schimpfte fürchterlich und Filorä schämte sich so sehr, dass sie am liebsten im Boden versunken wäre. Und zur Strafe musste sie am folgenden Tag noch einmal fünf Seiten Alphabet schreiben – zusätzlich zu den neuen Hausaufgaben.
Tag für Tag hatten alle Kinder bis spät abends Hausaufgaben zu machen. Das war so üblich und sie akzeptierten es ohne großes Murren. Deshalb hatte es Filorä nichts ausgemacht, vom ersten Tag an in der amerikanischen Schule so fleißig zu sein, dass sie jetzt in allen Fächern mitarbeiten konnte und sogar eine Auszeichnung bekam.

Am Ende der Feier erhoben sich alle Anwesenden von ihren Plätzen, um die Nationalhymne zu singen. Die jungen Absolventen hatten sich auf der Bühne aufgestellt, immer ein Mädchen in gelbem Kleid neben einem Jungen in blauem Anzug, in bunter gelb-blauer Reihe, alle mit einem kleinen schwarzen Doktorhut auf dem Kopf, strahlend, stolz und glücklich.
„Oh, say can you see by the dawn's early light..."

Filorä hatte alle Strophen der Hymne auswendig gelernt, damit sie mitsingen konnte. Das war für sie ein Kinderspiel gewesen, denn in China lernte man immer alles auswendig, egal welchen Text, welche Formel, was auch immer. Hauptsache, man konnte alles exakt wortgetreu aufsagen. Wichtig war nicht, den Sinn zu verstehen, sondern kein Wort auszulassen oder zu vertauschen.

Qǐlái! Búyuàn zuò núlì de rénmen! – Steht auf! Alle, die keine Sklaven mehr sein möchten!

Die chinesische Nationalhymne hatte sie, als sie noch in Urumchi zur Schule ging, jeden Montagmorgen und jeden Freitagnachmittag gesungen.

Am Montagmorgen, Punkt sieben Uhr früh, hatte der große Aufmarsch aller Schüler und Lehrer angestanden, mit der Zeremonie des Fahne-Hissens, mit Reden, Bekanntmachungen und Propagandasprüchen. Manchmal wurden auch Schüler für besonders gute Leistungen geehrt. Die ganze Veranstaltung dauerte etwa zwei Stunden. Zwei Stunden lang strammstehen, zwei Stunden Langeweile und absolute Disziplin. Sie hatte kaum etwas von den Vorträgen und Liedern verstanden, weil ihr die chinesische Sprache anfangs noch fremd gewesen war, und trotzdem hatten auch alle uigurischen Kinder diese endlosen zwei Stunden aufmerksam zuhören müssen. Und nicht nur das, ärgerte sich Filorä, als sie sich jetzt wieder an diese Montagmorgen erinnerte: Sämtliche Klassen hatten sich an einem ganz bestimmten Platz auf dem Schulhof aufzustellen, und zwar so, dass die uigurischen Kinder direkt in der Sonne standen, genau dort, wohin nie Schatten kam. Und da es im Sommer auch morgens schon sehr heiß sein konnte, war das kaum auszuhalten. Man durfte keine Kopfbedeckung tragen, man durfte sich nicht rühren, nicht trinken, nicht schwanken – bis ein Kind ohnmächtig zu Boden sank. Das konnte schließlich niemand verbieten. Das passierte einfach, weil auch uigurische Kinder zarte kleine Menschen sind.

Aber warum eigentlich durften die Klassen der chinesischen Schüler im Schatten stehen und wir nicht? Das hatten sich Filorä und ihre Freundinnen oft gefragt, denn das fanden alle ungerecht. Aber niemals hätte eine von ihnen gewagt, diese Frage einem Lehrer zu stellen, denn Anweisungen waren nicht zu hinterfragen. Anweisungen waren zu befolgen. So einfach war das in China.

Und wenn doch einmal eine Anweisung nicht befolgt wurde, dann folgte die Strafe auf den Fuß.

Kam zum Beispiel ein Kind am Montagmorgen zu spät oder hatte es vergessen, sein rotes Halstuch umzubinden, so musste es draußen am Tor stehen bleiben, bis die Zeremonie vorüber war. Und danach wurde nicht nur das Kind gerügt, sondern auch sein Klassenlehrer, und das war dann wirklich schlimm für das Kind, weil ein gerügter Lehrer seinem Zorn ja irgendwie Luft machen muss.

Luft machen...

Die zukünftigen Junior-High-Schüler warfen ihre schwarzeckigen Hüte laut jauchzend in die Luft, so hoch sie konnten, und sprangen kreischend durcheinander, um ihren eigenen Hut wieder aufzufangen. Nach der Abschlussrede waren sie alle in den Hof gerannt und hatten sich zu diesem letzten Jubel versammelt. Danach würde jeder von ihnen mit seiner Familie feiern gehen.

Für Filorä gab es keine Familienfeier. Sie hatte nur ihre Mutter, denn Vater und Bruder waren in Schweden. Bald würde auch sie dorthin fahren und in eine schwedische Schule gehen und Schwedisch lernen müssen. Zum vierten Mal in ihren elf Jahren musste sie eine Sprache lernen.

„Weißt du noch, Mama", sagte sie auf dem Heimweg zu ihrer Mutter. „Im Kindergarten mussten wir immer vor dem Mittagessen ein chinesisches Gedicht lernen. Wir uigurischen Kinder plapperten einfach nach, was die Erzieherin vorsagte, aber wir hatten keine Ahnung, was es bedeutete. Ich hab einfach versucht, die Laute irgendwie nachzuahmen. Wir bekamen erst zu essen, wenn mindestens ein Kind alles auswendig aufsagen konnte."

„Ich weiß. Du hast oft geweint, wenn wir dich in den Kindergarten gebracht haben."

„Ja, das war grausam! Viele Kinder haben geweint, weil sie hungrig waren und nicht essen durften."

„Eure Erzieherin war Chinesin. Sie wollte, dass ihr alle Chinesisch lernt."

„Aber auch für die chinesischen Kinder war es eine Tortur, mit knurrendem Magen ein Gedicht auswendig zu lernen. Wir waren gerade mal drei oder vier Jahre alt. Das sollte mal hier jemand fordern!"

Eine Weile gingen sie schweigend weiter durch die geschäftigen Straßen von Queens.

„Mum", fragte Filorä etwas später. „Erinnerst du dich an meine erste Schule in Kucha? Ich weiß nur noch, dass ich immer schrecklich gefroren habe. Aber warum mussten wir eigentlich draußen sein, wenn es so kalt war?"

„Weil die Schule viel zu klein war. Es gab für die uigurischen Kinder nur einen winzigen Raum mit ein paar Bänken, auf denen es gerade genug Platz zum Sitzen gab, wenn sich alle eng aneinanderdrängten. Aber wenn ihr schreiben solltet, reichte der Platz nicht aus. Deshalb ging immer die Hälfte der Klasse in den Hof und schrieb in den Sand. Nach einer Stunde kamen dann die anderen an der Reihe."

„Ach ja, jetzt erinnere ich mich wieder. Ich hab immer nach länglichen Kieselsteine gesucht, weil man damit besser schreiben konnte als mit den runden." Filorä lachte.

„Du hattest rot verfrorene Händchen und bibbertest am ganzen Körper", erzählte Minawar. „Ich sehe es noch vor mir, wie ihr da alle im Staub hocktet, in Mantel und Kopftuch oder Mütze dick eingemummelt, und trotzdem vor Kälte zitternd.

Es hat mir in der Seele wehgetan, das zu sehen. Und die chinesischen Kinder hatten es warm in ihrem Klassenraum."

„Unsere Lehrerin, Mrs. Watson, hat erzählt, dass es hier früher mit den weißen und schwarzen Amerikanern auch nicht besser war als mit den Chinesen und Uiguren in Xinjiang. Warum sind Menschen so?"

Minawar brauchte eine Weile, um nach einer Antwort zu suchen, und da fing Filorä plötzlich an, neben ihr im Stechschritt zu marschieren, forsch und zackig, kerzengerade aufgerichtet, mit durchgestreckten Beinen und die Arme vor und zurück werfend.

„Mum, weißt du noch", lachte sie. „So mussten wir immer in den Schulhof marschieren, steif wie Soldaten."

Sie hüpfte ein paar Schritte zurück und kicherte vergnügt:

„Was hätten die Lehrer wohl gesagt, wenn wir unsere roten Halstücher in die Luft geworfen hätten wie vorhin die Hüte? Ich glaub, die hätten uns allesamt ins Gefängnis gesteckt."

Minawar schoss ein Sturm von bösen Erinnerungen durch den Kopf.

„Lach nicht, Liebes", sagte sie leise. „Das ist nicht zum Lachen."

Burhanidin

Mirshat mag nicht in die Schule gehen. „Ich verstehe kein Wort von dem, was die Lehrerin sagt", schimpft er. „Es ist langweilig, wir müssen immer nur stillsitzen und Sätze nachsprechen, die keinen Sinn geben."
„Ich weiß, Mirshat", tröstet ihn seine Mutter. „Eure Lehrerin spricht Chinesisch."
Mirshat hat es längst aufgegeben, dem Unterricht zu folgen. Er hat sich damit abgefunden, dass er wie fast alle uigurischen Kinder zu den schlechten Schülern gehört, während die chinesischen Kinder in seiner Klasse gute Schüler sind. Die hören immer aufmerksam zu, wenn die Lehrerin spricht, und geben nie einen Mucks von sich, außer wenn sie auf eine Frage antworten sollen. Wenn Mirshat aufgerufen wird, weiß er nichts zu antworten, weil er die Frage nicht richtig verstanden hat. Die wenigen chinesischen Wörter, die er kennt, kann er nicht korrekt aussprechend, selbst wenn er sich große Mühe gibt. Aber er hat schon lange keine Lust mehr, sich Mühe zu geben. Einige seiner uigurischen Mitschüler tun es zwar und werfen sich mächtig ins Zeug, um diese schwierige Sprache zu lernen und vielleicht irgendwann auf die Seite der guten Schüler überwechseln zu können, aber Mirshat findet das blöd. Und außerdem überflüssig, denn er würde sowieso nie die gleichen guten Noten bekommen wie die chinesischen Kinder und daher auch nie Aussicht auf eine gute Ausbildung und Arbeit. Deshalb kann er ebenso gut aus dem Fenster gucken und träumen. Später, wenn er groß ist, wird er vielleicht seinem Vater in dem kleinen Tee- und Gewürzladen helfen. Oder er wird Schafhirte und mit Schafen braucht man überhaupt nicht zu sprechen.

Mirshat lebt mit seiner Familie am Rande der Stadt Kashgar, einer alten und historisch bedeutenden Stadt im äußersten

Westen des Uigurischen Autonomen Gebiets Xinjiang. Auch Burhanidin, sein Onkel, stammt aus Kashgar. Aber er war viele Jahre fort, hat in Peking und in der Türkei Sprachwissenschaften studiert und nach dem Abschluss seines Studiums ein Stipendium erhalten, um seine linguistischen Forschungen an einer Universität der Vereinigten Staaten vertiefen zu können. Anschließend bot ihm diese Universität ein Promotionsstipendium an und stellte ihm eine glänzende akademische Karriere in Aussicht. Doch Burhanidin lehnte ab.

Er lehnte ab, obwohl sein Fachwissen auf großes internationales Interesse stieß, obwohl ihn selbst nichts so sehr faszinierte wie die Entstehung und Entwicklung einer Sprache sowie die Verflechtungen der verschiedenen Sprachen und Sprachfamilien untereinander. Doch im Laufe seiner Studien hatte sich sein Augenmerk mehr und mehr auf eine Frage fokussiert, die zu erforschen ihm noch viel wichtiger erschien als alle anderen: Welche Bedeutung hat die Sprache für ein Volk? Er kannte die alten Sprachen, die in seine eigene Muttersprache, das Uigurische, eingeflossen waren, und je mehr er sich mit ihnen und den frühen Kulturen befasste, desto mehr kam er zu der Überzeugung, dass es für sein Volk von allergrößter Wichtigkeit war, die eigene Sprache am Leben zu erhalten.

Denn sie war in Gefahr.

Burhanidin verzichtete auf das verlockende Angebot der amerikanischen Universität und kehrte nach dem Masterabschluss in seine Heimatstadt zurück. Hier wollte er etwas zum Schutz der uigurischen Sprache tun. Hier allein und nicht im fernen Ausland musste er es tun. Nicht mit theoretischen Forschungen, sondern mit Taten. Ja, er würde dafür sorgen, dass uigurische Kinder ihre Sprache nicht vergessen. Sie hatten allen Grund, stolz auf ihr Volk und ihre Kultur zu sein, und das sollte auch so bleiben. Er schmiedete Pläne und träumte einen Traum.

„Burhanidin", hatten ihn seine Freunde gewarnt, „bleib in Amerika und setze deine Forschungen fort. Hier kannst du lehren und lernen, was du willst. Du brauchst dich vor niemandem zu fürchten, hier gibt es keine Restriktionen, keine Bespitzelung durch den Geheimdienst, hier steht die Wissenschaft an erster Stelle, nicht die Politik."

„Für mich steht die lebendige Sprache an erster Stelle."

„Schreib eine Doktorarbeit über Sprachgeschichte. Das ist auch wichtig."

„Ja, das ist wichtig, aber noch wichtiger ist es, dass es überhaupt noch Uiguren gibt, die ihre Sprache sprechen. Was nützen Erkenntnisse über die Vergangenheit, wenn es keine Zukunft gibt?"

Wie viele Male hatte er schon mit Landsleuten in Amerika und mit Kollegen, Professoren, Sprachwissenschaftlern und Ethnologen darüber gesprochen. Sie alle rieten ihm zu bleiben. Seine Arbeit sei wichtig und ein Leben in Amerika angenehm und sicher. In China dagegen könne er nicht tun und sagen, was er für richtig und wichtig hielt. Dort müsse er mit ständiger Überwachung durch die Staatssicherheit rechnen.

„Ich darf nicht nur an mich selbst denken. Ihr wisst doch, wie es um die Schulen in Xinjiang steht: Das Uigurische verschwindet immer mehr aus dem Unterricht, sogar schon in den Grundschulen und Kindergärten müssen die Kinder Chinesisch sprechen. Aber die Sprache ist unser Rückgrat. Wir brauchen sie. Wenn unsere Sprache stirbt, dann wird auch unsere Kultur untergehen. Dann werden wir Uiguren eines Tages Chinesen sein – vielleicht nicht genauso aussehen wie sie, aber wer weiß das schon?"

Burhanidin hatte seit einigen Jahren mit großer Sorge verfolgt, wie die uigurische Sprache aus dem Schulunterricht verdrängt wurde. Früher hatten Eltern wählen können, ob sie ihr Kind in eine chinesische oder uigurische Schule schicken wollten, aber in vielen Orten gab es jetzt keine uigurischen Schulen mehr, und wo noch uigurische Lehrer im Kollegium waren, wurde streng darüber gewacht, dass sie mit ihren Schülern ausschließlich Chinesisch sprachen, sogar außerhalb des Unterrichts.

„Das ist grotesk!", wetterte Burhanidin und der Zorn trieb ihm kalten Schweiß auf die Stirn. Er, der ruhige, besonnene Denker, konnte nicht ruhig bleiben, wenn man auf dieses Thema zu sprechen kam. Er war mit ganzem Herzen Uigure und er wollte es sein. Er wollte alles tun, was in seiner Macht stand, auch wenn es nur ein winziger Beitrag zum Erhalt der eigenen Sprache und Kultur war. Er kannte die Verfassung und das Gesetz über Gebietsautonomie sehr genau und wusste, dass den Minderheiten hierin ausdrücklich das Recht zugesichert wird, ihre eigenen Sprachen und Schriften zu gebrauchen und zu entwickeln. Im Weißbuch der chinesischen Regierung heißt es ausdrücklich, dass „die Sprache der Volksgruppe, welche die regionale Autonomie ausübt, an erster Stelle benutzt werden soll." In Xinjiang ist dies das Uigurische, doch die Kinder müssen in der Schule Chinesisch sprechen.

Wenn die Eltern nicht darauf achten, dass wenigstens in der Familie die Muttersprache lebendig bleibt, dann werden ihre Kinder sie bald vergessen haben.

„Niemand darf mir verbieten, die uigurische Sprache zu schützen! Niemand hat das Recht, mich daran zu hindern!", sagte Burhanidin, und tatsächlich hätte nur eine einzige Person auf der Welt ihn daran zu hindern vermocht, und das war seine Frau Merhaba. Aber Merhaba tat es nicht, denn sie kannte ihren Mann sehr gut und wusste, dass seine Seele verkümmern würde, wenn er sich seinen Traum nicht erfüllen konnte. Und so hatte sie eines Abends gesagt: „Gut, Burhanidin, gehen wir zurück nach Kashgar!"

An einem warmen Spätsommertag schlenderten Burhanidin und seine früheren Studienfreunde Barat und Nazirkom durch die Straßen von Kashgar. Viele Jahre war er nicht mehr hier gewesen und es brach ihm beinahe das Herz, als er die Veränderungen sah. Er wusste, dass die Stadtverwaltung schon vor einiger Zeit beschlossen hatte, in der Altstadt die kleinen Lehmhäuser abzureißen und neue, moderne Wohnhäuser zu errichten, Häuser, die erdbebensicherer sein sollten als die alten, die seit zweihundert und mehr Jahren allen Erdbeben standgehalten hatten. Häuser, so hieß es, im traditionellen Stil, aber mit neuen Sanitäranlagen und allem Komfort, in denen die Bewohner einfach nur glücklich sein könnten. Aber Burhanidin fand sie nicht schön und an den Mauern bröckelte bereits der Putz ab. Die drei Freunde kamen auch an halbverfallenen Ruinen und Schutthaufen vorbei und er sah Kinder, die in den Trümmern spielten, die einmal ihr Heim gewesen waren.

„So machen sie es nicht nur mit Kashgars Altstadt, sondern auch mit unserer Sprache", sagte Burhanidin bekümmert zu seinen Kameraden. Er konnte nur mit Mühe die aufsteigenden Tränen zurückhalten und er wusste nicht einmal, ob es Tränen der Trauer, der Wut oder Verbitterung waren. „Sie zerstören unsere ganze Kultur!"

„Und zwar mit voller Absicht", bestätigte Barat ernst. „Sie machen die engen, verwinkelten Gassen kaputt, damit man die Menschen besser in übersichtliche Wohnblocks einschachteln und kontrollieren kann."

„In verwinkelten Ecken könnte sich ja ein Terrorist versteckt halten", grinste Nazirkom zynisch. „Oder ein Separatist."

„Halt den Mund, Nazirkom! Vergiss nicht, dass Big Brother hinter jeder Hausecke lauern kann."

„Wie bitte?!", entfuhr es Burhanidin. „Gibt es hier Abhöranlagen?"

„Natürlich, was denkst du denn? Wahrscheinlich noch viel mehr als früher zu Maos Zeiten, denn die Technik hat sich seitdem mächtig verbessert. Man weiß nie, wo diese Dinger stecken. Sie sind praktisch unsichtbar. Aber da sind sie, da kannst du Gift drauf nehmen."

„Siehst du den Lautsprecher dort drüben? Der ist mit Sicherheit nicht nur Lautsprecher, sondern der kann auch hören. Ein Lautsprecher mit Ohren sozusagen", flachste Nazirkom, der nie lange Zeit ernst bleiben konnte. „Aber lass sie doch hören, was wir von dem ganzen Mist halten. Feiern wir lieber Burhanidins Rückkehr. Kommt, wir gehen ins Teehaus."

„So, und nun erzähl uns ganz ehrlich, warum du zurückgekommen bist, alter Junge", begann Barat, als sie sich an einem der niedrigen Tische im verrauchten Teehaus niedergelassen hatten. „Warum hast du dein schönes Leben in Amerika aufgegeben? Du hattest doch das große Los gezogen: ein Stipendium, Freiheit, internationale Anerkennung, Sicherheit. Was willst du hier, wo man sich jedes Wort zweimal überlegen muss, wenn man nicht eines Morgens im Gefängnis aufwachen will? Wo du dich mit chinesischen und uigurischen Beamten herumschlagen musst, wenn du etwas erreichen willst. Und wo deine heißgeliebte uigurische Literatur und Sprache langsam von der Bildfläche verschwinden."

„Genau das ist es ja: Sie darf nicht verschwinden!"

„Und wie willst du das verhindern?"

„Ich sorge dafür, dass es Schulen gibt, in denen die Schüler auf Uigurisch unterrichtet werden."

„Du spinnst!"

„Chinesisch als Zweitsprache, Uigurisch als Muttersprache."

„Du spinnst!"

„Zuerst gründe ich einen Kindergarten. Einen Kindergarten, in dem die Kinder so sprechen dürfen, wie ihre Eltern, Großeltern und alle ihre Vorfahren es schon immer getan haben."

„Und du denkst, das geht so einfach?"

„Ja. Es ist nicht mehr verboten, ein privates Unternehmen zu betreiben. Schon lange nicht mehr."

„Und wie willst du das finanzieren? So etwas kostet eine Menge Geld."

„Ich verkaufe mein Haus."

„Du spinnst!" Jetzt fiel auch Barat keine bessere Antwort ein.
„Nein, ich habe mir alles gut überlegt. Ich habe einen genauen Plan, denn ich glaube..."
„Ich glaube, du hast in Amerika den Verstand verloren!"
„Nein, Nazirkom. Aber ich habe gelernt, dass jeder Einzelne etwas tun muss, wenn man eine Sache verhindern oder erreichen will. Und ich bin bereit, alles zu tun, was ich kann, um zu verhindern, dass unsere Kinder und Enkel eines Tages nicht mehr wissen, dass sie Uiguren sind."
„Und das willst du mit einem Kindergarten schaffen?", frotzelte Nazirkom.
„Es ist ja nur ein Anfang", verteidigte sich Burhanidin mit funkelndem Ernst in den dunklen Augen. „Es gibt viele Leute, die sich die gleichen Sorgen machen wie wir. Wir könnten mit der Zeit eine Initiative gründen, einen Verein Gleichgesinnter, Mitstreiter und Sponsoren finden. Wir könnten..."
„Wir?"
Burhanidin sah seine beiden Kameraden an. Sein Blick wanderte von einem zum anderen, zu Barat, dann zu Nazirkom und noch einmal zu Barat und dann sagte er leise:
„Warum nicht?"
Tiefes Schweigen senkte über den kleinen Tisch im Halbdunkel des Teehauses und die drei Männer starrten stumm in ihre Teeschalen, die sie mit beiden Händen fest umklammert hielten. Keiner von ihnen wagte die Stille zu brechen. Keiner von ihnen wagte, den anderen in die Augen zu sehen. Jeder von ihnen war gefangen in seinen eigenen Gedanken. Burhanidin wusste, wie seine beiden Freunde dachten, aber er wollte sie nicht drängen, ihn auf seinem abenteuerlichen Weg zu begleiten. Barat und Nazirkom wussten, dass Burhanidin Recht hatte, nämlich dass die immer radikaler vorangetriebene Sinisierungspolitik ihnen ihre Kultur nehmen würde, wenn niemand etwas dagegen unternahm. Andererseits: Was konnte man schon unternehmen? Mit einem Kindergarten in Kashgar wäre es nicht getan. Und

selbst da würde es schon jede Menge Stolpersteine geben: Anträge und Erklärungen, chinesische Beamte, uigurische Beamte, Bestechungen, Genehmigungen, Finanzierungen.

„Alles beginnt mit der Sprache."

„Und endet im Gefängnis", ergänzte Nazirkom lapidar.

„Unsinn. Wir tun ja nichts Unrechtes. Wir Uiguren haben in unserem Land ein Recht auf Mitbestimmung in Sachen Bildung und Kultur. Die uigurische Sprache ist im Gesetz festgeschrieben, warum also sollte es verboten sein, in der Schule Uigurisch zu sprechen? Kannst du mir das sagen?"

„Weil es Dinge gibt, die über dem Gesetz stehen."

„Das kann nicht sein!", fuhr Burhanidin auf. „Das darf nicht sein! Außerdem wollen wir ja nicht... ich meine, ich will ja nicht die Regierung provozieren. Ich will nichts Regierungsfeindliches tun, ich will einfach nur, dass uigurische Kinder ihre eigene Sprache sprechen dürfen. Und wenn es keine staatlichen Schulen mehr gibt, in denen das möglich ist, dann werde ich eben private Schulen gründen."

„Das werden sie nicht zulassen."

„Das müssen sie zulassen. Es ist unser Recht!"

Erneut verfielen die drei Freunde in gemeinsames Schweigen.

Zu sagen gab es ohnehin nichts mehr. Burhanidin hatte seinen Freunden erklärt, was er beschlossen hatte, und diesen schweren Brocken mussten sie erst einmal verdauen. Sie mussten ihre Gedanken ordnen und jeder für sich entscheiden, ob er ihn mit diesem Projekt allein lassen würde oder nicht. Abhalten könnte ihn niemand mehr, das hatten sie in seinen Augen gesehen. Er hatte sein sicheres Leben in Amerika aufgegeben, um in China eine Ungeheuerlichkeit zu wagen. Hatte er vergessen, dass hier andere Regeln herrschten als in einem demokratisch regierten Land, fragten sie sich. Dass hier Realität und Gesetze nicht immer übereinstimmten? War sein Plan purer Irrsinn oder Mut? War er zum Scheitern verurteilt oder der Beginn einer neuen Entwicklung?

Barat und Nazirkom reisten wenige Tage später zurück nach Urumchi, wo sie beide als Lehrer arbeiteten. Ihr Fachgebiet war die uigurische Literatur und ohne ihre Muttersprache würde ihr Beruf keinen Sinn machen. Schon jetzt hatten sie keine gute Position an ihren Schulen; der Lehrplan wurde immer stärker beschnitten, Stunden gestrichen, Lehrkräfte abgeschoben. Sie würden arbeitslos sein, sollte die uigurische Sprache irgendwann endgültig aus den Schulen verbannt werden.

Bis zu ihrem Abschied am Bahnhof hatte keiner von ihnen das heikle Thema noch einmal angeschnitten, doch ein Samenkorn war gelegt.

Burhanidin traf sich mit Lehrern, Eltern und Fachleuten. Er diskutierte nächtelang mit ihnen, verfasste Anträge, kalkulierte und plante, füllte Formulare aus. Er sammelte einschlägige Kontakte, erstellte eine Webseite und schrieb Blogs. Er startete Umfragen, warb um Unterstützung und Spenden, suchte nach Mitarbeitern und einem Standort. Er stellte einen Antrag auf Gründung eines privaten uigurisch-sprachigen Kindergartens und erhielt bald darauf die Genehmigung dafür, denn es gab keinen offiziellen Grund, sie ihm zu verwehren.

Die Miete für das Gelände, das er gewählt hatte, sollte nicht hoch sein. Ein guter Platz, ein erster Schritt. Man müsste am Gebäude einige Veränderungen vornehmen und alle Wände farbig streichen. Das könnte er selbst machen. Merhaba würde gern helfen und sein Bruder und die Kinder auch. Mirshat, sein ältester Neffe, war ein begeisterter Bastler und würde endlich einmal Spaß an einer Arbeit haben. In der Schule mochte er nicht mitarbeiten, hatte er seinem Onkel gestanden. Das sei alles Blödsinn und er verstehe sowieso kein Wort von dem Gerede der Lehrer. Welch ein Jammer, sagte sich Burhanidin. Der Bengel ist klug und aufgeweckt. Er könnte viel erreichen, wenn ihm nicht das Sprachproblem jede Freude am Lernen nehmen würde. Er wird keinen Schulabschluss bekommen und später keinen Platz in der Gesellschaft. Genau das ist es, was es zu verhindern gilt! Aber ist es vielleicht auch genau das, was die Regierung mit ihrem Erziehungssystem bezweckt?

„Ein Kindergarten nur für uigurische Kinder, sagten Sie?", unterbrach der Vermieter seine Gedanken.

„Selbstverständlich nehmen wir auch chinesische Kinder auf, wenn sie Uigurisch lernen möchten. Auch kasachische oder kirgisische Kinder."

„Ist so etwas überhaupt erlaubt?", zweifelte der Mann und blätterte achtlos in seinen Papieren.

„Natürlich. Ich habe die offizielle Erlaubnis, einen Kindergarten zu öffnen. Das Schreiben habe ich Ihnen schon vorgelegt, erinnern Sie sich nicht?"

„Doch, doch, hier hab ich es. Also ein rein uigurischer Kindergarten soll das werden? Nun ja, sicher. Das wäre denkbar, es gibt ja viele Kinder... Gut, dann werde ich das noch einmal überdenken und mich wieder bei Ihnen melden."

Er meldete sich nicht wieder.

Burhanidin wusste nicht, was er von diesem Mann halten sollte. Er war Uigure und wollte ihm trotzdem nicht sein Grundstück für uigurische Kinder vermieten. War der Druck der Regionalverwaltung wirklich so groß, dass ihm die Behörden deswegen Schwierigkeiten machen würden? Das konnte und wollte er nicht glauben, obwohl ihn bereits seine Freunde in Amerika gewarnt hatten:

„Sie werden einen Grund finden, es zu verhindern. Wenn man es dir laut Gesetz nicht verbieten kann, dann wird man einen anderen Grund finden. Irgendetwas. Irgendeine kleine Nichtigkeit. Du wirst sehen: Sie werden nie und nimmer zulassen, dass du etwas tust, was ihrem Trend entgegensteuert."

„Aber wir tragen eine Verantwortung gegenüber unserem Volk", hatte er beharrlich erwidert. „Was soll aus den Uiguren werden, wenn alle Akademiker ins Ausland gehen und ihr Leben genießen, während die einfachen Leute in der Heimat in die äußerste Ecke der Gesellschaft gedrängt und nach und nach zu zweitklassigen Chinesen gemacht werden?"

Burhanidin hatte die Warnungen damals nicht achtlos von sich abprallen lassen, aber er war so sehr von seiner Mission erfüllt gewesen, dass er geglaubt hatte, mit Enthusiasmus und Tatkraft alle bürokratischen und politischen Hindernisse überwinden zu können.

„Und wenn mir wirklich etwas zustoßen sollte", hatte er denen gesagt, die es gut mit ihm meinten, „dann wird mein Bruder für Merhaba sorgen. Sie steht auf meiner Seite. Sie weiß, dass ich meinen Weg gehen muss, komme, was da wolle. Sie weiß, dass es nicht ungefährlich ist, aber wir werden es gemeinsam versuchen. Versuchen müssen wir es!"

So ging Burhanidin seinen Weg. Er fand ein anderes Grundstück, er baute, putzte und fegte, strich Wände und reparierte Löcher, kaufte kleine Tische, Stühle, Spielsachen und Bücher. Er stellte eine Erzieherin ein und warb zusammen mit seiner Frau für den neu eröffneten Kindergarten. Merhaba trug jetzt wieder ein Kopftuch. In Amerika hatte sie es nicht getan, aber hier war es ihr wichtig, sich von den chinesischen Frauen abzugrenzen und als Uigurin erkannt zu werden.

In den ersten Wochen lief alles problemlos. Die Kinder kamen gern in den neuen Kindergarten und spielten und lernten voller Eifer. Die Eltern waren zufrieden, dass sie mit ihren Söhnen und Töchtern in der eigenen Sprache sprechen durften, während andere Eltern ihre Kinder kaum noch verstanden, weil sie die beiden Sprachen zu einem seltsamen Kauderwelsch vermischten, dem sie nur schwer folgen konnten.

Dann kam eines Tages die Einladung zum Tee.

Burhanidin sollte sich am folgenden Tag mit einem gewissen Herrn Imin in einem kleinen Teehaus der Stadt treffen. Herr Imin empfing ihn mit freundlichen Worten und führte ihn zu einem Tisch, an dem drei weitere Herren saßen. Zwei von

ihnen waren Chinesen, der andere ein kleingewachsener Uiguren mit glattrasiertem Gesicht und kurzgeschnittenem Haar.
„Bitte, nehmen Sie Platz, Herr Ahat!", sagte dieser.
Burhanidin setzte sich.
„Wir freuen uns, dass Sie in die Heimat zurückgefunden haben."
„Danke. Ich freue mich auch."
„Wie uns zu Ohren gekommen ist, haben Sie Ihre Studien in Amerika erfolgreich abgeschlossen."
„Ja, das ist richtig."
„Aber weiter wollten Sie Ihre Forschungen nicht fortsetzen? Sie haben ein Stipendium abgelehnt."
Burhanidin zuckte innerlich zusammen und konnte nur mit Mühe seine Verblüffung verbergen. Woher wussten sie das? Bedeutete es, dass man ihn all die Jahre im Ausland geheimdienstlich beobachtet hatte?
„Wie war es in Amerika? Was haben Sie erlebt? Erzählen Sie uns ein wenig über Ihre Erfahrungen."
Schon als die Einladung gekommen war, hatte Burhanidin geahnt, dass dieses Treffen eher ein Verhör als ein geselliges Beisammensein sein sollte, aber er stellte sich arglos und begann, über seine sprachwissenschaftlichen Forschungen und die amerikanischen Universitätsstrukturen zu sprechen, obwohl er genau wusste, dass es nicht das war, was die vier Herren interessierte.
„Sind Sie auch Landsleuten begegnet? Hatten Sie Kontakt zu anderen Uiguren?"
Aha, dachte Burhanidin, das ist es also, was sie wissen wollen. Und ausweichend antwortete er:
„Ich habe versucht, mich in die lokale Gesellschaft zu integrieren und möglichst nur die Landessprache zu sprechen. Das ist wichtig", erklärte er, „wenn man wirklich, vor allem auch in fachlicher Hinsicht, akzeptiert werden möchte." Und ehe einer der Männer zu einer detaillierteren Frage ansetzen konnte, ergänzte er mit einem verbindlichen Lächeln:

„Nur eines habe ich in Amerika vermisst: unseren guten Tee."
„Ach, natürlich, wie unhöflich von uns!", entschuldigte sich Herr Imin und winkte nach der Bedienung. Nachdem sie eine Weile über Tee, Kaffee und unterschiedliche Lebensgewohnheiten geplaudert hatten, fragte einer der beiden Chinesen:
„Sie haben vor kurzem einen privaten Kindergarten eröffnet?"
„Ja, das ist richtig. Wir haben bereits zwei Gruppen eigerichtet mit jeweils zwölf Kindern zwischen zwei und sechs Jahren. Es läuft sehr gut."
„Die beiden Erzieherinnen sind uigurische Frauen?"
„Ja. Meine Frau und ein junges Mädchen aus der Nachbarschaft."
„Aha."
Der andere Chinese bemerkte wie beiläufig: „Wie wir erfahren haben, sprechen sie ausschließlich Uigurisch mit den Kindern. Ist das so?"
„Ja", erwiderte Burhanidin, als gäbe es nichts Selbstverständlicheres auf der Welt, aber es war ihm sehr wohl bewusst, auf welch gefährlich schmalem Grat er sich befand.
„Die Kinder müssen auf die Schule vorbereitet werden", sagte der kleine Uigure mit dem kurzen Haar. „Wie sollen sie später in der Schule mitkommen, wenn sie die Sprache nicht kennen?"
Burhanidin zögerte. Sollte er antworten: Ich möchte ja, dass sie auch in der Schule Uigurisch sprechen dürfen" oder war es besser, vorsichtig zu sein?
Ihm blieb eine Antwort erspart, denn Herr Imin entschied: „Besser Sie stellen eine Erzieherin ein, die einwandfrei Chinesisch spricht! Dann wird Ihr Kindergarten auch weiterhin so gut florieren!"
Was wohl nichts anderes bedeutete als: Wenn Sie weiter darauf bestehen, ausschließlich Uigurisch mit den Kindern zu sprechen, dann wird er geschlossen!
Es blieb nicht bei dieser einen Drohung. Burhanidin erhielt anonyme Briefe und wurde noch mehrmals „zum Tee geladen",

wobei man ihm jedes Mal mit liebenswürdig-drohenden Worten zu verstehen gab, dass Kindergärten und Schulen, in denen nicht Chinesisch gesprochen wurde, hierzulande unerwünscht waren. Das Gesetz, ja, das sei selbstverständlich unantastbar. Das stehe immer an höchster Stelle, allerdings... Er könne natürlich jederzeit auf konstruktive Unterstützung zählen, auch über die Finanzierung brauche er sich keine Sorgen zu machen. Aber Burhanidin verstand sehr genau, was nicht ausgesprochen wurde.

Gelegentlich schlichen unbekannte Männer um den Spielhof, so dass Merhaba es mit der Angst zu tun bekam. Ihr Mann jedoch wurde immer mutiger, je mehr man ihn einzuschüchtern versuchte. Er wurde zum Kämpfer.

Barat und Nazirkom hatten sich schon bald nach ihrem Besuch bereit erklärt, Burhanidin zu unterstützen und auch in Urumchi einen uigurisch-sprachigen Kindergarten zu eröffnen. Sie hatten über verschiedene Webseiten und Burhanidins Blogs im ganzen Land zahlreiche Fürsprecher gefunden, die ihnen Rückhalt gaben und zu großzügiger finanzieller Unterstützung bereit waren. Doch die Genehmigung der Behörden in Urumchi blieb aus und die Drohungen in Kashgar wurden immer eindeutiger. Man war auf die drei umtriebigen Männer und ihre Aktivitäten im Internet aufmerksam geworden und beobachtete jeden ihrer Schritte.

Burhanidin wurde zu einer bekannten Persönlichkeit. In ganz Xinjiang gab es Menschen, die sich um ihre Sprache Sorgen machten. Viele fürchteten, dass die Kultur und Geschichte ihres Volkes schon bald in Vergessenheit geraten würde, wenn ihre Kinder und Enkel nur noch lernten, was die zentralchinesische Regierung bestimmte, und ihr Denken in das enge Gleis parteikonformer Ideologie hineingepresst wurde. Die jahrtausendlange, reiche Geschichte, die Traditionen, Kunst und Religion, alles sollte von der chinesischen Kultur überdeckt, am liebsten für immer ausgelöscht werden. In ganz China sollten alle Menschen gleich denken und blind den Wegen der Kommunistischen Partei folgen. Tausende von Sympathisanten antworteten auf Burhanidins Internet-Beiträge. Alle bestärkten ihn in seiner Entschlossenheit, die fatale Entwicklung zu stoppen, und befürworteten die Gründung von Schulen, in denen Chinesisch erst dann gelehrt werden sollte, wenn die Kinder ihre Muttersprache beherrschten.

Die Blogs und Diskussionen in Internetforen zogen immer weitere Kreise, so dass die Regionalregierung sich gezwungen sah, etwas zu unternehmen.

„Privatpersonen dürfen keine Schulen betreiben", hieß es in einem Schreiben.

„Es ist ungesetzlich, Spenden für private Zwecke einzutreiben", besagte ein anderes.

Die drei Freunde beschlossen, eine Firma zu gründen, die die Organisation, Finanzierung und Leitung erleichtern und ihrem Vorhaben einen wirtschaftlichen Anstrich geben würde. Sie holten sich Hilfe von Geschäftsleuten, sorgten für korrekte Kontoführung, hielten alle amtlichen Bestimmungen ein. Sie gaben Broschüren heraus, bedruckten T-Shirts mit ihrem Logo, verkauften lokale Produkte wie Honig und Marmelade, um Geld zu sammeln und Werbung zu machen. Doch die Genehmigung für einen Kindergarten in Urumchi und eine Schule in Kashgar ließen weiter auf sich warten. Immer wieder verlangte man weitere Unterlagen. Immer wieder schickte man sie fort.

Dann klopfte es eines Morgens Am Hoftor.
Burhanidin ging über den Hof und öffnete. Zwei Männer warteten dort.
„Burhanidin Ahat?"
„Ja, bitte?"
„Kommen Sie mit!"

„Wohin?" Natürlich wusste er sofort, wohin, aber er wollte ein wenig Zeit gewinnen.
„Ich werde meiner Frau Bescheid sagen, dass ich fortgehe. Warten Sie bitte einen Moment."
„Nein, Sie kommen sofort mit!"
Einer der beiden Männer packte ihn am Arm und zog ihn auf die Straße. Burhanidin war ein geistiger Kämpfer, aber gegen physische Gewalt wusste er sich nicht zu wehren. Er folgte den Männern widerstandslos, ließ sich in ihren Wagen schieben und vor dem Polizeipräsidium wieder herauszerren. Dann brachten sie ihn in einen kleinen Raum und verschlossener die Tür. Er wartete.

Merhaba wunderte sich, warum ihr Mann nicht zum Frühstück kam. Sie hatte ihn zum Hoftor gehen sehen, als es klopfte, aber auf ihre Frage, wer denn so früh am Morgen zu Besuch komme, hatte er nicht geantwortet.
„Burhanidin?"
Keine Antwort.
Sie ging in den Hof, sie fragte den Bruder und die Schwägerin, die Kinder. Niemand hatte ihn gesehen. Sie ging auf die Straße durch das große Tor, das nicht mehr verschlossen war, und hielt nach beiden Seiten hin Ausschau.
„Was ist passiert?", hörte sie plötzlich den Nachbarn fragen.
„Warum haben Sie Burhanidin abgeholt?"
„Abgeholt? Wer hat ihn abgeholt?" Merhaba wurden die Knie weich, sie begann am ganzen Körper zu zittern und glaubte, in einen tiefen Abgrund zu stürzen. Mit absoluter Sicherheit wusste sie plötzlich, was geschehen war: Man hatte Burhanidin verhaftet! Sie rannte zurück ins Haus und schrie:
„Sie sperren ihn ein! Oh Allah, was sollen wir machen?"
Alle kamen in die Küche gestürzt und sahen einander entsetzt an. Hilflos. Machtlos. Was konnte man tun? Gar nichts konnte man tun. Außer hoffen, dass er nur zu einem Verhör geholt

worden war und bald wieder heimkommen werde. Hoffen und warten.

Noch am gleichen Vormittag wurde der Kindergarten geschlossen. Polizisten kamen und sagten: „Schickt die Kinder nach Hause." Sie stellten sich am Eingang auf, starr und versteinert wie Zinnsoldaten, machtbewusst und ungerührt. Sie warteten, bis die verschüchterte kleine Schar mit den beiden Frauen das Gelände verlassen hatte. Dann sperrten sie das Tor ab und klebten ein Papier daran.

Zur gleichen Zeit wurden in Urumchi auch Barat und Nazirkom festgenommen. Ihre Firma wurde geschlossen, die Konten aufgelöst.

Eines Tages kam ein Mann zu Merhaba.
„Ich kenne Burhanidin", sagte er.
Merhaba schoss das Blut durch die Adern und ihre Hände begannen zu zittern.
„Wo ist er?", stammelte sie aufgeregt. „Wie geht es ihm? Warum... ach, kommen Sie doch bitte herein!"
Sorgfältig schloss sie das Hoftor, nachdem der Mann die hohe Schwelle überschritten hatte.
„Was ist mit Burhanidin? Wo haben Sie ihn getroffen?"
„Wir waren einige Tage in der gleichen Zelle."
„Im Gefängnis? In welchem Gefängnis? Man hat uns nie gesagt, wo er ist."
„Ich komme gerade aus Urumchi, war dort inhaftiert, sieben Jahre lang."
Neugierig musterte sie den fremden Mann, der blass und hager vor ihr stand. Auch er zitterte und folgte ihr nur zögernd ins Haus.
„Kommen Sie, setzen Sie sich. Ich koche Tee."
Merhaba setzte sich ihm gegenüber an den Tisch.
„Bitte, erzählen Sie: Wie geht es meinem Mann?"
„Ich habe nur ein paar Mal mit ihm gesprochen."

„Aber wie geht es ihm? Ist er gesund? Was wirft man ihm vor?"
„Sie wollen wissen, wer dahintersteckt."
„Wer hinter was steckt?"
„Nun ja, hinter seiner Firma... den Geldern."
„Das verstehe ich nicht. Wieso sollte jemand dahinterstecken?"
„Das weiß ich nicht."
Eine Weile schwiegen sie beide. Merhaba stand auf, setzte den Wasserkessel aufs Feuer und stellte einen Teller mit Brot und Obst auf den Tisch. Sie beobachtete den Fremden, der traurig und blass vor ihr saß und sich nicht traute, etwas von dem Teller zu nehmen. Sie schob ihn etwas näher in seine Richtung. Er blickte nicht auf und sagte kein Wort. Merhaba hätte ihn am liebsten mit Fragen überschüttet, sie wollte so vieles wissen, sie wollte alles wissen, aber irgendetwas an diesem Mann hielt sie davon ab. Er schien so verwundbar zu sein, dass ihr jede Frage, die sie stellte, wie ein Messerstich vorkam. Und doch gab es da etwas, was sie unbedingt wissen musste. Diese eine Frage quälte sie so sehr, dass sie sie ihm nicht ersparen konnte:

„Wurde er gefoltert?", flüsterte sie ängstlich.

„Ich weiß es nicht... Sie haben ihn immer wieder zum Verhör geholt."

„Und dann?" Als er keine Antwort gab, fragte sie: „Was hat man mit Ihnen gemacht?"

Der Mann zerbrach ein Stück Brot und verteilte die Krümel vor sich auf dem Tisch.

„Ich bin jetzt frei", murmelte er, ohne Merhaba anzusehen.

„Bitte, erzählen Sie mir noch etwas über Burhanidin. Wird er auch freikommen? Wird man ihm einen Prozess machen? Was wirft man ihm vor?"

„Er sprach nicht viel."

Merhaba sah an dem ausgemergelten Gesicht, an dem unsteten Blick und den gebeugten Schultern, dass auch dieser Fremde nicht viel mehr sprechen würde.

„Aber irgendetwas muss er doch gesagt haben. Weiß er zumindest, wessen er angeklagt wird?"

„Er hat mich gebeten, Sie aufzusuchen, wenn ich freikomme."

„Danke! Ich danke Ihnen wirklich von ganzem Herzen, denn wir wissen seit drei Monaten nicht, wo er ist. Natürlich war uns klar, dass er verhaftet wurde, aber warum und wo man ihn gefangen hält, das konnten wir nicht in Erfahrung bringen. Niemand hat uns auch nur den leisesten Hinweis gegeben. Er hätte ebenso gut tot sein können. Wer weiß denn schon, was sie mit Leuten machen, die etwas Gutes tun wollen!"

„Ich gehe jetzt", sagte der Mann und stand auf.

Merhaba begleitete ihn über den Hof und öffnete das Tor. Sie wollte sich noch einmal bedanken, ihm Glück für die Zukunft wünschen, aber da hatte er sich schon abgewandt und schlurfte davon wie ein gebrochener alter Mann.

***

Der Januar ging vorüber, ohne dass es zum Prozess kam. Dann der Februar und der März. Es wurde wieder Sommer und nichts geschah. Die Zeit verstrich traurig und träge. Merhaba wartete weiterhin vergeblich auf Nachricht von ihrem Mann und Mirshat ging weiterhin in die Schule, ohne etwas zu lernen.

Amangül

Es war ein anstrengender Tag gewesen. Amangül ließ sich auf den weichen Filzteppich nieder und lehnte sich behaglich gegen das Kissen aus bunter Atlasseide, das sie so gern hatte. Sie besaß auch ein Kleid aus diesem Stoff, doch das trug sie nur an besonderen Feiertagen, zum Fest des Fastenbrechens zum Beispiel oder am Kurban-Fest. An normalen Arbeitstagen, wenn sie als Bauersfrau von früh bis spät auf den Beinen war und kaum eine Minute Ruhe fand, brauchte sie kein schönes Kleid. Jetzt war sie müde und erschöpft und freute sich auf einen kurzen Moment des Nichtstuns. Zum Glück hatte ihre Schwiegermutter Maryangül schon die Kinder versorgt, hatte ihnen Abendessen gegeben und brachte sie nun ins Bett. Endlich war es still im Haus.

Eigentlich hätte Tursun längst zu Hause sein müssen. Warum blieb er heute nur so lange fort?

Obwohl draußen auf den Feldern so viel Arbeit wartete, hatte er sich schon am Morgen mit Memetjan und Kunahun getroffen, um über den bevorstehenden Besuch der Vertreter der Disziplinkontrollkommission aus Urumchi zu sprechen. Seit Tagen, nein, eigentlich schon seit vielen Monaten, saßen die drei Männer zusammen, um sich in allen Einzelheiten über die Landverhältnisse ihres Dorfes Klarheit zu verschaffen. Und da Tursun deswegen weniger auf den Feldern tun konnte, lastete viel zusätzliche Arbeit auf ihr. Es war anstrengend. Ja, es war wirklich schwer, alles zu schaffen. Die Felder waren zwar nicht groß, aber die Arbeit tat sich ja nicht von allein. Die Zeit reichte kaum aus. Dennoch hatte sie nie gemurrt, weil sie wusste, wie wichtig diese neue Aufgabe war, die sich ihr Mann und seine zwei Freunde aufgebürdet hatten: Es ging um ihre Existenz. Es ging um die Zukunft des ganzen Dorfes.

„Amangül!", hörte sie es plötzlich vom Tor her rufen. Sie sprang auf und lief über den Hof. Ungeduldig pochte es gegen die große Holztür: „Amangül, mach auf!"

Es war Aliyä, Memetjans Frau, die einige Häuser weiter wohnte.

„Sie sind weg!", stieß sie atemlos hervor.

„Was heißt das: Sie sind weg? Wer ist weg?"

„Memetjan ist weg. Und Kunahun und Tursun auch", keuchte die etwas ältere Frau aufgeregt. „Oder hast du etwa deinen Mann heute Nachmittag gesehen?"

„Nein", erwiderte Amangül zögernd. „Nein, ich warte auf ihn."

„Da wirst du lange warten! Sie sind weg, alle drei sind weg, spurlos verschwunden." Sie war außer sich vor Aufregung, Sorge und Angst. Sie war schon durchs ganze Dorf gelaufen, hatte jeden gefragt und keine Antwort bekommen. Niemand hatte die drei Männer seit dem Vormittag gesehen.

Amangül starrte die andere Frau ungläubig an. Sie wusste nicht, was sie sagen sollte, und sie konnte nicht glauben, was sie da hörte. Tursun müsste doch jeden Augenblick nach Hause kommen. Wahrscheinlich hatten die drei Männer noch etwas Wichtiges vorzubereiten und waren irgendwohin gegangen.

Yakupjan, der Nachbar, kam neugierig näher. Er hatte die Stimmen gehört.

„Was sagst du, Aliyä, dein Mann ist weg? Was ist passiert?"

„Ich weiß es nicht", schluchzte die Frau unter Tränen. „Alle drei sind verschwunden. Wie vom Erdboden verschluckt. Am Morgen hatten sie sich bei uns auf dem Hof getroffen, aber dann kam ein Anruf und sie sind fortgegangen. Seitdem hat sie niemand mehr gesehen."

„Ein Anruf? Wer hat angerufen?"

„Das weiß ich nicht. Ich war in der Küche. Ich habe nur gesehen, dass sie ihre Papiere genommen haben und weggegangen sind."

Nun wurde auch Yakupjan unruhig. Ein furchtbarer Verdacht stieg in ihm auf, denn alle im Dorf wussten, dass am nächsten Tag hohe Beamte aus Urumchi kommen sollten, um mit den Bauern über ihr Land zu sprechen. Das war sehr wichtig! Das war sogar von allerhöchster Wichtigkeit, denn darauf hatten sie seit vielen Jahren gehofft. Bisher hatte sich nie jemand ihre Beschwerden angehört. Man hatte ihnen ihr Land genommen und verkauft. Man hatte ihnen gesagt, dass alles rechtens sei, dass sie mit kleineren Feldern auskommen müssten, dass es schließlich höhere Prioritäten gebe und dass die Partei immer am besten wisse, was gut für das Land sei und was nicht. Widerspruch sei sinnlos und überhaupt sollten sich kleine Bauern lieber aus den großen Dingen der Politik heraushalten.

Doch Tursun, Memetjan und Kunahun hatten sich nicht herausgehalten, sondern die Gesetze studiert. Sie hatten Briefe an die lokalen Behörden geschrieben und ihre Situation erklärt, Beschwerden eingereicht. Ohne Erfolg. Sie waren nach Urumchi und im letzten Jahr sogar nach Peking gefahren, um dem Ministerium für Bodenressourcen die Probleme darzulegen, die sie mit der Stadtverwaltung von Kashgar hatten. Jetzt endlich schien Bewegung in die Sache zu kommen und jetzt waren die drei Männer, die die Bauern des Dorfes vertreten sollten, plötzlich fort! Das war seltsam.

„Was sollen wir nur tun?", klagte Aliyä und unterbrach Yakupjan in seinen Gedanken. „Wenn ihnen nur nichts zugestoßen ist! Sie können doch nicht einfach verschwunden sein."

„Wart ihr bei Herrn Hu, dem Parteisekretär?"

„Nein."

„Vielleicht weiß er etwas", meinte Yakupjan, dem ein Verdacht kam. „Geht erst einmal nach Hause und wartet, ob eure Männer anrufen. Was macht Kunahuns Frau?"

„Sie ist bei ihren Kindern. Sie kann sie nicht allein lassen."

Amangül schloss das Hoftor und ging zurück ins Haus. Ihre Schwiegermutter saß vor einem leeren Teller am Küchentisch und sah ihr fragend entgegen: „Wo bleibt Tursun?"

„Keiner weiß, wo er ist. Memetjan und Kunahun sind auch nicht nach Hause gekommen und niemand hat sie seit dem Morgen gesehen."

„Mein Sohn würde nie ohne etwas zu sagen fortbleiben!"

„Vielleicht hat es etwas mit morgen zu tun. Vielleicht müssen sie noch Dinge vorbereiten. Vielleicht..."

„Nein! Es muss etwas Schlimmes passiert sein. Tursun würde uns niemals unnötig warten lassen!"

Sie vergrub ihr Gesicht in den Händen und Amangül sah ihre Schultern zucken. Eigentlich müsste sie die alte Frau jetzt trösten, aber wie sollte sie sie trösten? Was könnte sie sagen, wo sie doch selbst nicht wusste, was los war. Vielleicht hatte Tursun einen Unfall gehabt. War er überhaupt noch am Leben? Oder vielleicht im Gefängnis? Man hörte so oft von solchen Dingen. Schließlich hatten sich die drei Freunde mit dem örtlichen Parteisekretär, dem Dorfleiter und mit der Stadtverwaltung von Kashgar angelegt. Sie hatten es gewagt, ihre Beschwerden im Internet zu veröffentlichen, und so etwas sahen die Behörden nicht gern. Ob vielleicht wirklich Herr Hu etwas mit der Sache zu tun hatte? Amangül setzte sich neben ihre Schwiegermutter an den Tisch und schenkte ihr eine Schale Tee ein.

„Trink etwas Tee, Mutter", sagte sie sanft. „Tursun wird sicher bald anrufen. Vielleicht ist er irgendwo, wo es keine Telefonverbindung gibt. Er meldet sich ganz bestimmt, sobald er kann."

Es kam kein Anruf.

Nur Yakupjan klopfte noch einmal. Er war beim Parteisekretär gewesen, hatte aber keinerlei Informationen erhalten. Herr Hu hatte ihn kühl und überheblich abgewiesen und lächelnd gemeint, dass die drei umtriebigen Männer wahrscheinlich einmal etwas Ruhe brauchten, um sich von ihren Familien und der vielen Feldarbeit zu erholen. Das sei doch nur verständlich, nicht wahr?

Spät in der Nacht legten sich Amangül und Maryangül zu den Kindern auf ihre Matten und versuchten vergeblich einzuschlafen.

Auch Aliyä und Kunahuns Frau fanden in dieser Nacht keinen Schlaf, denn die Sorge um ihre Männer war viel zu groß.

Sehr früh am Morgen, es dämmerte noch kaum, da läutete plötzlich das Telefon.
Erschrocken fuhr Amangül aus ihrem unruhigen Halbschlaf. Sie sprang auf, ein Fuß verfing sich in der Decke, so dass sie stolperte und beinahe von der Supä gefallen wäre. Vor Aufregung zitternd griff sie nach dem Hörer. Maryangül stand schon neben ihr.
„Ja?"
„Ich bin's..."
„Tursun? Wo bist du, was ist..."
„Wir sind in Hotan."
„Was soll das heißen: in Hotan?"
„Wir sind in Hotan, Amangül, wirklich, wir..."
„Was macht ihr in Hotan? Wieso?"
„Wir machen eine Besichtigungstour."
„Wie bitte? Ihr macht eine Besichtigungstour?"
„Amangül, ich kann jetzt nicht mehr sagen. Es tut mir leid, ich muss auflegen."
Fassungslos sah Amangül ihre Schwiegermutter an und die sah ihre Schwiegertochter an und der ganze Raum schien von ungläubigen Fragen und grenzenloser Verwirrung erfüllt zu sein. Langsam und behutsam, als sei er ein kostbarer Schatz, legte Amangül den Hörer zurück.
„Sie machen eine Besichtigungstour", sagte sie so, als wollte sie sich diesen Satz auf der Zunge zergehen lassen. „Sie machen eine Vergnügungsreise nach Hotan, sind fünfhundert Kilometer weit gefahren, um eine fremde Stadt zu besichtigen, obwohl heute die wichtigsten Gespräche ihres Lebens anstehen. Was für ein absurder Unsinn! Mutter, was hat das zu bedeuten?"
„Das kann nur eines bedeuten. Ganz sicher. Ja natürlich, ich weiß es! Sie sind entführt worden! Herr Hu steckt dahinter.

Und wahrscheinlich auch die Leute aus Kashgar. Die, die unser Land weggenommen und verkauft haben. Diese Funktionäre, die nur auf das Geld aus sind, um es in ihre eigenen Taschen zu stecken. Ja! So muss es sein. Man hat sie entführt! Tursun wäre nie im Leben weggefahren, ohne uns vorher Bescheid zu geben."

„Vor allem nicht jetzt!"

Denn alles stand auf dem Spiel. Heute würden die hohen Beamten aus Urumchi kommen und endlich durften die Bauern des Dorfes Isimsiz einen Funken Hoffnung auf Gerechtigkeit hegen. Tursun, Memetjan und Kunahun hatten sich jahrelang darum bemüht. Sie hatten sich mit Computern und Internetseiten vertraut gemacht, hatten Gesetze gelesen und Paragrafen studiert; sie hatten mit Zahlen gerechnet und Briefe geschrieben. Alles umsonst. All die Jahre hatte niemand etwas von diesen Zahlen und Briefen wissen wollen, weil sie an etwas stießen, was zwar allgemein üblich, aber nicht legal war: Es ging um den Verkauf von Land, und zwar um das Land, das die Bauern von Isimsiz bewirtschafteten und das sie dringend brauchten, wenn sie und ihre Familien nicht verhungern sollten.

Tursun hatte seine Frau immer über seine Nachforschungen auf dem Laufenden gehalten und daher wusste Amangül, wie die Lage war und auf welche Gesetze man sich berufen konnte: Alles Land in China gehört dem Staat. So war es seit der Zeit des Mao-Regimes und so ist es heute noch. Nachdem dann Anfang der 1980er Jahre die Volkskommunen aufgelöst worden waren, wurde alles landwirtschaftlich nutzbare Land den Dorfgemeinden als Kollektiveigentum übertragen. Seitdem sind folglich diese Kollektive Eigentümer des Landes und es werden mit den einzelnen Bauernfamilien Übernahmeverträge für bestimmte Felder abgeschlossen, die diese dann selbstständig bewirtschaften dürfen. Das auf diese Weise übernommene Land darf später nicht ohne Weiteres wieder eingezogen werden. „Der Staat schützt die legalen Rechtsinteressen der Eigentümer kollektiven Lands und das Recht des Übernehmers, die Bewirtschaftung des Lands zu übernehmen; keine Organisation und kein Einzelner darf sie verletzen". So heißt es in § 9 des Gesetzes der Volksrepublik China zur Übernahme von Dorfland, verabschiedet am 29. August 2002 vom Ständigen Ausschuss des Nationalen Volkskongresses. Ganz besonders konnten sich Tursun und seine Mitstreiter auf folgenden Satz in § 25 berufen: „Staatsbehörden und ihre Beamten dürfen ihre Amtsbefugnisse nicht benutzen, um sich in die Übernahme von Dorfland einzumischen oder um Übernahmeverträge zu ändern oder aufzuheben."[2]

Hier stand also ausdrücklich geschrieben, dass die bestehenden Übernahmeverträge der Bauern nicht angetastet werden durften. Wieso also hatten die Beamten von Kashgar so viel Land an chinesische und ausländische Investoren verkauft und wieso wurde schon wieder über weitere Verhandlungen gemunkelt? Das durfte nicht sein! Die Bauern würden mit noch weniger Land nicht überleben können.

„Wir sind Bauern", hatte Tursun immer wieder erklärt. „Wir haben nur unser Land und unsere Arbeitskraft. Wir sind Bauern und nicht Handwerker oder Händler. Wir hätten ja nicht einmal Geld, um es in eine neue Existenz zu investieren. Mit den paar Yuan, die man uns als Entschädigung für unser Land anbietet, könnten wir nicht einmal eine kleine Wohnung am Stadtrand kaufen, denn die allein würde schon ein Vielfaches kosten. Wir haben nichts außer unserem kleinen Stück Land."

Von dem ursprünglich überlassenen Land waren der Dorfgemeinde Isimsiz bereits in den 1980er Jahren Tausende von Hektar für den Flughafen von Kashgar abgenommen worden. Später hatte die Stadtverwaltung viele Tausend Mu und zwei Jahre später noch einmal ein großes Areal konfisziert, auf dem bald darauf moderne Wohnblocks entstanden waren. Den

---

2   http://www.chinas-recht.de/020829.htm

Bauern war nur eine kleine Entschädigung gezahlt worden und sie hatten große Angst vor weiteren Landverkäufen. Da Tursuns Briefe und Beschwerden unbeachtet geblieben waren, hatte er einen ausführlichen Bericht über die Landverhältnisse in Isimsiz ins Internet gestellt. Er hatte darauf hingewiesen, dass im Gesetz geschrieben steht, dass, sofern Korrekturen an den bestehenden Verträgen überhaupt einmal nötig sein sollten, diese grundsätzlich strikt öffentlich, fair und gerecht erfolgen müssten. Die Interessen der drei beteiligten Seiten – des Staates, des Kollektivs und des Einzelnen – müssten stets korrekt geregelt werden. So hieß es im Gesetz, aber sie, die Bauern von Isimsiz, seien nicht einmal gefragt worden, ob sie ihr Land verkaufen wollten. Man hatte es ihnen einfach weggenommen.

Offenbar hatte dieser Bericht Wirkung gezeigt, denn es meldeten sich bald darauf Beamte der Disziplinkontrollkommission aus Urumchi an, die die Lage vor Ort prüfen wollten. Und zwar wollten sie nicht nur mit den verantwortlichen Funktionären aus Kashgar, dem Parteisekretär von Isimsiz und dem Dorfleiter sprechen, sondern auch mit den drei Vertretern der Bauern, die diesen aufschlussreichen Bericht im Internet veröffentlicht hatten. Das Treffen war für heute Mittag anberaumt, aber nun waren die drei Männer, die Einzigen, die in der Lage waren, ihre Position sachlich und detailgenau zu vertreten, gar nicht da. Sie waren in Hotan. Sie vergnügten sich auf einer Besichtigungsreise!

„,So eine Frechheit! So eine Verantwortungslosigkeit!' werden die Beamten sagen", schimpfte Amangül. „Und Herr Hu und die anderen Männer aus Kashgar werden es bestätigen: ‚Ja, so ist das mit den uigurischen Bauern. Beschwerden und Proteste, da sind sie immer schnell dabei, aber wenn es ans Arbeiten geht, dann sind sie plötzlich auf und davon. Auf Vergnügungstour! Solchen Menschen, meine Herren, solchen Menschen können Sie doch nicht ernstlich Ihr Vertrauen schenken wollen.' Genau so wird es sein, Mutter! Genau das haben sie beabsichtigt!"

Amangül hatte ihren ersten Schock überwunden und war nun kampfbereit. Wenn Tursun nicht da war, dann würde eben sie zu diesem Gespräch gehen! Ihre Gedanken überstürzten sich. Was war alles zu tun? Sie musste die Schafe und Ziegen im Stall versorgen, die Hühner füttern. Für die Kinder würde die Schwiegermutter sorgen, auch Essen kochen. Heute müsste sie nach den Granatäpfeln sehen, denn manche waren schon reif und mussten dringend gepflückt werden. Morgen würde sie sie zum Basar bringen. Die Kuh war zu melken und Unkraut zu jäten. Die Felder waren zwar klein, aber sie brauchten ständig Pflege. Das Baumwollfeld hatte Zeit, danach könnte sie in den nächsten Tagen sehen oder vielleicht war ja dann auch Tursun wieder da. Und sobald sie den Stall ausgemistet hatte, musste der Dünger... ach, eigentlich sollte ja der Eselkarren repariert werden... das hatte Tursun gestern schon tun wollen. Gestern, als er unterwegs nach Hotan war!

Die Kinder waren wach geworden. Der kleine Yasim weinte, weil er spürte, dass etwas nicht in Ordnung war. Aygül, das Mädchen, war schon sieben und könnte heute das Füttern der Hühner übernehmen, ehe sie zur Schule ging. Auch nach frischen Eiern suchen. Sie war ein verständiges Mädchen und bereits eine tüchtige Hilfe im Haushalt. Aber hatte sie auch ihre Schulaufgaben gelernt? Gestern Abend hatte Amangül ganz vergessen nachzufragen, weil alles so durcheinander gewesen war. Aber natürlich, Aygül war eine brave Schülerin und machte immer ihre Hausaufgaben gewissenhaft... Ob es wohl schwierig sein würde, die richtigen Dateien auf Tursuns Computer zu finden? Er hatte ihr von seinen Recherchen erzählt und im Grunde wusste sie alles ebenso gut wie er und seine Kameraden, nur die genauen Zahlen und Daten hatte sie nicht im Kopf. Wie viele Einwohner hatte das Dorf, wie viele Hektar Kollektivland waren ihnen geblieben? Über wie viele Felder verfügte jede Familie, wie viel Land war wann verkauft worden? Nach diesen Zahlen musste sie suchen. Das war wichtig. Und natürlich die Paragrafen der Gesetze. Was sonst noch?

„Ich muss zu Aliyä! Ich muss ihr sagen, dass Memetjan in Hotan ist."

Amangül konnte sich ein nervöses Kichern nicht verkneifen. Es war ja geradezu absurd: Die Regionalregierung schickte hohe Beamte in ihr kleines Dorf, um mit Männern zu sprechen, die gar nicht da waren, weil sie ausgerechnet an diesem Tag einen Ausflug machten, um sich eine ferne Stadt anzusehen, und sie, die junge uigurische Bäuerin, die sich eigentlich um Haus und Kinder kümmern sollte, bereitete sich darauf vor, die ganze Sache selbst in die Hand zu nehmen. Ob Aliyä mitkommen würde? Zu zweit wäre es leichter, aber eigentlich war Aliyä nicht die Richtige für so etwas. Sie war eine einfache Frau, die hart arbeiten, aber keine komplizierten Gedanken denken konnte. Und Sarigül, Kunahuns Frau, auch nicht. Ach, die musste ja auch noch benachrichtigt werden. Sie wohnte ziemlich weit weg und besaß kein Telefon. Aber vielleicht könnte Aliyä zu ihr laufen.

So sprangen ihre Gedanken hierhin und dorthin, als sie an das Tor von Memetjans Hof klopfte. Es dauerte lange, ehe sie Schritte näherkommen hörte. Vielleicht hatte Aliyä noch geschlafen, denn es dämmerte ja kaum erst.

„Weißt du es schon? Hat Memetjan dich angerufen?"

Die Frau sah sie verständnislos an. Sie wirkte übermüdet und niedergeschlagen. Vielleicht hatte sie in der Sorge um ihren Mann die ganze Nacht kein Auge zugetan.

„Angerufen? Nein."

„Weißt du, wo sie sind? In Hotan!" Ein strahlendes Lächeln flog über Amangüls Gesicht. Sie schloss die ältere Frau in ihre jungen, starken Arme und lachte fröhlich: „Stell dir vor, Aliyä, stell dir vor, sie sind gestern nach Hotan gefahren, um sich die Stadt anzusehen. Einfach so zum Vergnügen!"

„Nein."

„Nein, natürlich nicht. Aber in Hotan sind sie tatsächlich, das ist wahr."

Aliyä wusste nicht, was sie denken sollte. Was redete Amangül da? Am Ende hatte das arme junge Ding aus lauter Verzweiflung und Sorge um ihren Tursun den Verstand verloren. Memetjan war noch nie verreist gewesen. Er interessierte sich überhaupt nicht für fremde Gegenden und große Städte machten ihm Angst. Er mochte ja nicht einmal zum Sonntagsmarkt nach Kashgar gehen, wenn er ein Schaf oder eine Kuh brauchte. Und wenn es doch einmal sein musste, dann beklagte er sich anschließend über den furchtbaren Lärm, die vielen Autos, die ungeduldigen Menschen.

„Nein, das kann nicht sein", sagte sie ernst und löste sich behutsam aus den Armen ihrer Nachbarin.

„Doch, doch, Aliyä. Tursun hat gerade angerufen", sprudelte es aus ihr heraus. „Er konnte nicht viel sagen, hat sofort wieder aufgelegt. Ich glaube, er wurde beobachtet."

„Wieso?"

„Wieso? Na, weil er nicht telefonieren durfte! Weil er unter Bewachung stand. Verstehst du nicht, Aliyä? Unsere Männer sind entführt worden. Sie sind entführt worden, damit sie heute nicht mit den Leuten aus Urumchi sprechen können. Verstehst du mich? Man hat sie entführt und irgendwo in Hotan in ein Hotel gesperrt. Oder vielleicht auch in ein Gefängnis."

„In ein Gefängnis...?"

„Nein, das glaube ich nicht. Eher in ein Hotelzimmer. Sonst hätte Tursun ja nicht telefonieren können. Aber sie werden bewacht, das ist ganz klar. Sie sind nicht freiwillig dort."

Langsam begann Aliyä zu begreifen, dass ihre ungestüme, junge Nachbarin tatsächlich Recht haben könnte.

„Du meinst... Amangül, das kann doch nicht wahr sein... Du meinst, jemand hat Tursun, Memetjan und Kunahun nach Hotan gebracht, damit sie heute nicht erklären können, wie viel Land man uns weggenommen hat?"

„Genau. Warum denn sonst? Warum gerade die drei Männer, die das alles genau belegen können, und warum gerade jetzt, wo sie endlich einmal Gehör finden. Herr Hu und die Beamten aus Kashgar haben Angst! Jawohl, sie haben Angst. Sie wissen doch genau, dass das alles widerrechtlich war. Sie haben Angst, dass es ihnen an den Kragen geht, wenn man herausfindet, dass alle ihre Machenschaften illegal und ihre Begründungen erlogen waren. Und weil sie nachweisen müssen, wo das viele Geld geblieben ist."

„Und nun?"

„Und nun mache ich es. Aliyä, ich weiß auch alles. Tursun hat mir genau erklärt, was er herausgefunden hat, und irgendwo in seinem Computer sind die Beweise. Ich muss sie nur finden."

Amangül wippte auf den Füßen. Vor lauter Ungeduld und Tatendrang konnte sie nicht stillstehen und die Gedanken sprangen schon wieder weit voraus. Hungrige Schafe und Granatäpfel, die gepflückt werden wollten, hatten jetzt keinen Platz in ihrem Kopf. Jetzt gab es wichtigere Dinge zu tun.

„Würdest du bitte zu Sarigül laufen und ihr sagen, dass es unseren Männern gut geht?" Amangül lächelte übermütig. „Sag ihr, dass sie auf Vergnügungsreise in Hotan sind." Als sie aber Aliyäs verwirrte Miene sah, fügte sie schnell hinzu: „Nein, sag lieber nur, dass es ihnen gut geht und dass sie bald wieder heimkommen."

Es war noch immer nicht ganz hell an diesem frühen Morgen. Auf dem Nachbarhof krähte ein Hahn und von irgendwo antwortete ein anderer. Der Muezzin hatte zum Gebet gerufen. Bis zum Mittag blieb noch viel Zeit, aber es gab ja auch viel zu tun. Die Schafe und Ziegen konnte sie nicht warten lassen und die Kuh musste gemolken werden, aber alles andere würde warten können. Zum Glück war die Schwiegermutter da und würde die Arbeiten im Haus übernehmen. Tursuns Vater war leider im vergangenen Jahr viel zu jung gestorben. Amangül vermisste ihn sehr, nicht nur weil er ein gütiger alter Herr gewesen war und wunderbar Geschichten erzählen konnte, sondern auch weil die Arbeit auf den Feldern für einen Mann allein zu viel war. Oft musste sie mit hinaus und Tursun helfen.

Die Maissuppe fürs Frühstück kochte bereits auf dem Herd, als Amangül mit der Milch aus dem Stall kam.

„Jetzt brauchen wir uns also keine Hoffnung mehr auf Gerechtigkeit zu machen", meinte Maryangül in düsterer Stimmung. „Es war unsere letzte Chance."

„Nein, Mutter", erwiderte Amangül. „Ich gehen heute Mittag zu dem Treffen."

„Du? Was willst du da?"

„Ich werde den Inspektoren von der Disziplinkontrollkommission erklären, dass unser Land zu Unrecht verkauft wurde, dass wir viel zu wenig Entschädigung bekommen haben und dass ein erneutes Antasten unserer Übernahmeverträge unbedingt verhindert werden muss."

Mit ungewohnter Selbstsicherheit und mit einem unwiderstehlichen Leuchten in den schwarzen Augen schaute sie ihre Schwiegermutter herausfordernd an.

„Wenn unsere Männer nicht da sind, dann müssen wir Frauen es eben tun!" Sie stellte den Milcheimer ab und ergriff Maryangüls Hände. „Aliyä und Sarigül können es nicht, aber wirst du mit mir kommen?"

„Wie meinst du das? Ich... Was soll ich?"

„Ja, Mutter. Du bist stark. Komm mit mir. Ich spreche mit ihnen, aber du bist da und gibst mir Kraft."

„Was willst du denn sagen, Kind? Woher... Ach, uns Frauen werden sie doch gar nicht anhören. Das hat keinen Sinn. Wir haben doch keine Ahnung von all dem."

„Und ob ich Ahnung habe! Tursun hat mir alles erklärt. Ich muss nur suchen, wo er die Zahlen hat."

Maryangül brachte die Kinder zur Schule und zum Kindergarten und anschließend setzte sie sich zu ihrer Schwiegertochter und half ihr bei den Vorbereitungen.

Es war zwölf Uhr mittags. Amangül und Maryangül standen vor dem Büro des Parteisekretärs. Sie hatten sich umgezogen: Amangül trug jetzt ihr schönes Kleid aus bunter Seide und eine bestickte Doppa und ihre Schwiegermutter ein schlichtes dunkles Kleid und ein golddurchwirktes Kopftuch. Sie waren schön, die junge und die alte Frau, und ihre Haltung verriet Stolz und Zuversicht. Sie wollten die Männer ihres Dorfes würdig vertreten. Einen Augenblick lang zögerten sie noch, denn auf der Straße standen mehrere große, schwarze Limousinen, wie man sie sonst im Dorf nicht zu sehen bekam.

„Das sind die Herren aus Urumchi", flüsterte Maryangül beinahe ehrfürchtig.

„Gehen wir?"

Sie fassten sich an der Hand und betraten das Gebäude. Ein Polizist stand neben der Tür und ein junger Chinese, vermutlich der neue Assistent des Parteisekretärs, blickte von seinem Schreibtisch auf und fuhr sie unfreundlich an:

„Jetzt ist keine Sprechstunde. Hier findet gleich eine wichtige Besprechung statt."

„Wir möchten an dieser Besprechung teilnehmen." Amangül wollte schier das Herz vor Aufregung zerspringen, aber sie zwang sich, ruhig und bestimmt weiterzusprechen. „Wir haben etwas Wichtiges beizutragen."

„Wie bitte?"

„Wir haben eine Einladung zu diesem Gespräch. Sehen Sie hier."

Sie reichte dem Mann das Schreiben, das Tursun von der Disziplinkontrollkommission der Kommunistischen Partei des Uigurischen Autonomen Gebiets in Urumchi erhalten hatte.

„Sie sind Tursun Turap?", grinste der Mann frech. „Da muss ich mich doch sehr wundern."

„Ich bin seine Frau."

„Und wieso kommt der Herr Tursun nicht selbst, wenn er doch eine Einladung hat?"

„Er ist im Augenblick verhindert. Ich vertrete ihn."
„Wenn er verhindert ist, dann hat er Pech gehabt, der gute Herr Tursun. Da hätte er sich seine Zeit wohl besser einteilen sollen."
„Er ist entführt worden!"
„Was sagen Sie da?"
„Er wurde entführt, ebenso wie Memetjan und Kunahun! Sie sollten heute vor den Inspektoren aus Urumchi eine Aussage machen, wegen der Landverkäufe, wissen Sie. Die Herren sind extra nach Isimsiz gekommen, um mit ihnen zu sprechen. Es ist sehr wichtig!"
„Nun, wenn es sehr wichtig ist, hätten sich die Herren lieber nicht entführen lassen sollen, meinen Sie nicht?"
„Das ist nicht zum Lachen! Es ist wahr. Sie sind wirklich entführt worden. Ich weiß nicht, von wem, aber vielleicht weiß es ja Herr Hu."
Jetzt grinste der Mann nicht länger sein herablassendes Grinsen, sondern sprang von seinem Stuhl auf, donnerte mit der Faust auf den Tisch und schrie die Frauen an:
„Raus hier! Was erlauben Sie sich! Sie wollen doch nicht ernstlich behaupten, dass Herr Hu etwas mit einer Entführung zu tun haben könnte! Verschwinden Sie auf der Stelle, und zwar so schnell Sie können."
„Nein!"
Die Tür des Sitzungsraumes öffnete sich einen Spalt und der Parteisekretär lugte heraus.
„Was ist?"
„Nichts."
„Doch!" Amangül zwängte sich an dem Assistenten vorbei und sagte: „Doch, Herr Hu, es ist wichtig. Ich muss mit den Herren aus Urumchi sprechen. Bitte, lassen uns mich herein. Ich bin Tursuns Frau. Er und seine beiden Kameraden sind heute nicht da, aber ich kann sie vertreten. Ich habe alle Unterlagen hier."

„Wo sind denn die drei Herren?"
„Sie wurden entführt."
Die beiden Chinesen sahen sich an, doch ihre Blicke waren nichtssagend. Niemand hätte die geringste Regung in ihnen erkennen können. Keine Verwunderung, keinen Zorn, keine Genugtuung und keinen Spott. Und doch glaubte Amangül, den Spott mit Händen greifen zu können. Sie wussten es! Ja, sie hatten ganz genau gewusst, dass ihre drei Widersacher heute nicht erscheinen würden, um gegen sie auszusagen. Gegen sie und die Verantwortlichen aus Kashgar. Vorsichtig schloss der Parteisekretär die Tür hinter sich, damit niemand im Nebenraum hören konnte, was gesprochen wurde.

„Entführt?", fragte Herr Hu mit einem nachsichtigen Lächeln. „Wie kommen Sie denn auf diesen ungewöhnlichen Gedanken? Wer sollte drei unwichtige Bauern aus Isimsiz entführen?"

Am liebsten hätte Amangül ihm ins Gesicht geschleudert: ‚Sie natürlich! Sie und Ihre Komplizen aus Kashgar.' Aber sie musste sich beherrschen, wenn sie überhaupt noch etwas erreichen wollte.

„Viel Lösegeld können sich die Entführer da wohl nicht erhoffen", feixte der Parteisekretär und sein Assistent ließ ein beflissenes Kichern vernehmen. „Ach nein, das ist doch Unsinn, gute Frau. Gehen Sie heim und machen Sie sich keine Sorgen. Ihr Mann wird sicher bald wieder nach Hause kommen."

Natürlich wird er nach Hause kommen, dachte Amangül, aber erst, wenn es zu spät ist, um die Inspektoren von Ihren illegalen Landverkäufen zu überzeugen.

„Ich habe hier Unterlagen, die ich den Herren aus Urumchi vorlegen muss."

„Gar nichts müssen Sie. Gehen Sie! Gehen Sie jetzt bitte, liebe Frau. Gehen Sie getrost nach Hause und sorgen sich um Ihren Haushalt. Ich habe jetzt zu tun!" Und als Amangül mit ihren Papieren in der Hand immer noch keine Ruhe geben wollte, fügte er etwas lauter hinzu: „Haben Sie mich nicht verstanden: Ich habe zu tun!"

Die Tür des Nebenraums öffnete sich wieder einen Spalt. Ein Fremder schaute heraus und fragte:

„Können wir jetzt anfangen?"

Das war die Gelegenheit! Sie könnte Herrn Hu zur Seite stoßen, dem Mann ihre Unterlagen in die Hand schieben und sagen, dass dies die Beweise seien, in denen genau aufgeführt ist, wie oft das Dorf bereits um sein Land betrogen worden war. Aber sie zögerte einen Moment zu lange.

„Ja, selbstverständlich, mein Herr", nickte der Parteisekretär dem Fremden dienstfertig zu. Als Maryangül ein gefährliches Aufblitzen in den Augen ihrer Schwiegertochter sah, legte sie beruhigend eine Hand auf ihren Arm, weil sie ein großes Unglück befürchtete. Herr Hu war bereits wieder durch die Tür geschlüpft, und ehe er sie hinter sich schloss, wandte er sich noch einmal zurück zu seinem Assistenten und sagte: „Sorgen Sie dafür, dass die Damen das Büro verlassen. Ich verbiete mir jede weitere Störung."

Amangül und Maryangül blieben unentschlossen Hand in Hand neben dem Schreibtisch stehen. Die Chance war vertan! Die einzige Sekunde, in der sie vielleicht etwas hätten erreichen können, war dahin. Aus und vorbei, zu spät! Der Assistent schob sie ungeduldig zum Ausgang. Sie wehrten sich nicht, sondern ließen es stumm geschehen, stumm und beschämt. Sie hatten sich nicht durchsetzen können gegen die aalglatte Gerissenheit, gegen die routinierte Selbstsicherheit des Herrn Hu.

„Und kein Wort von diesem unsinnigen Gerede über eine Entführung! Haben Sie verstanden? Solche Gerüchte können nämlich schnell gefährlich werden. Sehr schnell... sehr gefährlich..."

Langsam gingen die beiden Frauen über die Dorfstraße zurück zu ihrem Hof. Diejenigen, denen sie begegneten, wunderten sich über ihre feine Kleidung und hätten sie gern nach dem Grund gefragt, aber Amangül und Maryangül erwiderten nur

einen kurzen Gruß und gingen schweigend und bedrückt weiter ihres Weges. Nachbar Yakupjan sah sie kommen und rief schon von weitem:
„Die Beamten aus Urumchi sind da, aber unsere Dorfvertreter nicht! Habt ihr erfahren, wo sie sind? Wisst ihr, was passiert ist?"
Sie nickten ihm freundlich zu, gaben aber keine Antwort.

Zwei Tage später, als es schon Abend wurde, kam Tursun heim. Ein großer schwarzer Wagen setzte ihn vor dem Tor ab. Er schloss es auf und hinter sich wieder zu. Amangül sah ihn mit schweren Schritten über den Hof kommen. Er trug eine Tasche, die sie noch nie gesehen hatte, und er wirkte überhaupt sehr verändert, müde und leer. Zögernd ging sie ihm ein Stück entgegen, aber dann blieb sie stehen und wartete. War das ihr unerschrockener, zu allem entschlossener und unermüdlich kämpfender Mann, der da so langsam und bekümmert auf sie zukam? Sie schauten sich lange an, ohne ein Wort zu sagen. Dann fragte Amangül mit einem Blick auf die neue Tasche:
„Wart ihr einkaufen, da in Hotan?"
„Sachen zum Schlafen", erwiderte er matt. „Haben sie uns geschenkt." Und nachdem er eine Weile unverwandt auf seine Tasche gestarrt hatte: „Es war alles umsonst!"
„Ja, es war alles umsonst. Aber wenigstens bist du wieder zu Hause und nicht im Gefängnis."
„Es war wie im Gefängnis."
„Vater, Vater ist wieder da!", riefen die Kinder und kamen lauthals jubelnd aus dem Haus gerannt. Sie stürzten sich in Tursuns Arme und plapperten fröhlich auf ihn ein, während er sie tätschelte und zu lächeln versuchte. „Kommt jetzt, Kinder, wir wollen eure Großmutter nicht länger warten lassen."

Später am Abend, als die Kinder schon schliefen und die Erwachsenen auf der Supä beisammensaßen, begann Tursun zu erzählen: Sie hatten vor drei Tagen während ihrer letzten

Vorbereitungen einen Anruf erhalten. Jemand versprach, ihnen ein Dokument zu übergeben, das die Rechtmäßigkeit ihrer Ansprüche eindeutig beweisen könnte. Als sie kurz darauf zu dem vereinbarten Ort kamen, warteten zwei Männer in einem großen schwarzen Wagen auf sie und drängten sie einzusteigen. Die Türen verriegelten sich automatisch und dann fuhren sie Stunde um Stunde über die Landstraße, die von Kashgar aus am Südrand der Wüste entlang nach Hotan führt. An allen Kontrollpunkten konnten sie ungehindert passieren. Offenbar wusste man, dass sie kommen. Und wenn sie ihre Entführer fragten, was das alles zu bedeuten habe, bekamen die drei Freunde keine andere Antwort als: ‚Wir haben den Auftrag, Sie nach Hotan zu bringen. Sie haben drei Tage Zeit, sich die Stadt anzusehen, danach bringen wir Sie wieder zurück – sofern Sie keine Dummheit machen.'

„Wir haben uns nicht die Stadt angesehen", erzählte Tursun weiter. „Wir saßen in einem kleinen Hotelzimmer und durften gerade einmal aus dem Fenster oder auf den Fernseher gucken, der nur einen einzigen Sender empfing und ständig flimmerte. Einmal haben uns unsere Bewacher um den großen Volksplatz herumgefahren, damit wir die riesige Statue von Mao und Onkel Kurban bewundern konnten. ‚So sollte es auch heute noch sein', mahnten sie uns. ‚Wenn auch der Große Vorsitzende nicht mehr am Leben ist, so sollte doch jeder Bürger in China der Partei uneingeschränkte Dankbarkeit erweisen.' Das war's. Das war unsere Vergnügungsreise nach Hotan."

„Und weißt du, was Amangül getan hat?", fragte jetzt Maryangül. „Du kannst stolz auf sie sein."

Liebevoll schaute Tursun seine hübsche Frau an.

„Ja, ich weiß. Die ganze harte Arbeit, gerade jetzt am Ende des Sommers, wo die Zeit sowieso nie ausreicht. Und ich war nicht da, bin einfach weggefahren. Es tut mir leid, Amangül. Ich weiß, wie schwer es für dich gewesen sein muss."

„Nicht nur das. Sie hat noch etwas anderes getan und beinahe hätte sie es auch geschafft."

„Beinahe ist nichts", wehrte Amangül verlegen ab. „Ich hab überhaupt nichts erreicht."

„Aber versucht!" Und nun berichtete Tursuns Mutter in aller Ausführlichkeit von dem aufregendsten Tag, den sie seit der Kulturrevolution erlebt hatte. „Und am Ende hat er uns rausgeschmissen", schloss sie. „Regelrecht rausgeschmissen!"

„Ich hätte ihn wegschubsen sollen! Er ist ein widerlicher, gemeiner Wicht, der glaubt, sich alles erlauben zu können." Zorn funkelte in Amangüls Augen bei der Erinnerung an diesen beschämenden Augenblick, in dem sie sich selbst viel zu schnell verloren gegeben hatte.

„Du hast getan, was du konntest, Liebes. Es war sehr mutig von dir und du hast ihm gezeigt, dass auch uigurische Frauen etwas im Kopf haben. Das war großartig!"

Verlegen senkte sie den Blick.

„Er wird in uns eine Gefahr sehen, weil wir mehr wissen, als wir seiner Meinung nach wissen dürfen."

„Seine Amtszeit ist bald abgelaufen. Dann bekommt er einen guten Posten irgendwo im Osten und macht sich ein schönes Leben mit seinem vielen Geld. Mit unserem Geld."

„Dann kommt ein neuer."

„Ja, dann kommt ein neuer, und der wird sich auch die Taschen vollstopfen wollen. Aber ich glaube nicht, dass noch einmal jemand wagen wird, unser Land anzutasten. Die Disziplinkontrollkommission wird ein Auge auf dieses Dorf haben."

Gemeinsam saßen sie eine Weile schweigend beieinander, dann überlegte Amangül:

„Alle Leute im Dorf werden wissen wollen, warum ihr drei Tage lang fort wart. Sie werden denken, dass ihr Angst bekommen und sie feige im Stich gelassen habt."

„Soll ich etwa sagen, dass wir gerade Lust hatten, uns die große Mao-Statue in Hotan anzusehen? Ausgerechnet jetzt, wo wir

endlich die Gelegenheit hatten, vor einer übergeordneten Instanz unser und euer Recht geltend zu machen? Weil wir uns endlich einmal eine Vergnügungsreise leisten wollten? Dann könnten wir ihnen nie wieder in die Augen sehen."
„Und wenn ihr die Wahrheit sagt?", fragte Amangül.
„Dann werden wir uns früher oder später im Gefängnis wiederfinden. Das ist sicher. Sie haben uns gedroht, ebenso wie euch. Und ein Grund findet sich immer. Schließlich haben wir es nicht nur mit Herrn Hu zu tun, sondern auch mit den Beamten in Kashgar."
„Dann sagt ihr eben gar nichts und das Leben wird weitergehen, wie es immer weitergegangen ist", schlug Maryangül vor. „Die Leute werden es vergessen. Es hat ohnehin niemand wirklich erwartet, dass sich etwas ändern wird. Die Stärkeren haben doch immer Recht, ist es nicht so? Was haben wir schon alles durchgestanden und das Leben ist trotzdem weitergegangen."
„Dieses Mal hätten wir eine echte Chance gehabt!", beteuerte Tursun in ehrlicher Überzeugung. „Die Regierung will ja härter gegen Korruption vorgehen und es wäre schließlich nicht das erste Mal gewesen, dass ein Beamter zur Verantwortung gezogen und bestraft wird. Deswegen gibt es ja die Disziplinkontrollkommissionen. Allerdings..." Er hielt einen Augenblick inne und fuhr dann fort: „Nun gut, Mutter, ich werde morgen mit Memetjan und Kunahun sprechen. Vielleicht ist es ja wirklich besser, ein armer Bauer mit einer wundervollen Frau zu sein als ein erfolgloser Held hinter Gittern."

Das Leben ging weiter, so wie es Maryangül vorhergesagt hatte. Die Beamten aus Urumchi waren noch am gleichen Abend abgereist. Sie hatten an den Unterlagen, die man ihnen vorlegte, nichts auszusetzen gefunden. Es gab keinerlei Hinweise auf eine Manipulation oder illegale Landverkäufe. Alles schien immer korrekt gehandhabt worden zu sein.

Halmurat

Im Studium war Halmurat immer einer der Besten gewesen. Er wollte Internist werden, am liebsten sich auf das Fachgebiet der Kardiologie spezialisieren, weil das Herz das Zentrum des Lebens ist. Es schlägt, um einen Menschen am Leben zu erhalten, und wenn es aufhört, endet auch das Leben. Aber abgesehen von seiner physiologischen Funktion ist das Herz auch der Ort, an dem die Liebe wohnt. So heißt es seit ewigen Zeiten und so sagt man es in allen Kulturen der Welt. Natürlich kann ein Arzt Gefühle nicht lokalisieren, aber das Herz kann er sehr wohl untersuchen und heilen, wenn es krank ist. Und obwohl dieser Gedanke vollkommen unwissenschaftlich war, fand Halmurat ihn irgendwie faszinierend und hoffte von ganzem Herzen, eines Tages als Kardiologe arbeiten zu können.

Ein Mensch ist viel mehr als nur ein Körper, pflegte er zu sagen. An der Universität musste er die medizinische Fachkompetenz erwerben, später würde er Patienten heilen, aber was er sich vor allem wünschte, das war das tiefere Wesen des Menschen zu verstehen. Er wollte mehr wissen über die Forschungen, die weltweit voranschritten und ständig neue Möglichkeiten eröffneten. Man konnte Herzen transplantieren. Aber was passiert mit einem Menschen, wenn ein fremdes Herz in ihm schlägt? Ja, es gab so vieles zu erforschen. Über die Zusammenhänge zwischen Körper und Seele wusste er bisher sehr wenig, aber mit Sicherheit gab es Dinge, die über das jetzige Fachwissen hinausgingen und die er eines Tages ergründen könnte. War das die versponnene Idee eines jungen Mannes? Vielleicht. Aber Halmurat war ein Träumer und er liebte diesen Gedanken und er wollte sich mit allem Eifer der Forschung widmen.

Im großen Krankenhaus von Korla würde er aufgrund seiner guten Zeugnisse sicher bald Gelegenheit bekommen, in der kardiologischen Abteilung erste Erfahrungen zu sammeln.

Er bewarb sich und wurde angenommen.

„Zunächst brauchen wir Sie in der Erste-Hilfe-Station", hieß es. Später, wenn er sich eingearbeitet habe, könne man ja weitersehen. Im Moment sei jedoch in der Abteilung für Innere Medizin keine Stelle frei.

Halmurat war es zufrieden und stürzte sich mit Feuereifer in die Arbeit. In der Erste-Hilfe-Station gab es viel zu tun. Ununterbrochen kamen Notfallpatienten: einige im Ambulanzwagen mit Blaulicht, einige in einem gemieteten Dreiradtaxi oder auf einem Eselkarren, einige zu Fuß, gestützt und getröstet von Verwandten, und einige ganz allein. Jeden Tag, von morgens bis abends und auch nachts herrschte hier Hochbetrieb. Die sieben Ärzte, von denen fünf Chinesen und zwei Uiguren waren, arbeiteten in drei Schichten von jeweils acht Stunden. Wenn einer von ihnen ausfiel oder besondere Umstände es verlangten, wurden Sonderschichten angeordnet, doch dann waren die fünf chinesischen Ärzte aus diesem oder jenem Grund verhindert und die beiden uigurischen Ärzte übernahmen sie allein.

Halmurat arbeitete häufig sechszehn Stunden hintereinander. Gelegentlich bekam er dafür ein freundliches Lächeln aus der Verwaltung, aber niemals eine Extravergütung oder einen Zeitausgleich. Er nahm es hin, weil er sich dadurch Aufstiegschancen und eine Versetzung in die Kardiologie erhoffte. Außerdem war die Arbeit ja wichtig. Viele Menschen brauchten schnelle Hilfe. Er sah jeden Tag, wie er sein theoretisches Wissen praktisch anwenden und wie viele Schmerzen er lindern konnte. Nur eines störte ihn:

„Ihr Ausweis bitte!"

In der Notaufnahme durfte kein Patient behandelt werden, bevor er nicht seinen Ausweis vorgezeigt hatte und alle Personalien geprüft und die Behandlungskosten bezahlt worden waren.

„Das macht fünfhundert Yuan – vorerst."

Wer nicht für den Staat oder ein großes Wirtschaftsunternehmen arbeitet, kann sich oft keine Krankenversicherung leisten, und selbst wenn man eine hat, muss man vorab immer selbst für ärztliche Versorgung und Medikamente aufkommen und darauf hoffen, dass man später einen Teil zurückerstattet bekommt. Und wenn man weder Versicherung noch Geld hat, dann bleibt einem nur zu beten, dass man mit Allahs Hilfe wieder gesund wird.

Halmurat hasste diese Regelung. Manchmal zählt jede Minute, wenn ein Kranker oder Schwerverletzter eingeliefert wird. Oder wenn ein traumatisiertes Kind weint. Aber nein, keine Ausnahme: zuerst die Formalitäten, dann die Behandlung. Und ohne Bezahlung überhaupt keine Behandlung! Auch wenn du auf der Straße krepierst. Keine Ausnahme!

Keine Ausnahme?

Und ob es Ausnahmen gab! Wie oft hatte Halmurat schon zugesehen, wie seine chinesischen Kollegen chinesische Patienten beiseite nahmen und abwinkten: Schon gut, schon gut. Das machen wir später. Aber nicht nur das: Auch die Behandlung war nicht die gleiche. Uiguren mussten oft lange warten, wurden schnell und nachlässig untersucht, bekamen teure Medikamente und Zusatzuntersuchungen verschrieben, die sie extra bezahlen mussten. Und wenn ein Mann mit einer blutenden Wunde eingeliefert wurde, rief man die Polizei, weil es sich ja womöglich um einen Unruhestifter, einen Terroristen handeln könnte.

Einmal hatte Halmurat beobachtet, wie ein chinesischer Kollege einer uigurischen Frau ein falsches und darüber hinaus sehr teurer Medikament verschrieb, und als er ihn später daraufhin ansprach, lächelte der nur linkisch und tat es leichthin ab: „Ach nein, nein. Sie irren sich. Es ist schon alles gut, alles gut."

Halmurat wusste genau, dass er einen chinesischen Kollegen nicht offen kritisieren durfte, denn dann würde sich mit Sicherheit schon bald einen Grund zur Kündigung auftun und dann würde er auch in keinem anderen Krankenhaus als Arzt arbeiten können. Chinesen kritisiert man nicht, sie sind etwas Besseres, unangreifbar. So schien es Halmurat zumindest, und so sah es auch sein uigurischer Kollege.

Deshalb dachte Halmurat schon lange nicht mehr an eine Karriere als Kardiologe. Die Herzen der Menschen interessierten ihn noch immer sehr, doch nun eher auf eine andere Weise. Manche waren aus Stein, die konnte ohnehin niemand heilen. Andere waren tief verletzt und oft half ihnen dann ein wenig aufrichtige Zuwendung mehr als ein Beruhigungsmittel. Er arbeitete jetzt schon seit fünf Jahren in der Notaufnahme und hatte sich damit abgefunden, dass es für ihn keine Aufstiegsmöglichkeit gab. Gutverdienende Fachärzte und erfolgreiche Forscher konnten nur Han-Chinesen werden, ob sie nun die gleiche Qualifikation wie ihre uigurischen Kollegen besaßen oder nicht.

Da er sich nur ungern mit der ungerechten Behandlungsweise in der Erste-Hilfe-Station abfinden mochte, meldete er sich so oft wie möglich für freiwillige Sonderschichten. Wenn ich hier bin, so sagte er sich, dann weiß ich, dass alle Patienten gleich gut behandelt werden. Die Arbeit war nicht sehr anspruchsvoll, sie war ihm schon bald zur Routine geworden: Er musste Wunden nähen und verbinden, Knochen röntgen, Blutdruck messen und Medikamente ausgeben und das war ganz und gar nicht das, wovon er einst geträumt hatte. Er wurde von seinen chinesischen Kollegen übergangen, ausgenutzt, er fühlte sich persönlich diskriminiert. Aber: Er konnte Menschen helfen, und zwar jedem, der zu ihm kam. Wenn er das Krankenhaus nach seinem Dienst verließ, dann quälte ihn immer wieder der Gedanke: Was werden sie tun, wenn ich nicht da bin?

Yakup war ein alter Mann. Eigentlich zählte er nicht viel mehr als sechzig Jahre, aber er sah aus und fühlte sich wie ein sehr alter Mann, der sein Leben hinter sich hat. Seitdem seine Frau nicht mehr da war, gab es nicht viel, was ihm lebenswert erschien, doch da er noch am Leben war, musste er auch irgendetwas tun, um es zu erhalten. Nur Allah gibt Leben und nimmt es wieder. Das seiner Frau hatte er genommen, indem er ihrem Herzen befohlen hatte stillzustehen. Vielleicht war es krank geworden von der harten Arbeit oder von der Sorge um die Kinder, die in eine ferne Stadt gezogen waren, oder von dem lauten, schmutzigen Leben in der Großstadt, oder vielleicht auch schon damals während der Gräuel der Kulturrevolution. Aber vielleicht war es auch einfach nur an der Zeit gewesen zu sterben. Das konnte nur Allah wissen.

Jetzt lebte Yakup schon seit vielen Jahren allein. Jeden Morgen begab er sich mit seinem dreirädrigen Handkarren zum Markt, belud ihn mit frischem Obst und ging anschließend in die Innenstadt von Korla, um es zu verkaufen. Er war vom frühen Morgen bis zum Abend unterwegs, aber er verdiente auf diese Weise genug Geld, um damit seinen bescheidenen Lebensunterhalt zu bestreiten. Am Abend setzte er sich manchmal zu seinen Nachbarn vor das Haus oder in die warme Stube und dann sprachen sie bei einem Schälchen Tee über den vergangenen Tag, über das Leben und die Welt.

Wie jeden Tag schob Yakup auch an diesem Morgen seinen Karren an den Platz, an welchem er sich mit mehreren anderen Straßenhändlern traf. Einige von ihnen waren Uiguren, andere Chinesen, denn in Korla leben mehr Han-Chinesen als in den meisten anderen Städten Xinjiangs. Hier machen sie die große Mehrheit der Bevölkerung aus. Sie arbeiten für die mächtigen Wirtschaftsunternehmen, die in der Nähe ihre riesigen Fabrikanlagen haben oder in der Taklamakan Erdöl und andere Bodenschätze fördern, und diese Firmen legen keinen Wert auf uigurische Mitarbeiter, sondern holen sich ihre Arbeitskräfte aus dem zentralen China. Das war auch der Grund dafür gewesen, dass seine beiden Söhne die Stadt verlassen mussten. Sie hatten hier keine Arbeit finden können. Immer wieder hatte es geheißen: Wir stellen keine Uiguren ein. Yakups Stirn legte sich in zornige Falten und er stieß seinen Karren ärgerlich über ein bröckelndes Loch in der Straße, so dass die alten Räder bedenklich zu ächzen begannen. Aber der Gedanke daran empörte ihn immer wieder aufs Neue: Adil und Ahat hatten einen ordentlichen Beruf erlernt, waren fleißig und gewissenhaft, aber niemand wollte ihnen Arbeit geben. Nachdem sie damals fortgegangen waren, hatte sich Aygüls Leiden verschlimmert, weil ihr Herz nun in zweifacher Weise litt. Doch das war schon lange her und Yakup lebte sein Leben allein.

Er stellte den Karren ab, klemmte einen kleinen Holzkeil unter das Vorderrad, damit es nicht weiterrollen konnte, und türmte seine gelben Feigen auf großen grünen Blättern zu einladenden, saftig-köstlichen Bergen auf, die so goldgelb leuchteten wie die Sonne am Himmel. Jetzt am Ende des Sommers war die Zeit der gelben Feigen. Man fand sie nur selten auf dem Markt und hier war er der Einzige, der sie zum Verkauf anbot. Sie waren eine Kostbarkeit. Sie schmeckten so süß wie Honig und zergingen einem auf der Zunge wie... ja, wie... Ach, wie lange war das nun schon her... Aygül...

„Guten Morgen, Yakup!"

Yakup blickte von seiner Arbeit auf.

„Guten Morgen, Turap. Haben deine Hühner tüchtig Eier gelegt?"

„Ja, sie waren fleißig. Sieh doch."

Turap, der nicht weit von Yakup seinen Stammplatz hatte, hockte sich auf die Erde neben einem Stapel von Pappstiegen, die mit weißen Eiern gefüllt waren.

„Du hast viele Hühner."

„Nun ja, die meiner Nachbarn waren auch fleißig."

„Hallo, Freunde", rief ein anderer Mann zu ihnen herüber, „habt ihr Hunger? Ich hab wunderbar frisches Nan-Brot. Hat meine Frau heute Morgen gebacken. Soll ich rüberkommen? Wartet, ich bring euch ein Stück."

Yakup legte eine seiner Feigen auf ein grünes Blatt und wartete auf den Brotverkäufer.

„Eine wunderbare Idee, mein Freund, danke."

Der Karren des Brotverkäufers war etwas anders als der von Yakup. Er hatte zwei hohe Räder und einen bunten Schirm, der an der Tragfläche befestigt war und den Brotbergen Schatten spendete. Damit sie nicht austrocknen, erklärte der Mann. Er klappte eine Stützstange herunter, so dass sein Karren nicht umkippen konnte, und brach eines der großen runden Brote in drei Teile.

„Ein schöner Tag heute, nicht wahr?"

„Ja, ein schöner Tag. Hier, probiere eine meiner Feigen. Es sind die besten, die ich seit langem hatte."

Der Mann nahm die gelb-grüne Gabe mit beiden Händen und einem leichten Kopfnicken entgegen. Yakup legte eine zweite Frucht auf ein Blatt und reichte sie ebenfalls mit beiden Händen und einem höflichen Nicken seinem Freund Turap.

„Leider habe ich heute keine gekochten Eier", meinte dieser, „und mit einem rohen wüsstet ihr jetzt wohl wenig anzufangen."

Die drei Männer lachten und aßen dann eine Weile in gemeinsamem Schweigen.

„Ich vermisse die Eselkarren", sagte Yakup nachdenklich.

„Manche Leute haben jetzt Karren mit Motor oder Motorräder mit Karre."

„Da muss man nicht selbst laufen oder treten wie auf den Fahrradkarren."

„Sie machen Krach und stinken."

„Und wie sie stinken!"

„Nan-Brot mit Benzingestank... oder Feigen... Ich muss jetzt weiter, Freunde. Macht's gut."

„Mach's gut. Und einen schönen Tag noch."

Der Brotverkäufer klappte die Stützstange hoch und rollte mit seinem Handkarren langsam davon, die breite Straße entlang. Die beiden anderen Männer hockten sich nebeneinander auf die Erde und sahen ihm nach.

„Sieh mal, Turap, die Streifen auf seinem Schirm leuchten beinahe so golden wie meine Feigen."
„Ein netter Kerl. Kanntest du ihn?"
„Nein. Aber sein Brot ist wirklich gut."
Die Stunden vergingen. Von Zeit zu Zeit kamen Kunden und kauften eine Stiege voller Eier oder auch nur einige wenige, die Turap dann vorsichtig in eine Tüte legte. Andere blieben bei den Feigen stehen, stellten kritische Fragen nach Frische und Haltbarkeit und Yakup freute sich, wann immer er einige verkaufen konnte, denn lange halten sich diese weichen Früchte nicht. Wenn sie voll reif sind, schmecken sie zwar am allerbesten, so wie heute, aber man kann sie nicht lange aufbewahren und muss sie sogar noch vorsichtiger behandeln als Turap seine Eier.

Es war kurz nach Mittag. In einiger Entfernung hatte ein Wagen angehalten, aus dem mehrere Männer gestiegen waren, von denen zwei von einem Stand zu anderen gingen, mit den Verkäufern sprachen und allmählich näherkamen. Jetzt standen sie bei einem Chinesen, der allerlei bunte Plastikdinge verkaufte. Yakup und Turap beobachteten die Männer argwöhnisch, denn sie schienen keine Kunden zu sein. Ihr Verhalten ließ eher auf Polizisten schließen, aber sie trugen keine Uniform und im Augenblick unterhielten sie sich offenbar recht vergnügt mit dem chinesischen Händler. Sie begutachteten seine Waren und lachten über diesen und jenem kuriosen Spielkram.
„Deine Papiere!"
Turap zuckte zusammen. Die Worte klangen wie ein Peitschenhieb, der einen störrischen Esel zum Gehorsam zwingen soll. Er stand auf und fingerte in seiner Jackentasche nach dem Ausweis.
„Die Lizenz?"
Turaps Hände zitterten, als er weiter in seine Tasche grub und dann dem Fremden ein abgegriffenes Stück Papier reichte.

„Und deine?"

Yakup hatte an diesem Morgen nicht seinen langen grauen Mantel angezogen, weil es ein warmer Tag zu werden versprach, und dabei hatte er vergessen, seine Ausweispapiere herauszunehmen und in die andere Tasche zu stecken. Schon als er die Männer aus dem Auto hatte steigen sehen, war es ihm mit Schrecken eingefallen. Uiguren müssen immer ihren Ausweis bei sich haben und in den letzten Monaten kam es immer häufiger vor, dass sie kontrolliert wurden – ohne jeden Grund. Chinesen wurden nie behelligt, immer nur die Uiguren. Yakup wusste nicht, was das zu bedeuten hatte, aber es verbitterte ihn. Sie waren doch hier zu Hause, in ihrem seit Ewigkeiten angestammten Land, dachte er bei sich, aber er murrte nicht und gehorchte ebenso ergeben wie alle anderen.

„Dein Ausweis! Nun, wird's bald?", donnerte eine ungeduldige Stimme über ihm.

Yakup zog sich an seinem Karren hoch, so dass er auf Augenhöhe mit den Männern zu stehen kam. Seine Knie schwankten. Was erlaubt sich dieser junge Bengel, in solch einem Ton mit mir altem Mann zu sprechen? schimpfte er insgeheim, aber er antwortete leise und entschuldigend:

„Ich hab ihn heute nicht bei mir. Ich hab..."

„Und deine Lizenz?"

„Die ist auch..."

„Verschwinde! Du hast kein Recht hier zu stehen!"

„Ich stehe immer hier."

„Hast du nicht zugehört? Verschwinde auf der Stelle von hier und lass dich nicht noch einmal ohne Ausweispapiere blicken! Und auch sonst nirgendwo! Hast du das verstanden?"

„Ich habe..."

„Schnauze!", mischte sich jetzt auch der andere Mann ein.

Turap versuchte zu erklären, dass sein Nachbar, der Obstverkäufer Yakup, tatsächlich jeden Tag an dieser Stelle neben ihm stehe und dass er genau wisse, dass er eine Erlaubnis besitze, und zwar für genau diesen Platz. Seit zwanzig Jahren standen sie täglich hier und verkauften Obst und Eier.

„Schnauze!"

„Wenn du willst, kannst du auch gleich deine Sachen packen und verschwinden!", fuhr ihn der jüngere der beiden Männer an. „Ihr wisst ganz genau, dass jeder jederzeit in der Lage sein muss, sich auszuweisen."

Ich habe gar nicht gesehen, dass der Chinese nebenan seine Papiere vorgezeigt hat, dachte Turap bei sich, aber er sagte es nicht, denn inzwischen hatte sich eine kleine Menschentraube um sie versammelt und ein offener Streit könnte böse Folgen haben. Man würde ihm seine Lizenz wegnehmen und wovon sollte er dann leben?

„Nun mach schon, hau ab von hier, wenn wir dich nicht festnehmen sollen!"

Yakup stand noch immer unentschlossen da. In ihm tobten Wut und Hilflosigkeit, Empörung, Sorge und Traurigkeit, Trotz und Verzweiflung.

„Ich laufe schnell nach Hause und hole meine Papiere."

„Verschwinden sollst du, und zwar sofort und mit allem, was du hast!" Der Mann stieß mit dem Fuß gegen Yakups Karren, so dass die Feigentürme ins Wanken gerieten. Eine der Früchte kullerte über den Rand und fiel auf die Erde. Der junge Mann zerquetschte sie mit dem Fuß. Eine gelbe Kostbarkeit, zertreten wie Dreck. Zertreten wie mein Volk. Mit Füßen getreten und erniedrigt. Nicht etwa achtlos, aus Versehen, sondern mutwillig in einem abscheulichen, hochmütigen Machtbewusstsein, das sich auf nichts gründet als auf die Zugehörigkeit zu einem anderen Volk als dem meinen. Die Verbitterung vieler Jahre brach sich ihren Weg und besiegte Yakups ergebene Demutshaltung:

„Nein, dies ist mein Platz. Hier stehe ich jeden Tag seit zwanzig Jahren!"

Mit beiden Händen packte der jüngere Mann Yakups Karren und kippte ihn um. Feigen, Blätter und Geldscheine verstreuten

sich am Boden. Einige Zuschauer sprangen erschreckt zur Seite, ein Kind bückte sich nach einer Yuan-Note, die zu seinen Füßen geflogen kam, alle starrten entsetzt und neugierig auf das, was nun kommen würde. Der alte Yakup wollte sich blindlings auf seinen Gegner werfen, der andere Mann riss ihn zurück, sie zerrten aneinander, kämpften und Yakup schrie:
„Meine Feigen... Das dürfen Sie nicht!"
Es setzte eine schallende Ohrfeige.
Yakup stolperte einige Schritte zurück und dann hatte der Mann plötzlich einen Knüppel in der Hand. Er schlug zu. Noch einmal, noch einmal. Yakup stürzte. Den Zuschauern stockte der Atem, die Frauen fuhren sich erschrocken mit der Hand an den Mund, die Männer gafften stumm. Turap beugte sich zu seinem Freund herab, Yakup rührte sich nicht. Kinder sammelten Geldscheine und ein paar Feigen, die noch essbar waren. Die beiden Ordnungskräfte stellten den Karren auf seine Räder und zogen ihn fort zu ihrem Wagen am Ende der Straße.
„Nein!", flehte Yakup mit letzter Kraft. „Nein, den dürfen Sie nicht mitnehmen, das ist mein Karren, mein Eigentum..." Dann konnte er nichts mehr sagen, denn das Blut lief ihm von der Stirn in den Mund und er musste spucken.
„Du musst zum Arzt, Yakup", flüsterte Turap und streichelte seinen Freund beruhigend. „Das ist eine schlimme Wunde. Du blutest ganz furchtbar." Er suchte nach einem Taschentuch und drückte es auf Yakups Stirn. Im Nu war es rot durchnässt. Er konnte die Blutung nicht stillen. „Ist hier jemand, der helfen kann? Er verblutet sonst."
Ein Mann kam zögernd näher. Die anderen Zuschauer gingen ihrer Wege und sahen sich nicht mehr um. Die Feigen waren zertreten, eine gelbe Masse schmierte über grüne Blätter und grauen Asphalt.
„Ich werde ihn zum Krankenhaus fahren", sagte der Mann.
Er ging fort, um seinen Wagen zu holen. Turap hob die schwarz-weiße Doppa auf, die Yakup vom Kopf gefallen war, las

ein paar letzte Feigen auf, legte sie auf die wenigen grünen Blätter, die er noch finden konnte, und platzierte sie neben seine Eier.

Halmurat hatte seine Schicht fast beendet und eine zweite stand heute nicht an. Endlich würde er einmal einen Feierabend in Ruhe verbringen und sich bei Kebab und Tee mit Freunden treffen können.

Ein neuer Notfall.

Ein Mann mit einer offenen Kopfwunde wurde hereingeführt. Er schien bereits viel Blut verloren zu haben und blutete noch immer heftig. Man hatte ihm zwar ein Tuch um den Kopf gebunden, doch das hatte die Blutung nicht stillen können.

Kollege Chen übernahm den neuen Patienten. Der Mann, der ihn gebracht hatte, wollte sofort wieder gehen. Er kenne ihn nicht, sagte er, habe ihn nur schnell ins Krankenhaus gefahren, weil er sonst vermutlich am Straßenrand verblutet wäre.

„Geben Sie mir Ihren Ausweis", forderte Herr Chen Yakup auf, aber der reagierte nicht.

„Außerdem müssen Sie 500 Yuan als Vorauszahlung leisten. Danach werde ich mir Ihre Wunde ansehen und entscheiden, was zu tun ist."

Als Halmurat hörte, was sein Kollege sagte, mischte er sich ein:

„Schauen Sie doch lieber schnell, wie es um den Mann steht, Herr Chen. Er blutet ja und ist gar nicht richtig bei Bewusstsein."

„Alles muss seine Ordnung haben!"

Wie oft schon hatte Halmurat sich über seine Kollegen geärgert, wenn sie bei uigurischen Notfallpatienten Formalitäten über ärztliche Versorgung stellten. Genau deshalb arbeitete er ja fast Tag und jede Nacht und gönnte sich kaum Freizeit. Anstatt seinen Kittel an den Nagel zu hängen, schlich er sich zu dem Platz, an dem sein Kollege den alten Mann achtlos hatte sitzen lassen.

„Zeigen Sie mal her", sagte er leise auf Uigurisch.
Yakup schaute auf. Er konnte nicht gut Chinesisch und fühlte sich erleichtert, als endlich jemand in seiner eigenen Sprache mit ihm sprach.
„Kommen Sie mit, das muss unbedingt sauber gemacht und genäht werden. Sie haben schon viel Blut verloren, nicht wahr? Wie fühlen Sie sich?"
Der alte Mann antwortete nicht. Er schien unter Schock zu stehen, doch als Halmurat ihn an die Hand nahm, folgte er willig wie ein gehorsames Kind in eine Ecke des Behandlungsraums.
„Was machen Sie da, Kollege? Der Mann hat keinen Ausweis!"
„Ich sehe mir seine Wunde an."
„Bezahlt hat er auch noch nicht! Lassen Sie das!"
„Sehen Sie denn nicht, wie er blutet, Herr Chen? Wir sind Ärzte, wir müssen helfen…"
„… und er muss bezahlen."
„Er wird später bezahlen. Und wenn er nicht bezahlen kann, dann werde ich es für ihn tun."
„…"
„Keine Sorge, ich übernehme das."
„Das ist gegen die Vorschiften!"
„So", wandte sich Halmurat an seinen Patienten, ohne den Kollegen weiter zu beachten. „Warten Sie, jetzt wird es gleich ein wenig wehtun, passen Sie auf… ganz ruhig… ich muss die Wunde säubern, das ist wichtig."
„Idiot!", hörte Halmurat Herrn Chen zu einem anderen Arzt sagen, aber er konzentrierte sich ganz auf seine Arbeit, reinigte und nähte die tiefe Platzwunde und legte Yakup einen dicken, weißen Verband um den Kopf.
„Können Sie allein nach Hause gehen?"
Noch immer keine Antwort.
„Nun gut, warten Sie einen Augenblick. Ich habe jetzt Feierabend und kann Sie nach Hause bringen."

„Mein Karren!"
„Wie bitte?"
„Ich muss meinen Karren wiederhaben. Ich brauche ihn. Sie haben ihn mitgenommen."
„Jetzt kommen Sie. Zuerst einmal bringe ich Sie nach Hause."

Als sie in Yakups kleinem Zimmer beieinandersaßen, begann der alte Mann zu erzählen. Er fühlte sich schwach und krank, vor allem aber gedemütigt und deshalb freute sich Halmurat jetzt umso mehr, dass er dem Mann geholfen hatte. Er versprach, am nächsten Tag wiederzukommen.

„Eigentlich hätten Sie stationär aufgenommen werden müssen", erklärte er beim Abschied, „aber das könnten weder Sie noch ich bezahlen. Sie sollten aber trotzdem ein paar Tage im Bett bleiben, denn vermutlich haben Sie eine Gehirnerschütterung und damit lässt sich nicht spaßen. Auch Ihre angebrochenen Rippen brauchen etwas Schonung. Können die Nachbarn nach Ihnen sehen?"

Halmurat hatte einen Freund, der bei der Stadtverwaltung arbeitete und dem es nach mühsamen Erkundigungen herauszufinden gelang, wo Yakups Obstkarren abgeblieben war. So machte sich also am folgenden Abend ein junger Arzt mit einem dreirädrigen Handkarren und einem Berg von Lebensmitteln auf den Weg zu einer kleinen Nebenstraße im uigurischen Viertel von Korla. Kinder spielten draußen und juchzten laut vor Freude, als sie ihn sahen:

„Onkel Yakup, Onkel Yakup, dein Karren ist wieder da!"

Der alte Mann kam an die Tür und schaute verwundert heraus.

„Sie gehören doch ins Bett, Yakup!"

„Ja, Doktor, ich weiß. Ich gehe schon", sagte der Alte und ein glückliches Strahlen ging über sein Gesicht, als er den freundlichen jungen Mann mit seinem Karren sah. „Der steht Ihnen gut, Herr Doktor, wirklich sehr gut."

„Ab ins Bett und keine Widerrede! Zuerst sehen wir uns Ihre Wunde an und danach mache ich uns ein gutes Abendessen."

Sie sprachen bis spät in die Nacht. Nachbarn kamen und setzten sich zu ihnen. Natürlich wusste bald die ganze Straße, dass der alte Yakup Besuch von einem jungen Arzt hatte, der sich für die Uiguren einsetzte, und alle wollten ihn sehen und alle hatten Fragen und brachten ihre Kinder und Greise mit. Es war wie ein großes Fest und die ganze Zeit saß der genesende Patient auf seinem Bett und lachte wie schon seit vielen Jahren nicht mehr.

„Ich komme wieder", versprach Halmurat, ehe er heimging. „Ich komme, so oft ich kann, und wenn Kopf und Rippen und alles wieder gesund sind, dann machen wir richtig einen drauf! Einverstanden?"

Sie wurden gute Freunde, der junge Halmurat und der alte Yakup aus Korla.

Turap kam jeden Morgen zu dem Platz, an dem er seine Eier verkaufte. Jeden Morgen kontrollierte er sorgfältig seine Jackentasche, um sicher zu gehen, dass alle Papiere drin waren. Und jeden Morgen hoffte er, dass sein Freund Yakup, der Obstverkäufer, endlich wieder erscheinen möge. Er hatte ihm damals bei der Polizeikontrolle nicht helfen können. Er schämte sich deswegen, aber was hätte er denn gegen die Staatsgewalt tun können? Sie hätten auch ihn zusammengeschlagen oder mitgenommen.

Dann eines Tages kam er. Turap sah ihn schon von weitem: Yakup mit seinem Karren, voll beladen mit Obst, Birnen und Datteln. Ja, natürlich, die Zeit der gelben Feigen war jetzt vorbei. Die Räder des Karrens musste er geölt haben, sie knarrten gar nicht. Überhaupt wirkte er anders. Er ging nicht gebeugt wie sonst. Und er lächelte.

„Guten Morgen, mein Freund!", begrüßte er fröhlich den Eierverkäufer. „Wie geht es dir?"

„Wie geht es dir, Yakup? Ich habe mir große Sorgen gemacht. Es war furchtbar, ich dachte, du verblutest. Ich dachte, du stirbst."

„Ach, mir geht es gut, danke! Ich bin wieder ganz gesund", erwiderte Yakup munter, während er seine Birnen zu hübschen Bergen auftürmte. „Aber ich habe wirklich großes Glück gehabt. Allah hat mir geholfen, denn beinahe wäre ich tatsächlich verblutet, und zwar nicht auf der Straße, sondern im Krankenhaus. Mitten drin im Krankenhaus. Du glaubst gar nicht, was ich dir alles zu erzählen habe."

„Ich bin so froh, dass du wieder hier bist... Warte, ich hab etwas für dich."

Turap zog hinter seinem Rücken eine zerknitterte Plastiktüte hervor und überreicht sie Yakup mit einer feierlichen Geste: „Hier, das hab ich für dich aufgehoben."

Yakup schaute neugierig hinein.

„Meine Doppa!", rief er überrascht. „Danke, Turap, ich hätte nicht gedacht, dass ich die wiedersehe. Das ist wirklich nett von dir, danke. Ich hab zwar schon eine neue, siehst du diese hier, von meinem neuen Freund. Aber das erzähle ich dir noch alles. Warte, und was ist das?"

Es war eine zerdrückte Pappschachtel, in der ein paar wenige Geldscheine lagen.

„Viel war nicht mehr übrig, nachdem die Leute weg waren", entschuldigte sich Turap. „Kinder und wahrscheinlich auch ein paar Erwachsene haben dein Geld aufgesammelt, als es über die Straße flog."

„Ach, mein Freund!" Yakup traten Tränen in die Augen, als er seinem Nachbar die Hand reichte. „Wie gut, wenn man Freunde hat. Aber warte, jetzt will ich dir alles erzählen. Ich hab nämlich sehr viel zu erzählen. Komm und setz dich."

Der Tag reichte nicht aus, um all das zu sagen, was die beiden Männer sich zu sagen hatten.

„Und weißt du was?", schloss Yakup an diesem Tag seine Erzählung. „Er hat gesagt, dass er früher einmal den Wunsch gehabt hatte, Herz-Arzt zu werden, also ein Arzt, der darauf spezialisiert ist, Herzen gesund zu machen. Er war ziemlich traurig, dass er dazu keine Chance bekam, sondern immer nur in der Erste-Hilfe-Station arbeiten musste – weil er Uigure ist, weißt du. Deshalb hat man ihm nicht die Chance gegeben, aber ich glaube, dass er trotzdem der beste Herz-Arzt ist, den man sich vorstellen kann."

Turap schaute ihn lange an.

„Ja, das scheint mir auch so", murmelte er kaum hörbar und lächelte gedankenvoll in sich hinein.

Yakup reichte dem Eierverkäufer eine der wenigen Birnen, die er noch nicht verkauft hatte, und sagte:

„Wir geben heute Abend ein Fest: mein Genesungsfest. Kommst du auch, mein Freund?"

Hurshida

Als Hurshida zum ersten Mal die Augen öffnete, bekam ihre Mutter Aynur einen furchtbaren Schreck. Sie glaubte, einen Schlag ins Gesicht zu bekommen, einen Schlag, der sie mit unvermuteter Heftigkeit traf wie ein Blitz am helllichten Frühlingsmorgen. Sie wusste plötzlich mit niederschmetternder Gewissheit, dass sie einen nicht wiedergutzumachenden Fehler begangen hatte. Sie hatte ein Desaster heraufbeschworen, das ihre Welt aus den Fugen hob und die ganze Familie ins Unglück stürzen würde. Der Boden begann unter ihren Füßen zu wanken, wie wenn ein Erdbeben die Erde erschüttert. Wie wenn sich ein Morast auftut oder der Treibsand der Wüste einen verschlingen will. Sie fühlte sich hintergangen und betrogen. Sie schaute noch einmal auf das Kind und sank verzweifelt in die Knie, unfähig einen klaren Gedanken zu fassen. So blieb sie lange neben dem kleinen Geschöpf sitzen, das jetzt ihre Tochter war.

Hurshida war zwei Wochen alt und Aynur seit zwei Stunden ihre Mutter.

Gerade noch hatte sie geglaubt, im siebten Himmel zu schweben. Sie hatte ihr Glück kaum fassen können, denn viel Hoffnung auf ein Wunder hatte sie nicht mehr gehabt, und dann war es plötzlich doch geschehen: Man hatte ihr ein kleines Mädchen zur Adoption angeboten, ein fast neugeborenes Kind, etwa zwei Wochen alt, ein winziges kleines Geschöpf, das eine Mutter brauchte. Und sie, Aynur, durfte diese Mutter sein.

Es war gegen sechzehn Uhr gewesen, als das Telefon geklingelt hatte. Die Adoptionsvermittlungsstelle hatte angerufen und mitgeteilt, dass man ein kleines Mädchen zur Adoption geben könne. Sie habe doch vor längerer Zeit einmal eine Bewerbung eingereicht. Ob sie noch immer Interesse habe?

Aynur hatte vor Aufregung beinahe den Hörer fallen lassen und für einen Moment den Atem angehalten. Ein Kind. Sollte ihr größter Wunsch doch noch in Erfüllung gehen?
„Dann kommen Sie zu uns! Kommen Sie sofort! Unser Büro schließt um halb sechs, wie Sie wissen", hatte die Frau gesagt und Aynur war wie in Trance von ihrem Schreibtisch in der Stadtverwaltung aufgesprungen und zur Adoptionsstelle geeilt. Eine Tochter hatte sie sich schon immer so sehr gewünscht! Seit wie vielen Jahren schon hatte sie sich nach einem Kind gesehnt, einem Menschen, für den es sich zu leben lohnte. Den Traum von einer eigenen Familie hatte sie seit langem aufgegeben, ihre jüngeren Geschwister brauchten sie nicht mehr und die Mutter war alt und wer konnte schon wissen, wie lange sie noch da sein würde. Und dann, ohne die Mutter, dann wäre sie ganz allein auf der Welt. Einsam und allein. Ein Kind aber, eine kleine Tochter, die würde bei ihr bleiben, die könnte sie lieben und umhegen für alle Zeit.

Natürlich sollten Kinder auch einen Vater haben, aber nur wenn es ein guter Vater war, nicht einfach nur ein Mann, der zur Familie gehörte. Heiraten, nein... Niemals wieder würde sie heiraten! Das hatte sie dreimal getan und jedes Mal war es eine Katastrophe gewesen. Auf Männer wollte sie sich nicht mehr verlassen. Niemals mehr! Selbst wenn eine unverheiratete Frau in der uigurischen Gesellschaft nicht gut angesehen war und eine unverheiratete Frau mit Kind, nun, da würde sie sich auf mancherlei Anfeindungen und Gerede gefasst machen müssen, aber das war immer noch besser als Gewalttätigkeit, Spielsucht und Verachtung, hatte sie sich gesagt. Doch was würde jetzt werden? Jetzt, wo sie ein chinesisches Kind hatte, eine Tochter mit Schlitzaugen, eine Han-Chinesin? Sie, die aus einer alten, traditionsbewussten uigurischen Familie stammte, die vor Jahren in argen Konflikt mit der chinesischen Obrigkeit geraten war. Ihr Vater und andere Verwandte waren lange im Gefängnis gewesen, weil sie ihre Meinung offen ausgesprochen hatten und weil diese Meinung der chinesischen Regierung nicht gefallen hatte. Dass es in dem Autonomen Gebiet keine echte Autonomie gab, war zwar die Wahrheit, das wussten alle, aber man durfte sie nicht öffentlich äußern. Deshalb bedeutete für Aynur und ihre Familie alles, was mit Politik und Ungerechtigkeit zu tun hatte, verantwortungslose Machthaberei und die war für sie gleichbedeutend mit Han-Chinesen. Natürlich wusste sie, dass nicht alle Chinesen böse Menschen sind, aber in ihrem Denken lag seit den Ereignissen von damals eine unüberwindliche Kluft zwischen diesen Volksgruppen. Seit ein paar Jahren verschärfte sich die Situation sogar noch: Die Uiguren fühlten sich mehr und mehr von den Chinesen verdrängt, missachtet, unterdrückt. Und nun hatte sie solch ein Kind als Tochter angenommen! Wie sollte sie es lieben können? Woher sollte sie wissen, wer seine Eltern waren? Vielleicht gehörten ja auch sie zu denen, die Uiguren ins Gefängnis brachten, erschossen. Ein langaufgestauter Groll, ein kaum jemals bewusst eingestandener Hass gegen die Chinesen flammte plötzlich in ihr auf und drohte ihre Seele zu vergiften. Seitdem Hurshida die Augen geöffnet hatte, war all das mit einem Mal wieder präsent, und zwar noch viel, viel stärker als jemals zuvor.

Die Tür ging auf und Aynurs Mutter kam herein. Sie war bei einer Nachbarin gewesen und wusste noch nichts von dem, was vorgefallen war.

„Was ist los mit dir, Aynur, geht es dir nicht gut?", fragte sie daher verwundert, als sie ihre Tochter auf dem Kang kauern sah. Sie kam näher und sah das Kind, das in ein buntes Tuch gewickelt auf dem Filzteppich lag.

„Was ist denn das! Ein Baby? Aynur, du hast ein Baby bekommen? Von der Adoptionsstelle? Ist das wahr? Jetzt auf einmal, so plötzlich? Wieso... wieso war das jetzt auf einmal möglich?"

„Sie haben angerufen", erwiderte Aynur tonlos. „Sie haben gesagt: Nimm es oder nimm es nicht, und da habe ich die Papiere unterschrieben."

„Das ist ja wundervoll, Kind! Das hast du dir doch so sehr gewünscht."

„Ja, das habe ich."

„Was für ein hübsches Kind! Ist es ein Mädchen?"

„Ja, ein Mädchen, meine Tochter. Aber warte, bis sie die Augen aufmacht."

„Wieso?"

„Siehst du die Lidfalte, Mutter. Kannst du sie sehen? Das ist ein chinesisches Kind!"

Die alte Frau sah ihre Tochter bestürzt an. Sie wusste nicht, was sie sagen sollte. Warum hatte Aynur das Kind genommen, wo doch die Familie immer so stolz auf ihre Herkunft gewesen war und immer größten Wert darauf gelegt hatte, dass Uiguren Uiguren heiraten und sich nicht mit anderen Volksgruppen vermischen? Unsere Kultur, unsere Traditionen, die Sprache und Religion sind unser höchstes Gut. Wir dürfen es nicht gefährden, indem wir uns von der Sinisierungsflut überrennen lassen, hatte der Vater immer gepredigt, und das hatte die ganze Familie wie auch viele andere Uiguren in Xinjiang gutgeheißen. Und nun hatte Aynur ein chinesisches Kind adoptiert!

„Du hast die Papiere bereits unterschrieben? Ist die Adoption ist rechtskräftig?"

„Ja."

„Hast du dir das Kind denn nicht angesehen?"

„Doch. Aber als es schlief, habe ich es nicht bemerkt. Erst zu Hause."

„Vielleicht kann man es rückgängig machen. Ruf an!"

„Das Büro ist jetzt geschlossen." Aynur begann zu weinen. „Es ging alles so schnell. Sie hatten es alle eilig, weil es schon spät war und der Feierabend bevorstand. ‚Sie wollten doch eine Tochter, also nehmen Sie sie', haben sie gesagt. ‚Sonst geben wir sie morgen einer anderen Familie. Es ist Ihre Chance: jetzt oder nie!' So war es, Mutter. Ich war so aufgeregt, ich habe mich so unglaublich gefreut, dass ich nur einen kurzen Blick auf das schlafende, kleine Gesicht geworfen und dann alles unterschrieben habe."

„Jetzt oder nie', hatten die Leute von der Adoptionsstelle gesagt. Sie war beinahe vierzig Jahre alt und unverheiratet, daher würde man sie mit Sicherheit kein zweites Mal fragen. Zwar kam es gelegentlich vor, dass ein neugeborenes Mädchen zur Adoption freigegeben oder ausgesetzt wurde, weil Eltern lieber Jungen haben wollten und weil ihnen die Ein-Kind-Politik nur ein bzw. zwei Kinder erlaubte. Doch meistens waren die Frauen klug genug, ungewollte Mädchen rechtzeitig abzutreiben. Daher hatte Aynur ihre einmalige Chance ergriffen, ohne lange zu überlegen. Ohne viele Fragen zu stellen.

Jetzt öffnete das kleine Mädchen wieder seine Augen, verzog das Gesicht zu einem jämmerlichen Grienen, wandte den Kopf und machte mit dem winzigen Mund unbeholfene Saugbewegungen.

„Haben sie dir wenigstens gesagt, wie man solch ein Wurm füttert, wenn man keine Muttermilch hat?"

Aynur ging in die Küche und bereitete eine Flasche zu, so wie es auf dem Handzettel stand, den man ihr mitgegeben hatte. Hurshida trank begierig und danach machten sich ihre Mutter und Großmutter daran, sie auszuziehen und sauber zu machen. Da fühlte Aynur am Rücken eine Beule. Sie drehte das Kind auf den Bauch und bekam zum zweiten Mal an diesem Abend einen furchtbaren Schreck. Auf der Wirbelsäule, kurz über dem Steiß, befand sich eine große, dicke Beule.

„Hast du kein ärztliches Gutachten bekommen?", fragte ihre Mutter.

„Nein, wozu?"

„Und was ist das hier?"

„Eine Beule."

„Das ist nicht einfach nur eine Beule. Das kann alles Mögliche sein. Wer weiß, was dieses Ding uns für Krankheiten ins Haus schleppt! Du musst das alles rückgängig machen, Aynur. Sie haben dir dieses Kind untergeschoben, weil es sonst niemand haben wollte. Wer will denn auch schon ein deformiertes chinesisches Mädchen haben!"

Aynur starrte ihre Mutter voller Entsetzen an und fragte sich verzweifelt: Gibt es ein Rückgaberecht für Kinder? Kann man ein adoptiertes Kind zurückgeben wie einen defekten Fernseher oder ein Kleid, das man aus Versehen zu groß oder zu klein gekauft hat? Kann man es beanstanden und sagen: Es ist nicht von der Art, die ich bestellt habe, und außerdem ist es beschädigt.

Am nächsten Morgen ging Aynur wieder zur Adoptionsstelle, schilderte ihre Bedenken bezüglich Volkszugehörigkeit und Gesundheitszustand, beschuldigte die Angestellten, sie absichtlich hinters Licht geführt und zur Eile gedrängt zu haben. Sie sei zu einer übereilten Entscheidung genötigt worden und wolle die Adoption annullieren.

„Das ist vollkommen ausgeschlossen, gute Frau", wurde sie abgewiesen. „Sie haben das Kind gesehen und wir haben Sie keineswegs gezwungen, die Adoptionspapiere zu unterschreiben. Es war Ihr eigener Wunsch und nun ist daran nichts mehr zu ändern."

Aynur weinte drei Tage lang. Hurshida weinte auch und ihre Großmutter irrte verbittert durch das Haus. Die Nachbarn kamen, um das Kind zu sehen, sie schauten sich an und gingen wieder. Am dritten Tag raffte sich Aynur zusammen, nahm ihr Kind und begab sich mit ihm zum Krankenhaus. Der Arzt stellte einen Tumor an der Lendenwirbelsäule fest, ob gutartig oder bösartig, müsse untersucht werden, aber in jedem Fall sei es geraten, ihn zu entfernen. Auch ein benigner Tumor könne die Funktion der Wirbelsäule beeinträchtigen, das Wachstum behindern, neurologische Störungen oder Schmerzen zur Folge haben. Das Kind sei im Moment noch zu jung, doch in drei bis sechs Monaten müsse es operiert werden.

Jetzt, als Aynur es mit konkreten Fakten zu tun hatte, fühlte sie sich ein wenig besser. Eine Operation bei einem Säugling war zwar riskant und zudem sehr kostspielig, aber was blieb ihr anderes übrig: Hurshida war ihre Tochter geworden – wenn auch durch Betrug, davon ließ sie sich nicht abbringen – und daher trug sie die Verantwortung für das kleine Mädchen, ob sie es nun wollte oder nicht. Irgendwie musste sie mit den Konsequenzen ihrer eigenen Unbesonnenheit fertigwerden und irgendwie würde sie es auch schaffen. Aber lieben... lieben würde sie dieses chinesische Kind, über das die Nachbarn lachten, das ihr den Zorn der Mutter, unabsehbare Sorgen und immense Kosten verursachte, nein, lieben würde sie es nicht können. Dieser Traum war für immer dahin.

„Aber es ist meine Pflicht, für das Kind zu sorgen", sagte sie sich. „Es ist meine Pflicht und ich werde alles daransetzen, es zu einem guten, verantwortungsvollen Erwachsenen zu erziehen."

Einige Tage vergingen. Aynur versuchte, sich so viel Zeit wie möglich für ihre Tochter zu nehmen und alles richtig zu machen. Das neue Leben war anstrengend: viel Arbeit, wenig Schlaf. Wiegen, Füttern und Windelwechseln wurden zur Routine, zehrten aber dennoch an ihrer Kraft und das Mutterglück, das sie sich einst erhofft hatte, das blieb aus.

Während der kleine Mund an der Flasche saugte, dachte Aynur zurück an ihre erste Hoffnung auf ein eigenes Kind. Sie hatte früh geheiratet. Der Vater hatte es so gewollt. Er hatte sie einem Geschäftsfreund für seinen Sohn versprochen, und da sie eine gehorsame Tochter war, hatte sie gesagt: ‚Wenn du es willst, Vater, werde ich ihn heiraten, aber ich weiß nicht, ob ich ihn lieben kann.' Er hatte geantwortet: ‚Du bist noch jung, mein Kind. Die Liebe kommt später in der Ehe.' Sie war nicht gekommen. Weder bei ihr noch bei ihrem Mann. Und als sie nach einem Jahr noch nicht schwanger war, wurde er ungeduldig, schlug sie, beschimpfte sie. Als Aynur auch nach zwei Jahren noch nicht schwanger war, wurde er so unberechenbar und gewalttätig, dass sie sich kaum noch in seine Nähe wagte, und im dritten Jahr hatte sie um die Scheidung gebeten.

Einige Jahre danach hatte sie ein zweites Mal geheiratet. Es war ein freundlicher junger Mann gewesen, höflich und zuvorkommend und alle hatten ihn gerngehabt. Doch wieder blieb eine Schwangerschaft aus, wieder begann die Hoffnung auf ein Kind zu schwinden und dann sagte ihr eines Tages ein Arzt, dass sie niemals ein Kind empfangen könne. Sie sei unfruchtbar. Von diesem Tag an ging ihr Mann jeden Abend aus dem Haus. Er verspielte sein Geld, er verspielte alles, was sie besaßen. Er schlug sie nicht wie ihr erster Mann, aber fast war es schlimmer, denn er nahm sie gar nicht mehr wahr. Für ihn hatte sie aufgehört zu existieren, und bald darauf war auch diese Ehe geschieden worden.

Hurshida saugte nicht mehr und drehte den Kopf energisch zur Seite. Aynur sah sie an und dachte: Damals hätte mich so ein kleines Kind glücklich gemacht. Ja, vielleicht hätte ich sogar meine Männer mit der Zeit lieben können. Wer weiß, vielleicht wären wir eine harmonische Familie geworden, aber nun bin ich allein und habe mir dieses Kind aufgebürdet, dieses fremde Kind.

Einige Jahre nach der zweiten Scheidung hatte Aynur noch einen dritten Versuch gewagt: Sie hatte einen Witwer geheiratet, der ein Kind mit in die Ehe brachte. Das könnte alle ihre Probleme lösen, hatte sie gehofft. Sie würde dem Kind eine gute Mutter sein und endlich eine richtige Familie haben. Doch auch dieses Mal war alles schiefgelaufen. Aynur hatte ihrem Mann nichts von ihrer Unfruchtbarkeit gesagt, weil sie dachte, dass es nun keine Rolle mehr spiele. Aber der Mann hatte eine Tochter und er wollte einen Sohn haben. Als sie ihm die Wahrheit gestand, ging er fort. Er ging, ohne sie eines Blickes zu würdigen. Er warf ihr Verlogenheit und Betrug vor, reichte die Scheidung ein, nahm sein Kind und verschwand aus ihrem Leben.

„Immer habe ich alles falsch gemacht", sagte sie laut vor sich hin.

In diesem Moment trat ein Fuß gegen ihre Brust. Dünne Ärmchen ruderten ziellos durch die Luft und krumme Babybeine versuchten die Decke abzustrampeln, mit der sie zugedeckt waren. Hurshida war jetzt wach, satt und zufrieden und sie schaute ihre Mutter an. Aynur fühlte die Augen auf sich ruhen. Sie waren nicht hübsch, nein, es waren keine schönen uigurischen Augen, aber zum ersten Mal erkannte sie etwas in diesen blitzenden, schwarzen Äuglein, die sie so intensiv musterten, als wollten sie sich das Gesicht der Mutter einprägen, um es niemals wieder zu vergessen. Verblüfft, beinahe erschrocken wurde Aynur bewusst, was sie in diesen Augen sah: Vertrauen. Unendliches Vertrauen, grenzenloses, bedingungsloses Vertrauen. Neugier auf das Leben. Nicht Dankbarkeit, denn für dieses kleine Geschöpf schien es eine ur-natürliche Selbstverständlichkeit zu sein, dass es sich auf seine Mutter verlassen konnte. Aynurs Augen wurden feucht, ein Strom ungekannter Gefühle schoss durch ihr ganzes Sein, ließ sie erschauern, machte sie zittern vor Glück und Ergriffenheit. Tränen tropften auf die bloßgestrampelten Beinchen. Sie streichelte zärtlich über das samtweiche schwarze Haar, hob das Kind in die Höhe und sah ihm lange in die schmalen Augen.

„Du möchtest also meine Tochter sein, Hurshida? Das hast du mir gerade gesagt, nicht wahr?" Sie schluchzte laut auf. „Ja, ich will auch deine Mama sein, egal woher du kommst, wie du aussiehst und wie krank du bist. Ich bin deine Mama und du bist mein Kind! Ich werde alles für dich tun und niemand wird uns trennen. Das verspreche ich dir."

Fast sah es aus wie ein Lächeln. Aber nein, im Alter von drei Wochen kann ein Kind noch nicht bewusst lächeln, aber vielleicht war es ja das Lächeln der Seele, das einen ersten Versuch machte, im Leben anzukommen. Aynur presste das kleine Wesen an sich, fühlte sich eins mit ihm und wusste, dass sie alle Schwierigkeiten würde meistern können. Für sich und ihr Kind. Was spielte es schon für eine Rolle ob es ein chinesisches oder ein uigurisches Kind war? Alle Menschen sollten füreinander da sein, wenn sie sich brauchen, und Liebe kann alle Hürden überwinden, wenn man es zulässt.

Zehn Jahre waren vergangen. Aynur hatte ihre Tochter zur Schule gefahren und blieb noch einen Augenblick am Hoftor stehen, um ihr nachzusehen. Hurshida war zu einem hübschen, selbstbewussten Mädchen herangewachsen. Ihr Gang war zwar etwas unbeholfen, sie wankte leicht und konnte keine weiten Strecken allein bewältigen, aber seit einigen Wochen schaffte sie es zumindest, ohne Krücken über den Schulhof zu gehen. Sie schaute sich noch einmal um und winkte ihrer Mutter lächelnd zu.

Dieses Lächeln war das Band, das sie in all den Jahren fest zusammengehalten und allen Kummer erträglich gemacht hatte. Denn Kummer und Sorgen hatte es genug gegeben in dieser Zeit. Da waren zum einen die Nachbarn und Verwandten gewesen, die ein chinesisches Kind nur schwer akzeptieren konnten. Da war die Mutter, die ihren Groll auf alle Chinesen nie überwunden hatte, weil sie ihren Mann ins Gefängnis gesperrt und misshandelt hatten, so dass er als gebrochener Mann zurückgekehrt und an den Spätfolgen gestorben war. Im Grunde ihres Herzens hatte sie ihrer Enkeltochter nie verziehen, dass sie von diesem Volk abstammte. Und dann waren da die Operation und später zahllose Arztbesuche und Therapien gewesen, die Unmengen von Geld verschlungen hatten. Aynur hatte sich tief verschuldet, bei ihren Brüdern, bei der Bank. Sie musste hart arbeiten und verdiente kaum genug, um jemals alles zurückzahlen zu können. Und doch glaubte sie, als sie ihre Tochter jetzt mit ihren Freundinnen lachend im Schulhaus verschwinden sah, dass keine Mutter auf der Welt glücklicher sein könnte als sie.

Sie ging zurück zum Auto, um rechtzeitig zur Arbeit zu kommen. Auch das Auto hatte sie wegen ihrer Tochter anschaffen müssen, denn anders wäre es nicht möglich gewesen, sie zum Kindergarten und später zur Schule zu bringen. Damals nach der Operation hatte man sogar befürchtet, dass das Kind niemals laufen lernen würde. Die Beine hatten keine Kraft gehabt, waren vollkommen schlaff gewesen. Vielleicht war bei der Operation irgendetwas misslungen, vielleicht hatte man einen Nerv oder etwas anderes verletzt. Sie wusste es nicht, niemand gab eine Erklärung. Die Ärzte hatten ihr das Kind einfach so zurückgegeben: ohne Tumor und ohne Leben in den Beinen. Anfangs hatte sie geglaubt, dass Hurshida nur eine gewisse Genesungszeit brauche, aber die kleinen Beine hatten nie wieder fröhlich gestrampelt.

Aynur war in andere Kliniken gefahren, hatte Fachärzte in Kashgar, Hotan und Urumchi konsultiert, Therapien der traditionellen uigurischen und chinesischen Medizin ausprobiert, nichts half und niemand wusste einen Rat. So hatte Hurshida mit unendlicher Geduld und großer Kraftanstrengung im Laufe der Jahre gelernt, auf ihren Füßen zu stehen. Als sie zum ersten Mal einen Schritt tat, ohne sich an etwas festzuhalten, war das für Mutter und Tochter wie ein Festtag gewesen. Sie hatten es geschafft! Gemeinsam würden sie alles schaffen.

Denn so unbeholfen Hurshida in ihren Bewegungen auch war, so rege war ihr Geist. Sie interessierte sich für alles und lernte schnell. Schon im Kindergarten sprach sie fließend Chinesisch, obwohl zu Hause nur Uigurisch gesprochen wurde. Sie kannte alle uigurischen und chinesischen Märchen und sang Lieder in beiden Sprachen. Sie spielte mit allen Kindern und achtete alle Erwachsenen, die freundlich zu ihr waren. Einen Unterschied sah sie nicht in der Sprache der Menschen oder der Form ihrer Augen, sondern darin, ob sie gut waren und ihre Behinderung akzeptierten oder ob sie über ihre lahmen Beine spotteten. Hurshida trug beide Kulturen in sich und sie hatte ihrer Mutter mit einem winzig kleinen Lächeln bewiesen, dass dies nicht das geringste Problem darstellte.

„Hurshida, meine Tochter", sagte Aynur, während sie durch den stockenden Verkehr zur Arbeit fuhr, „du chinesisches Kind mit dem uigurischen Herzen, du könntest der Schlüssel zu einem friedlichen Miteinander sein, wenn dieses zerrissene Land nur auf dich hören würde!"

Glossar

Atlasseide (uigurisch Ädläs) ist ein besonders gewebter Seidenstoff mit einem typisch uigurischen, meist sehr farbenfrohen Muster, das an fließendes Wasser oder Holzmaserung erinnert

Apa Mutter, Mama

Bingtuan offizielle Bezeichnung: Xinjiang Production and Construction Corps, eine halb-militärische Wirtschaftseinheit innerhalb Xinjiangs

Doppa eine Kappe, viereckig und mit unterschiedlichen Mustern bestickt, die traditionell von uigurischen Männern getragen wird, von Frauen in der Regel nur zu besonderen Anlässen. Früher besaß jeder Ort sein eigenes Muster, so dass man an der Doppa erkennen konnte, woher ein Mann stammte.

Han-Chinesen Dies ist die allgemein übliche Bezeichnung für die ethnischen Chinesen (benannt nach der Han-Dynastie, 206 v.Chr. bis220 n.Chr.), um einen Unterschied zu den ethnischen Minderheiten deutlich zu machen, die auch alle Staatsangehörige Chinas sind. Die Han-Chinesen machen mehr als 90% der Gesamtbevölkerung Chinas aus. In diesem Buch sind mit „Chinesen" immer die Han-Chinesen gemeint.

Kang ein Podest im Wohnraum, das von unten beheizbar ist und als Sitzgelegenheit und Bett für die ganze Familie dient. Der Kang ist in ganz Nordchina verbreitet.

Mu chinesisches Flächenmaß: 1 Hektar = 15 Mu

Nan-Brot Fladenbrot, wie man es ähnlich in Indien und ganz Zentralasien kennt

Onkel Kurban Kurban Tulum war ein uigurischer Bauer aus einem Dorf zwischen Hotan und Keriya. Nachdem 1949 die Volksbefreiungsarmee Xinjiang von den Wirren der früheren Politik erlöst hatte, empfand Kurban eine so tiefe Dankbarkeit, dass er sich mit seinem Eselkarren auf den 1500 km langen Weg nach Urumchi machte, um Mao eine Melone zu schenken. Die Parteifunktionäre, die hierin eine Public-Relations-Sensation witterten, brachten ihn nach Peking, wo er 1958 dem großen Vorsitzenden die Hand schütteln durfte. Die Statue in Hotan soll die einzige Statue sein, auf der neben Mao eine zweite Person stehen darf.

Sangza gebratene Nudeln, die zu dekorativen Kränzen geformt sind

Supä eine Art Podest, meist aus Holz gefertigt und mit Matten und Teppichen ausgelegt, das innerhalb des Hauses als Wohnbereich dient. Die Supä ist aber nicht von unten heizbar wie der Kang.

Tonur Ein Tonur ist ein Backofen, der entweder ganz aus Lehm gebaut wird oder aus einem großen zylindrischen Tongefäß besteht, das ganz oder teilweise in den Boden eingelassen und mit Mörtel oder Lehmziegeln ummauert ist.

Tügüre kleine, mit einer Hackfleischmischung gefüllte Teigtaschen

Yuan chinesische Währung (auch Renminbi): 100 Yuan = 12 Euro

Nachwort zur Erstauflage 2015

Warum ich alle diese Geschichten geschrieben habe? Weil es mir ein Bedürfnis war und ist, meinen Mitmenschen etwas über die Uiguren und ihre traurige Situation in Xinjiang zu erzählen, weil man bei uns noch immer so wenig darüber weiß und weil ich eine große Sympathie für diese Menschen empfinde, die ich als geduldig, warmherzig und äußerst gastfreundlich kennengelernt habe. In China hingegen stehen sie unter dem Generalverdacht, gewalttägige Terroristen oder Separatisten zu sein, die die Staatssicherheit gefährden. Und wenn gelegentlich in den internationalen Medien über sie berichtet wird, dann ist es auch leider meistens in einem solchen Zusammenhang. Ich wollte mit diesen Geschichten zeigen, wie es wirklich ist. Ich wollte, dass man diese Menschen versteht. Ich wollte aufrütteln.

Natürlich gibt es unter den Uiguren auch einige Hitzköpfe und Extremisten wie in jedem Volk und jedem Land. Es gibt auch in vielen Ländern erschütternde Zustände und Völker und Volksgruppen, die noch erbarmungsloser behandelt werden als die Uiguren in Xinjiang, aber dennoch gehören sie zu den bedrohten Völkern dieser Erde und das sollte nicht sein.

Es müsste in der Tat nicht so sein, denn die Verfassung der Volksrepublik China sichert ihnen in ihrem angestammten Land, welches sie zwar nicht mehr „Ostturkestan" nennen dürfen, weil das an die Zeiten der Eigenstaatlichkeit erinnert, eine begrenzte Selbstverwaltung zu. So haben sie zum Beispiel ein Mitspracherecht in Sachen Wirtschaft, Wissenschaft, Kultur, Kunst, Religion und Sprache. Die Gesetze klingen gut, aber sie werden nicht eingehalten. Sie gelten hier noch weniger als im übrigen China, und in den letzten Jahren verschärfte sich die Situation zusehends. Immer häufiger kam es daher zu Konflikten zwischen chinesischen Sicherheitskräften und der einheimischen uigurischen Bevölkerung, immer häufiger zu Gerichtsverfahren wegen angeblicher Gefährdung der Staatssicherheit. Es mag sein, dass es gelegentlich Uiguren waren, die als Aggressoren auftreten, aber es wird nie gesagt, warum sie es taten, wie sehr sie zuvor erniedrigt, betrogen oder provoziert wurden. Wenn sie sich in hilfloser Wut gegen eine Ungerechtigkeit zu wehren versuchen, wird das als politisch motivierter Terroranschlag dargestellt und brutal niedergeschlagen. Die Regierung tut nichts, um die Situation zu entspannen. Statt demokratischer Reformen befürwortet Staatspräsident Xi Jinping seit 2013 sogar ein noch härteres Vorgehen gegen jegliche Kritik.[3] Die Uiguren werden immer noch mehr überwacht, eingeschüchtert, wegen Nichtigkeiten festgenommen. Immer häufiger kommt es zu ungerechten Verurteilungen, langen Haftstrafen für Menschenrechtsverteidiger.

Die Geschichten in diesem Buch können nichts an der Situation den Uiguren in Xinjiang ändern, aber sie sollen auf ein Volk aufmerksam machen, das sich von der Welt vergessen fühlt. Sie sollen einem Vorurteil entgegentreten und zeigen, wie sehr diese Menschen es wert sind, mit Wohlwollen und Respekt behandelt zu werden.

---

3 http://www.gfbv.de/chinakampagne/minderheiten_uiguren.php
   http://www.gfbv.de/uploads/download/download/283.pdf
   u. v. a. m.

Nachwort zur Neuauflage 2021

Als Ende 2016 Parteisekretär Chen Quanguo nach Xinjiang versetzt wurde, begann er unverzüglich, sein in Tibet bewährtes Überwachungskonzept umzusetzen, und zwar in noch größerem Umfang und mit noch moderneren Mitteln. Neue Polizeistationen entstanden an fast jeder Straßeneckecke, Video-Überwachung mit Gesichtserkennungssoftware, DNA-Proben, Mobiltelefon-Apps u. Ä. sorgten schon bald für eine lückenlose Massenüberwachung und die willkürliche Verhaftung von Hundertausenden von Uiguren und Angehörigen anderer muslimischer Minderheiten. Bereits 2017 schossen im ganzen Land riesige Komplexe aus dem Boden, die sog. „Umerziehungslager", weil die Gefängnisse längst überfüllt waren. Lange Zeit leugnete die chinesische Regierung vehement die Existenz solcher Lager. Erst als schließlich Satellitenbilder der ganzen Welt zeigten, wo und wie groß sie waren, wurde behauptet, es handele sich um Fortbildungszentren, in denen die Schüler wunderbare Dinge lernten und glücklich waren. Die Lager waren weiträumig abgesperrt, Journalisten bekamen keinen Zugang, und da ab dieser Zeit für Uiguren jeglicher Kontakt zum Ausland äußerst gefährlich war, gab es kaum verlässliche Augenzeugenberichte.

Im November 2019 gerieten dann die „China Cables" an die Öffentlichkeit, vertrauliche Dokumente der Kommunistischen Partei, u. a. eine ausführliche Anleitung zum Betrieb der Internierungslager und Informationen zu Überwachungsdatenbanken, die bewiesen, dass all diese Unterdrückungsmaßnahmen auf ausdrückliche Anweisung Xi Jinpings und der Zentralregierung in Peking durchgeführt wurden: Die Uiguren sollten endlich und für alle Zeit ihre ethnische Identität verlieren, ihre Sprache, Kultur, Religion, ihr Denken und ihre Selbstachtung aufgeben.

Die Geschichten

Alle Geschichten in diesem Buch beruhen auf wahren Begebenheiten. Die Namen und manche Ortschaften wurden geändert, um die betreffenden Personen zu schützen, einige Dinge wurden hinzugefügt und einige Details weggelassen, doch ihr Kern entspricht in jedem Fall der Wirklichkeit.

Ich danke allen, die mir aus ihrem Leben erzählt haben, und denjenigen, die erzählt haben, was ihre Freunde oder Verwandten mir nicht selbst erzählen konnten.

Mein besonderer Dank gilt den Verfassern der Internetseite „kechmish we eslime" (Leben und Erinnerungen) von Radio Free Asia (http://www.rfa.org/uyghur/yoruq-sahillar), die mich auf einige der Themen aufmerksam gemacht haben.

Wann geschah was?
Murat 2003, Ghalip 2010, Hamut 2009, Kurbanjan 2009, Nurgül 2010, Rozihan 2013, Abdurahman 2014, Gülmirä 2005, Yanar 2011, Burhanidin 2013/2014, Filorä 2006, Amangül 2014, Halmurat 2013, Hurshida 2004 und 2014

Weitere Informationen zu den Uiguren und noch mehr Geschichten zum Lesen finden Sie auf meiner Webseite:
https://www.uigurkultur.com/

Hier noch einige Anmerkungen

zum Umschlagfoto (Ingrid Widiarto)

Das Foto zeigt eine Alltagssituation aus Kashgar im Sommer 2011: Auf dem Volksplatz zwischen Id-Kah-Moschee und Volkspark spazieren Uiguren vor einer militärischen Machtdemonstration der chinesischen Volksbefreiungsarmee.

zu Ghalip

Nach den Ereignissen von Juli 2009 wurde die Internet-Überwachung drastisch verschärft. In manchen Regionen Xinjiangs blieb sogar das gesamte Internet monatelang gesperrt. Seitdem befinden sich unter den verhafteten Menschenrechtsverteidigern viele Blogger und Journalisten.
http://www.gfbv.de/uploads/download/download/283.pdf

zu Nurgül

Zehn Personen waren bei diesem Vorfall getötet und zwei verwundete junge Mädchen ins Gefängnis gebracht worden. Niemand im Dorf wusste, was der Grund des Massakers war. Es kommt überall im Land gelegentlich zu derartigen Übergriffen. Der Auslöser kann sein, dass Männern zwangsweise der Bart geschoren oder Frauen das Kopftuch vom Kopf gerissen wurde, oder eine andere kleine oder große Boshaftigkeit, die das Fass der angestauten Aggressionen zum Überlaufen bringt. Wenn sich dann einige Uiguren in ihrer verzweifelten Wut nicht anders zu wehren wissen, als Beamte zu bedrohen oder eine Polizeistation zu überfallen, dann wird dies als terroristischer Anschlag blutig niedergeschlagen.

zu Abdurahman

Während des Protestzugs hatte ein junger Mann mit seinem Handy ein Video aufgenommen und ins Internet gestellt. Nach wenigen Stunden war es wieder gelöscht und das gesamte Internet des Bezirks blockiert. So etwas geschieht nicht selten in Xinjiang: Ganze Städte und Regionen werden für Tage, manchmal sogar für Wochen oder Monate vom Internet abgeschnitten, weil die Regierung fürchtet, dass nach solchen Vorfällen terroristische und separatistische Gedanken aufkommen oder zu Demonstrationen aufgerufen werden könnte. Die Webseite der Bezirksregierung Aksu blieb jedoch weiterhin verfügbar und darin stand zu lesen, dass Abdulbasit Ablimit ein Terrorist gewesen war.

zu Burhanidin

Es dauerte beinahe 9 Monate, ehe es zum Prozess gegen Burhanidin (dessen Name in Wirklichkeit nicht Burhanidin ist) und seine Partner kam, obwohl laut Gesetz kein Verdächtiger länger als 6 Monate ohne Anklage festgehalten werden darf. Im August 2014 wurden sie wegen illegaler Spendensammlungen zu 18 bzw. 24 Monaten Gefängnis und hohen Geldstrafen verurteilt. Nachdem seine Partner die Urteile angefochten und sich mehrere internationale Gruppen für ihre Freilassung eingesetzt hatten, wurden die drei Freunde jedoch bereits im November 2014 entlassen.

zu Amangül

Überall in China kommt es gelegentlich zu Protesten von Dorfgemeinden, deren Land akquiriert wird, weil einzelne Funktionäre der örtlichen Verwaltung Profite machen wollen, indem sie den Bauern kleine Entschädigungen zahlen und es dann an Investoren verkaufen, die ihnen gigantische Summen dafür bieten. Häufig eskalieren diese Proteste zu wütenden

Zusammenstößen mit der Polizei und nicht selten enden sie für die Bauern im Gefängnis. So ist es in ganz China, doch in Xinjiang kommt zu dem eigentlichen Problem auch noch der kulturelle Konflikt hinzu, weil die Bauern Uiguren sind und die Funktionäre – zumindest diejenigen, die mächtig genug sind, um sich solche Freiheiten herausnehmen zu können – Han-Chinesen.

zu Das Schaf

Fettschwanzschafe sind eine alte Hausschafzüchtung, die es vermutlich schon seit 6000 Jahren gibt. Sie werden von den Uiguren sehr geschätzt, sind eine besonders wertvolle Rasse, weil nicht nur ihr Fleisch besonders mager und zart, sondern auch ihr Fett wohlschmeckend und gut für die Gesundheit ist. Die Fettschwanzschafe speichern einen Großteil ihres Körperfetts im Fettschwanz, ähnlich wie die Kamele in ihren Höckern. (http://de.wikipedia.org/wiki/Fettschwanzschaf)

Übersicht der Bände:

#Uigurische Geschichten
#Im Land der Uiguren
#Aliya und der kleine Hund

Ingrid Widiarto wurde 1947 in Schleswig geboren. Sie wuchs in Kiel auf, machte in Germersheim ihren Abschluss als Diplom-Übersetzerin für romanische Sprachen und arbeitete als Übersetzerin und Sekretärin, zuletzt viele Jahre an der Freien Universität Berlin. Durch Familie und Reisen lernte sie unterschiedliche Länder und Kulturen kennen, aber erst die Uiguren berührten sie so sehr, dass sie es sich zur Aufgabe machte, durch Bücher und Geschichten auf die prekäre Lebenssituation dieses Volkes in China aufmerksam zu machen.

https://www.uigurkultur.com/

VERLAG
AKADEMIE DER ABENTEUER

neugierig • grenzenlos • unterhaltsam

Unser Verlagsname basiert auf den gleichnamigen Büchern des Autors Boris Pfeiffer. In dessen zeit- und welterforschender Reihe „Akademie der Abenteuer" sind es Reisen der Protagonisten in die Vergangenheit, die für viele LeserInnen ein Erlebnis geworden sind, Kinder und Erwachsene gleichermaßen.

Im *Verlag Akademie der Abenteuer* wird die Erforschung der Welt mit den Mitteln der Literatur fortgesetzt. AutorInnen und ZeichnerInnen, DichterInnen und MalerInnen arbeiten in der Akademie der Abenteuer zusammen.

Reisen in den Geist, erkenntnisreich, selbstbewusst, gut erzählt, sind der Kern des Verlagsprogramms.

Im *Verlag Akademie der Abenteuer* entstehen Bilderbücher, Kinderbücher, Kinderbuchreihen und Jugendliteratur. Wir veröffentlichen packend erzählte Gegenwartsliteratur. Weiteres Augenmerk legen wir auf Kunstbände, in denen Malerei und Dichtung neue Felder eröffnen. Zweisprachige Ausgaben und ungewöhnliche Blicke in die Welt, sowie Lehr- und Sachbücher runden unser Programm ab.

Mehr auf unserer Website:
www.verlagakademie.de

Gudrun Wiebke - Komissar Traudich

... und das Schweigen des Stoppelfelds

„Ist es nicht so, dass jedem kriminalistischen Triumph das Versagen einer ganzen Welt vorausgeht?"
In Traudichs Augen standen Zweifel.
„Einer ganzen Welt?", fragte Anton vorsichtig zurück.

Immer wenn Traudich einen Fall abgeschlossen hatte, tat sich im Kommissar von Eiderstedt dieses Loch auf, in das er abzustürzen drohte. Und wenn Anton seinen Freund dann nicht stoppte, folgte die Selbstbezichtigung, weil genau dieses Versagen der ganzen Welt seinen komfortablen Lebensstandard sicherte.

Kommissar Traudich
Kriminalerzählungen
ISBN-13 (Print): 978-3-98530-012-9
ISBN-13 (Ebook): 978-3-98530-013-6

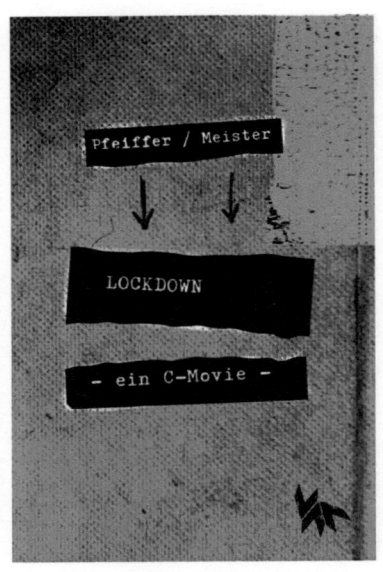

Lockdown - ein C-Movie
Michèle Meister & Boris Pfeiffer

Showdown im Lockdown. Heulen, kämpfen, hell und düster denken, auf und ab im C-Leben in C-Zeiten als C-Movie aus den Straßen Berlins und Melbournes. Was abgeht, wenn das Menschengeschlecht nicht mehr on top of the world ist, krasse Knastnummer, Krokodilstränen, freizischende Seelenrakete in den Himmel. Der erste Bild- und Gedichtband der in Australien arbeitenden und lebenden Malerin Michèle Meister und des Berliner Autors Boris Pfeiffer ist visuell und inhaltlich ein Werk von großer Kraft.

Lockdown - ein C-Movie
ISBN-13 (Print): 978-3-98530-002-0
ISBN-13 (Ebook): 978-3-98530-003-7

Die Bootsbauer - Felix Huby

Julius Kommerell hat es geschafft. Vom mittellosen Lehrling ist er zum Leiter der Firma Steininger Bootsbau aufgestiegen und hat die Tochter Doris Steininger, einziges Kind des Firmengründers, geheiratet. Die beiden haben inzwischen zwei erwachsene Kinder. Kommerell arbeitet an einem Boot, das die Krönung seiner vielen erfolgreichen Entwicklungen werden soll. Aber da setzt ihm seine Frau, die alleinige Besitzerin des Unternehmens, plötzlich den Stuhl vor die Tür und erklärt sich zur alleinigen Chefin der Werft. Für Julius Kommerell bricht eine Welt zusammen. Er verlässt Firma und Familie, zieht in sein Bootshaus am jenseitigen Ufer des Sees und muss von dort aus hilflos zusehen, wie Doris und sein Sohn Florian *Steininger Bootsbau* in die Krise steuern. Da hat er einen Plan...

Die Bootsbauer
Ein Bodenseeroman
ISBN-13 (Print): 978-3-98530-000-6
ISBN-13 (Ebook): 978-3-98530-001-3

AKADEMIE DER ABENTEUER - BORIS PFEIFFER
Kris Kersting Illustrationen

„Akademie des leibhaftigen Studiums vergangener Zeiten" – Rufus' neue Schule hat es in sich, im wahrsten Sinne des Wortes: Sie steckt voller rätselhafter Fundstücke aus der Vergangenheit und jedes Teil birgt Geheimnisse. Um diese zu lüften, braucht es besondere Fähigkeiten ...

Zusammen mit seinen Freunden Fili, No und der Bisamratte Minster stürzt sich Rufus in die neuen Fächer: „Antike Schwertkunde", „Speisen aus allen Jahrtausenden" und „Vergessene olympische Disziplinen". Aber das ist nur der Anfang. Schon bald durchströmen längst vergessene Szenen aus der Zeit der Pharaonen die Akademie ...

Leserstimmen:

„Es gibt Kinderbücher, welche nur für Kinder gedacht und geeignet sind. Dann gibt es noch solche, die mich als Erwachsene noch fesseln können. Dazu gehört „Die Akademie der Abenteuer" von Boris Pfeiffer. (Tines Bücherwelt)

„Boris Pfeiffer gelingt es mit detailreicher Sprache, von der ersten bis zur letzten Seite Hochspannung zu schaffen." (Lesewelt Ortenau)

„Ein starker Auftakt zu einer genialen Jugendbuchreihe, die es so noch nicht gegeben hat. Eine Reise in die Vergangenheit, die für Jung und Alt ein Erlebnis ist, das man so schnell nicht vergisst!" (liesundlausch.de)

„Was für eine Serie! Es lebe "Die Akademie der Abenteuer"! Eine so wunderbare Verbindung von historisch packendem Stoff mit liebenswerten Charakteren und spannender Handlung sucht ihresgleichen. Hier gilt auf alle Fälle: Nicht entgehen lassen und sofort zugreifen!" (Leserwelt)

Band 1
Die Knochen der Götter
ISBN-13 (Print): 978-3-98530-004-4
ISBN-13 (Ebook): 978-3-98530-005-1

Band 2
Die Stunde des Raben
ISBN-13 (Print): 978-3-98530-006-8
ISBN-13 (Ebook): 978-3-98530-007-5

Band 3
Das Schiff aus Stein
ISBN-13 (Print): 978-3-98530-008-2
ISBN-13 (Ebook): 978-3-98530-009-9

Band 4
Das Erbe des Rings
ISBN-13 (Print): 978-3-98530-010-5
ISBN-13 (Ebook): 978-3-98530-011-2